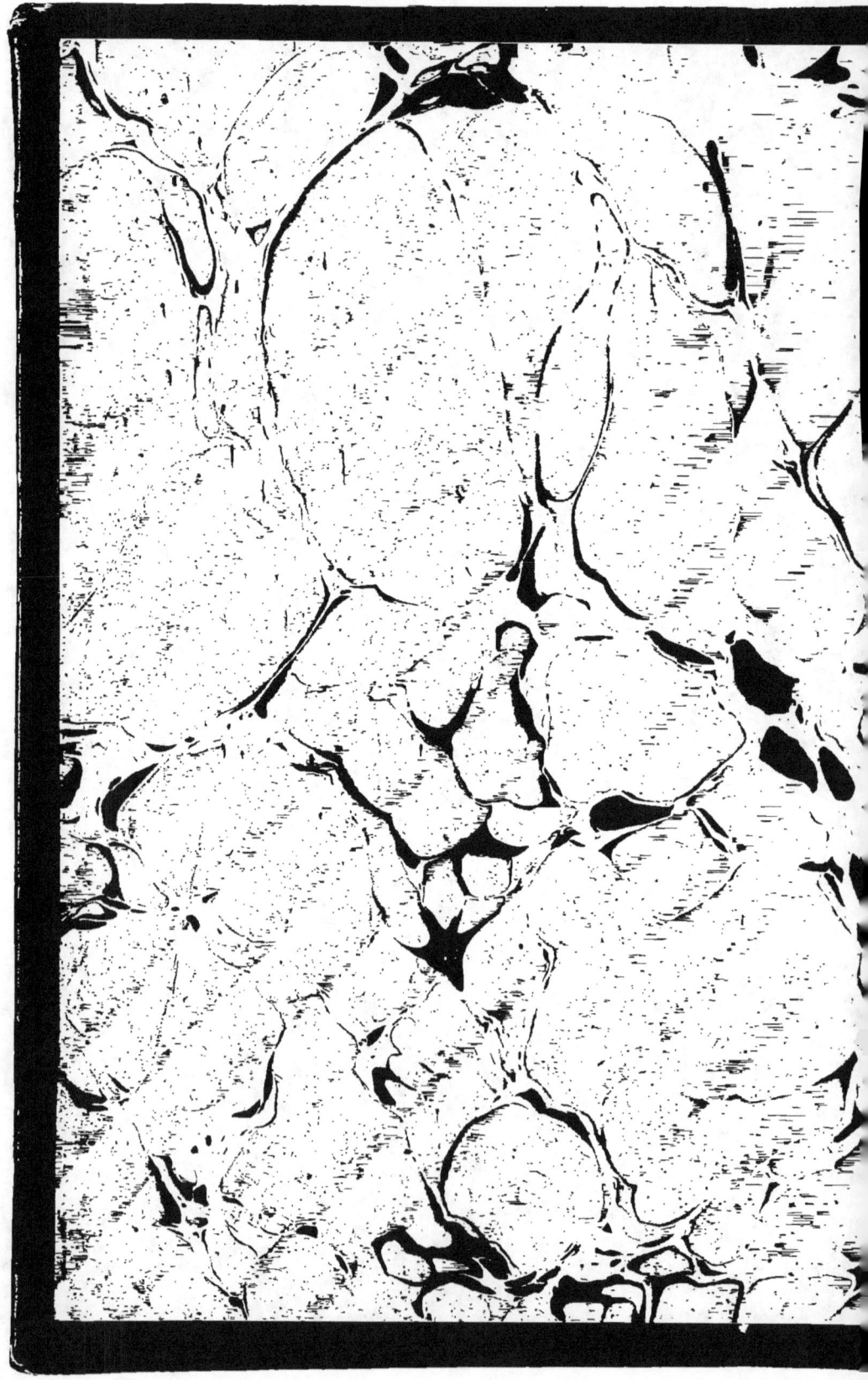

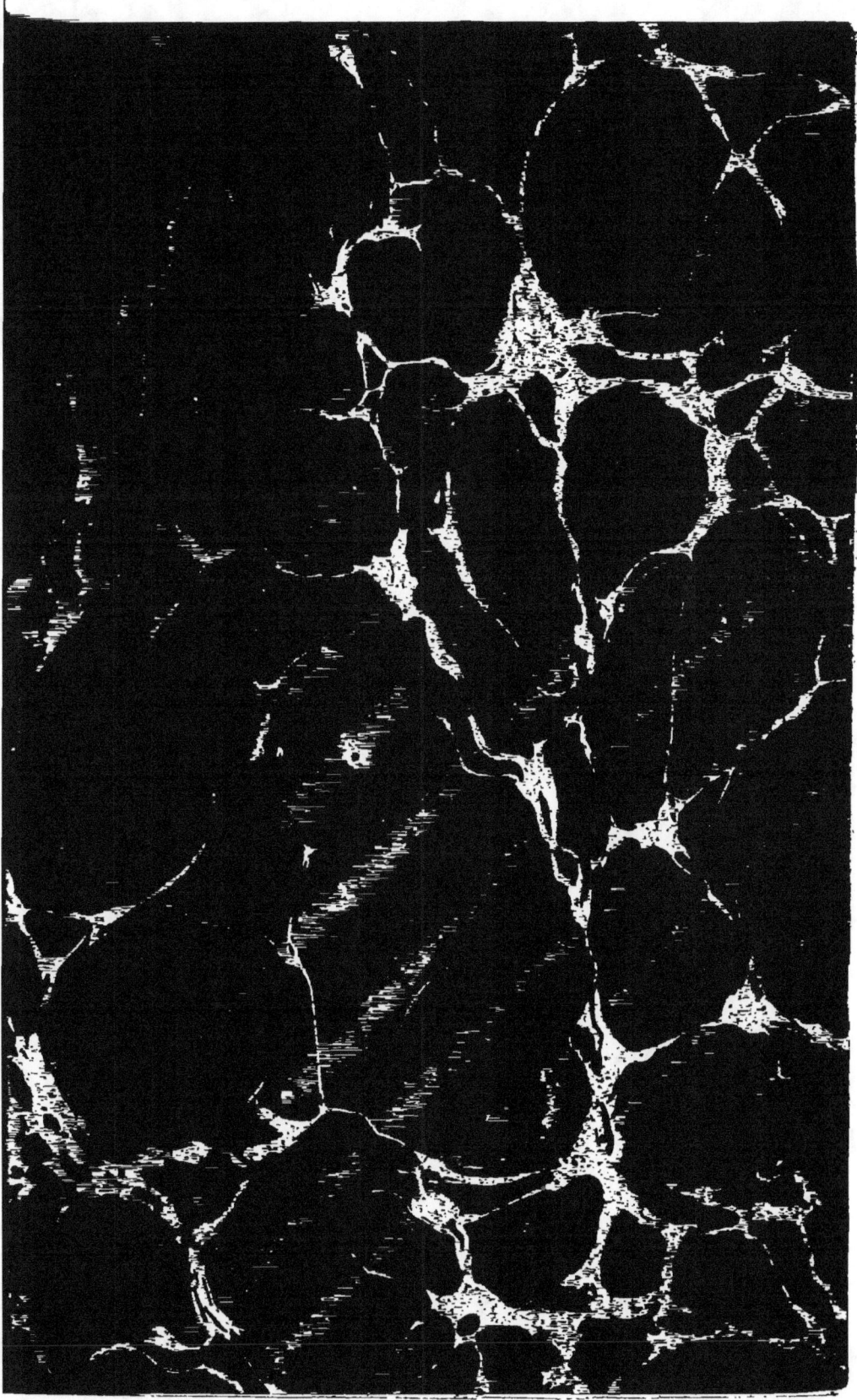

LES

COURS GALANTES

8° Z⸗ ⸗⸗⸗ 4865

PARIS.—IMPRIMÉ CHEZ BONAVENTURE ET DUCESSOIS,
55, QUAI DES AUGUSTINS.

LES

COURS GALANTES

PAR

GUSTAVE DESNOIRESTERRES

TOME DEUXIÈME

LE CHATEAU DE ROISSY
L'HOTEL DE MAZARIN
CHANTILLY
LA COUR DE ZELL

PARIS

E. DENTU, ÉDITEUR

LIBRAIRE DE LA SOCIÉTÉ DES GENS DE LETTRES
Palais-Royal, 13, galerie d'Orléans.

—

1862

I

Les frères Mancini. — La semaine sainte chez Vivonne, à
Roissy. — L'abbé Le Camus et Mancini. — Ils laissent le
champ libre à Guiche et à Manicamp.—Bussy se joint à ces
derniers.—Orgie.—Deux récits de Bussy.—Scandale.—Exil
des coupables.—Mort du cardinal. — Il est peu regretté de
sa famille.—Ses dispositions.—La Meilleraye prend le titre
de duc de Mazarin.—Son portrait.— La fortune lui tourne
la tête. — Singulier conseil qu'il donne au roi à l'égard de
La Vallière.—Ses scrupules au sujet des biens du cardinal.
—Sa pudeur. — Il mutile sans pitié les statues de sa galerie.—Mot de Louis XIV.— Règlements de M. de Mazarin
dans ses terres.—Loterie de son domestique.—Le feu prend
à son château; il ne permet pas qu'on l'éteigne.—Réponse
écrasante de l'évêque de Noyon.—La duchesse de Mazarin.
—Elle se sauve en Italie.—Intervention du duc de Nevers.
— Fureur du mari. — Accusation de rapt. — Ajournement
personnel et décret de prise de corps.—Un huissier à l'hôtel
de Nevers. — Intervention de madame de Carignan.— Promenades au Corso et à Frascati avec la connétable Colonne. — Dédain de Nevers pour les honneurs.—Ses con-
tinuels voyages à Rome. — Il épouse mademoiselle de
Thianges. — C'est Lauzun qui fait le mariage. — Nevers
s'attarde sur les grands chemins. — Lettre de madame de
Sévigné à M. de Grignan.

Nevers était le seul neveu survivant de Mazarin. L'aîné avait été tué, à l'âge de seize

ans, au combat du faubourg Saint-Antoine.
Alphonse, le troisième, était au collége des
jésuites[1] où il paraissait docile et appliqué. En
1657, nous le voyons remporter des prix mé-
rités sans doute, bien que ses camarades se
montrassent jaloux des distinctions qu'il devait un peu à la position de l'oncle[2]. Jaloux
ou non, il est à croire que ceux-ci ne poussèrent pas le ressentiment jusqu'à se défaire
de gaîté de cœur d'un condisciple trop favorisé, quoiqu'ils en aient été accusés[3]. Un
de leurs grands amusements était de se coucher dans une couverture et de s'en reposer sur l'adresse et la vigueur de quatre
des leurs qui lançaient le patient à de mer-
veilleuses hauteurs. Pourquoi le neveu du
cardinal ne se fût-il pas exécuté comme les
autres? « Ils le bernèrent si bien, raconte
Saint-Simon, qu'il se cassa la tête à quatorze
ans qu'il avoit[4]. Le roi, qui étoit à Paris, le

---

[1] Le collége de Clermont.

[2] Loret, *la Muze historique*, liv. VIII, lettre xxxii,
du 18 août 1657.

[3] *Lettres de Gui Patin.* (Paris, 1846), t. II, p. 369, 18
janvier 1658.—*Nouveau siècle de Louis XIV, ou poé-
sies-anecdotes du règne et de la cour de France* (Paris,
1793), t. 1, p. 377.

[4] Il n'avait que douze ans.

vint voir au collége [1]. Cela fit grand bruit,
mais n'empêcha pas le petit Mancini de mourir. Resta le second qui est M. de Nevers
dont il s'agit[2]. » Tout l'espoir de la maison
reposait désormais sur la tête de ce dernier ;
il n'avait qu'à s'abandonner à la fortune ;
mais il sembla s'acharner à renverser laborieusement ce qu'elle faisait en sa faveur : ce
fut l'unique tâche de sa vie. Il se laissa cein-
dre l'épée plutôt qu'il n'endossa le harnais de
lui-même ; cela ne l'empêcha pas de donner
des preuves de bravoure , et de se bien conduire au siége de Condé où il fut blessé.
Deux ans après cette affaire du faubourg
Saint-Antoine qui fut si désastreuse au parti

---

[1] « Hastez vostre retour, écrivait madame de Brégy à MONSIEUR, pour faire vostre compliment à Son
Eminence de la perte qu'il a fait de son nepveu, qui
ne pouvoit pas mourir par une adventure plus désa-
gréable que par l'enjoüment de ses petits camarades de collége, luy qui se voyoit en passe de n'en
avoir guère vn iour, si les siens eussent esté de
longue durée ; mais son oncle, le pouvant faire heureux, n'a peu les faire plus longs, mes Demoiselles
les parques estant d'humeur fort opiniâtre, à ce
qu'elles ont vne fois résolu. » *Lettres et poësies de madame la comtesse de Brégy* (à Layde, 1668). p. 57, 58.

[2] Saint-Simon, *Mémoires* (Chéruel). t. V, p. 389.

de M. le Prince, mais qui coûta à Mazarin
son neveu·bien-aimé, il se vit élever au
grade de colonel, bénéficiant en quelque
sorte, comme Loret le dit naïvement, des
prouesses de cet aîné dont l'avenir promettait d'être si brillant[1].

Mazarin a rendu sans contredit de grands
services à la France; il est vrai qu'il songeait
plus à lui qu'à elle en les lui rendant, et
qu'il se fit grassement rétribuer, en tous cas.
Sa conscience, lorsqu'il mourut, n'était pas
précisément en repos, et il n'était rien
moins que rassuré sur l'enquête qu'il aurait
à subir dans l'autre monde[2]. Au fait, s'il
avait beaucoup à racheter, sa famille se chargea de l'expiation. Toute cette fortune, amas-
sée péniblement et non pas sans quelques remords, allait tomber, après lui, en des mains
prodigues dans lesquelles elle ne séjournerait
guère. Au moins ne devait-il pas le voir. Mais,
de son vivant, plus d'un ennui, plus d'un mé-
compte lui vinrent de cette multitude de neveux et de nièces dont il ne sut faire, malgré

[1] Loret, *la Muze historique*, liv. V, lettre XLI, du 17
octobre 1654.
[2] Choisy, *Mémoires* (Michaud et Poujoulat), t. XXX,
p. 569, 570.

tant de bienfaits, que des ingrats. Celui sur lequel il basait l'avenir de sa maison et qui en était déjà l'orgueil, mourait, à peine imberbe, sur un champ de bataille; six ans plus tard, Alphonse Mancini expirait d'une façon lamentable. On sait, d'autre part, ce que l'affection du jeune roi et de Marie fit naître d'inquiétudes et de perplexités. Toutes ces têtes italiennes, avec leur notable grain de folie, avaient remplacé la Fronde dans ses préoccupations; on pourrait dire qu'il eut plus de mal à les régir et à les réduire qu'à amener à composition, en leur temps, Gaston, le grand Condé, M. de Beaufort, le Coadjuteur, le Parlement, tous ses ennemis ensemble. Mancini, celui dont il s'agit ici, par son caractère frivole, irrésolu, incapable d'assiduité, ne devait, lui non plus, répondre que fort médiocrement à ses espérances[1]. Le cardinal

[1] Ce ne fut pas faute d'avoir été mêlé de bonne heure aux événements les plus considérables de son temps. Lorsque Mazarin envoya à Cromwell cette ambassade qui lui a été si reprochée, Mancini accompagnait le duc de Créqui, à la tête de deux cents gentilshommes, et ce fut lui qui remit au Protecteur cette lettre trop fameuse où le ministre se confondait en soumissions devant l'assassin du gendre d'Henri IV et de l'oncle de Louis XIV, son roi. — Voltaire,

1.

comprit vite qu'il n'y avait en lui ni l'étoffe d'un homme d'affaires ni celle d'un homme de guerre, et, dépité de ne rencontrer que de la légèreté, de la dissipation, un invincible éloignement pour tout ce qui avait un côté sérieux, comparant d'ailleurs le neveu qui lui restait au neveu qu'il avait perdu, se sentit pour l'écervelé plus d'amertume et de sourde colère qu'un grand fond de tendresse [1].

Bien que la semaine sainte n'ait été en aucun temps le moment le plus propre à se réjouir, Vivonne, premier gentilhomme de la chambre du roi, avait eu l'idée d'aller passer ces quelques jours, avec des amis, à quatre lieues de Paris, à Roissy, une terre qui lui venait de sa femme. Son choix se porta sur le neveu de Mazarin et l'abbé Le Camus, aumônier du roi, qui ne se firent point tirer l'oreille. Ce dernier eût sans doute mieux fait de demeurer à prêcher devant Sa Majesté, comme cela lui était arrivé deux ans auparavant et, s'il faut s'en rapporter à Loret, en

Œuvres complètes (Éd. Beuchot), t. XIX, p. 328; Siècle de Louis XIV.

[1] Saint-Réal, Œuvres (Paris, 1757), t. VI, p. 19; Mémoires de madame la duchesse de Mazarin.

orateur consommé et en vieux routier théolo-
gique, bien que sa mine donnât un notable
démenti à l'austérité de ses paroles[1]. Cette
fugue n'avait pu être tenue assez secrète pour
que leurs compagnons de plaisirs n'en eussent
eu vent; deux jours après, accouraient, sans
en être priés, le comte de Guiche et Manicamp, escortés du jeune Cavois, lieutenant au
régiment des Gardes, qu'ils avaient décidé à
les suivre. L'arrivée de ceux-ci devait tout
gâter. Il n'avait été question que d'employer
le moins tristement ces dernières heures
d'abstinence et de deuil religieux; mais Guiche et Manicamp, qui poussaient tout à l'extrême, changèrent malheureusement le caractère de cette réunion d'intimes. « On les
accusa, dit madame de Motteville, d'avoir
choisi ce temps-là, par déréglement d'esprit,

[1]   Étant d'aspect assez joly,
        Ayant le teint frais et poly,
        Blanc et vermeil et non pas nègre,
        Et quatre fois plus gras que maigre
        (Quoiqu'il soit sobre en ses repas)
        Son visage ne prêche pas.

—Loret, la *Muze historique*, liv. VIII, lettre XIII, du 7
avril 1657.—De son côté, Subligny l'appelle *ce poly*,
cet inimitable.—La *Muze dauphine* (Paris, 1667), p. 112.
19 aoust 1666.

pour faire des débauches dont les moindres
étoient d'avoir mangé de la viande le vendredi
saint. On leur imputa d'avoir commis de certaines impiétés indignes, non-seulement de
chrétiens, mais d'hommes raisonnables...[1]. »
Madame de Motteville s'en tient là discrètement sans répéter tout ce qui lui était venu
aux oreilles, quoique au fond elle ne fût peut-
être pas éloignée d'en croire une partie. « Le
peuple qui grossit tout, raconte Bussy, et qui
fait bien plus de cas du merveilleux que du
véritable, décida bientôt de ce qui s'étoit fait
à Roissy. Il dit d'abord qu'on avoit baptisé
des grenouilles, et puis il revint à un cochon
de lait ; d'autres, qui vouloient raffiner sur
l'invention, disoient qu'on y avoit tué un
homme et mangé de sa cuisse. Enfin il n'y
eut pas d'extravagance à imaginer qui ne fût
dite[2]. » C'eût été l'abbé Le Camus qui eût fait
la cérémonie, après laquelle on eût décerné
le nom de *carpe* à l'animal[3]. Et lorsque,

[1] Madame de Motteville, *Mémoires* (Michaud et
Poujoulat), t. XXIV, p. 476.

[2] Bussy-Rabutin, *Mémoires* (Charpentier, 1857),
t. II, p. 92.

[3] M. Mérimée s'est probablement inspiré de cela,
lorsqu'il fait baptiser par l'un de ses héros déguisé
en moine deux poules que l'on appelle, l'une *carpe*,

treize ans plus tard, il fut nommé évêque de Grenoble, la malignité n'avait garde de ne pas rappeler cette funeste partie de Roissy qui était passée à l'état de légende :

> Tout aussitôt qu'il sera né
> Des cochons dans le Dauphiné,
> Le Camus les baptisera,
>   Alleluia [1]!

Bussy, qui s'est fait l'historien de cette équipée, dont il était un des tenants, présente les faits sous un jour pleinement innocent. Tout se fût réduit à berner un pauvre homme qui s'effraya d'abord et finit par se laisser faire

l'autre perche.—Mérimée, *Chronique du règne de Charles IX* (Paris, 1832), ch. xxviii, p. 346, 347.

[1] Même ressouvenir de Roissy, lorsqu'il reçut sa nomination au cardinalat :

> L'éminentissime Camus
> A si bien dit ses Oremus,
> Qu'il est au comble de la gloire;
> Les Vivonne et les Bussy
> Sont chargés d'en faire l'histoire,
> Et s'informent partout icy,
> Pour lui donner un nom plus noble,
> S'il est cardinal de Grenoble,
> Ou bien cardinal de Roissy.

—*Recueil de Chansons historiques* (Bibliothèque impériale. Manuscrits), t. VI, f. 93.

comme on voulut, avec une longanimité et
une patience un peu forcées sans doute. On
avait fait venir quatre des petits violons du
roi pour égayer le repas. Bussy, qui n'aimait
pas la chasse, antipathie assez étrange à une
époque où la chasse était la seule occupation,
le seul passe-temps de l'honnête homme,
Bussy était resté au logis et, tandis que ses
amis couraient le lièvre, faisait jouer les violons pour lui tout seul. Il est tout à coup distrait de ce plaisir par un assez grand bruit.
C'était le comte de Guiche qui arrivait au ga-
lop dans la cour, tenant un homme par la
bride de son cheval; Manicamp marchait
derrière armé d'un fouet et pressant la
monture du prisonnier.

« Je courus pour savoir ce que c'étoit, dit
Rabutin. Je trouvai un homme vêtu de noir,
assez âgé, qui avoit la mine d'un honnête
homme : il me fit pitié, et, ayant témoigné
au comte de Guiche que je condamnois son
procédé, le bonhomme prit la parole et me
dit qu'il entendoit la raillerie. Je le menai
dans la salle, où il me conta que, s'en retour-
nant à Paris de sa maison de campagne, il
avoit rencontré ces messieurs; que le comte
de Guiche, qui l'avoit abordé le premier, lui

ayant demandé qui il étoit, il avoit répondu
qu'il étoit le procureur de M. le cardinal,
nommé Chantereau ; que le comte de Guiche
lui avoit dit : « Ah ! monsieur Chantereau, je
« suis fort aise de vous avoir rencontré ; il y a
« longtemps que je vous cherchois. J'ai ouï
« faire bon récit de votre capacité, et pour moi
« j'ai toujours fort aimé la chicane ; » que sur
cela il avoit bien vu que c'étoit de la jeunesse
qui vouloit rire et qu'il avoit pris son parti
de ne se point fâcher. Il me fit cette relation
avec la même exactitude qu'il auroit fait une
information. Je lui dis qu'il avoit fait en galant homme et je lui fis apporter du vin pendant qu'on faisoit manger de l'avoine à son
cheval. Après cela il nous quitta, fort content de la compagnie et particulièrement de
moi. Les violons recommencèrent à jouer
jusqu'au souper, que nous passâmes gaiement, mais sans débauche. Au sortir de table,
nous les menâmes au parc, où nous fûmes
jusqu'à minuit. Le samedi, nous nous levâ-
mes fort tard et passâmes le reste de la journée à nous promener dans des calèches.
Comme nous avions impatience de manger
de la viande, nous voulûmes faire *medianoche*.
Ce repas-là ne fut pas si sobre que les autres :

nous bûmes fort et sur les trois heures après
minuit nous nous allâmes coucher. Nous
étant levés à onze heures du matin le jour de
Pâques, nous ouïmes la messe dans la chapelle du château ; nous dînâmes et nous nous
en retournâmes à Paris, où, à l'entrée de la
ville, chacun s'en alla de son côté[1]. »

Quoi de plus innocent? Chasser le lièvre,
où est le crime? On fait quelque peu violence
au procureur du cardinal, mais celui-ci le
prend du bon côté. On soupe au bruit des
violons, mais vous l'entendez, on fera maigre
jusqu'au dernier moment. Quant aux grenouilles ou au cochon de lait, quant à ce
meurtre et à cette cuisse humaine, il n'en
est pas ombre, et nous sommes volontiers de
l'avis de Bussy, cela est absurde. Toutefois
ne se passe-t-il pas autre chose, et Bussy est-il
bien certain de n'avoir rien omis? Il a fait
deux récits de cette malheureuse équipée.
Complétons l'un par l'autre. Celui qui va
suivre a une toute autre allure. L'auteur de
l'*Histoire amoureuse des Gaules* n'était pas ori-
ginairement de la partie; des vides s'étant
faits dans cette bande d'écervelés, on songea

---

[1] Bussy - Rabutin, *Mémoires* (Charpentier, 1857),
t. II, p. 90. 91.

à Bussy pour les remplir, et Vivonne lui écrivit un billet pour le prier de les venir joindre. Celui-ci monte à cheval aussitôt, et croise en chemin ses amis qui sortaient d'entendre le service, disent les *Mémoires*.

« ... Il rencontra ses amis fort disposés à se réjouir, et lui, qui d'ordinaire ne troubloit point les fêtes, fit que la joie fut tout à fait complète. En les abordant : « Je suis bien « aise, mes amis, dit-il, de vous trouver déta- « chés du monde comme vous êtes ; il faut des « grâces particulières de Dieu pour faire son « salut dans les embarras des cours ; l'ambi- « tion, l'envie, la médisance, l'amour et mille « autres passions y portent ordinairement les « gens les mieux nés à des crimes dont ils sont « incapables dans des retraites comme celle-ci. « Sauvons-nous donc ensemble, mes amis ; « et comme, pour être agréable à Dieu, il « n'est pas nécessaire de pleurer ni de mourir « de faim, rions, mes chers, et faisons bonne « chère. » Ce sentiment-là étant généralement approuvé, on se prépara pour la chasse l'a- près-dînée, et l'on mit ordre d'avoir des con- certs d'instrumens pour le lendemain. Après avoir couru quatre ou cinq heures, ces mes- sieurs vinrent, affamés, faire le plus grand

2

repas du monde. Le souper étant fini, qui
avoit duré trois heures, pendant lesquelles
la compagnie avoit été dans cette gaieté qui
accompagne toujours la bonne conscience,
on fit amener des chevaux pour se promener
dans le parc. Ce fut là que ces quatre amis
(Guiche, Manicamp, Bussy et Vivonne), se
trouvant en liberté, pour s'encourager à
mépriser davantage le monde, proposèrent
de médire de tout le genre humain ; mais un
moment après, la réflexion fit dire à Bussy
qu'il falloit excepter leurs bons amis de cette
proscription générale. Cet avis ayant été approuvé, chacun demanda au reste de l'assemblée quartier pour ce qu'il aimoit : cela étant
fait, et le signal donné pour le mépris des
choses d'ici-bas, ces bonnes âmes commen-
cèrent un cantique où tout fut compris, à la
réserve des amis de ces quatre messieurs ;
mais, comme le nombre en étoit petit, le
cantique fut grand, tel que, pour ne rien
oublier, il faudroit pour lui seul faire un volume...[1]. »

Ce cantique qui, selon Bussy, témoignait

[1] Bussy-Rabutin, *Histoire amoureuse des Gaules*
Delahays, 1857), t. I, p. 136.

du progrès qu'ils commençaient à faire dans la dévotion, quel était-il? Les premières éditions le signalent sans le reproduire et il est présumable que, s'il se fût trouvé dans le manuscrit primitif, madame de La Beaume l'eût fait copier aussi scrupuleusement que le reste, et qu'il eût paru dans la première édition. Il était naturel qu'on recherchât cette pièce édifiante, quitte en cas de non-succès à donner le change au public par d'autres couplets suffisamment méchants et dont la hardiesse tînt, au besoin, lieu d'esprit. Dans les éditions postérieures à 1666, on intercala un cantique licencieux, où le roi, la famille royale figuraient d'une façon plus qu'indécente[1]. Bussy s'est défendu jusqu'à la fin d'être l'auteur de cette étrange pièce. Les *Alleluia,* comme les *Noël,* étaient des moules, fort en faveur alors, dans lesquels les poëtes satiriques avaient coutume de jeter leurs médisances et leurs noirceurs; Bussy n'en était pas l'inventeur; il avait trouvé

---

[1] C'est déjà trop que d'en citer le premier verset :

> Que Deodatus est heureux
> De baiser ce bec amoureux
> Qui, d'une oreille à l'autre va.
> Alleluia !

ce cadre commode , et s'en était servi. Mais c'était là sans doute l'unique rapport entre son improvisation à lui et les couplets trop fameux de *Deodatus*. Ces *Alleluia* étaient bien plutôt impies qu'obscènes, malgré ses protestations d'innocence et d'orthodoxie , et c'est ce qu'il avouera, il est vrai, trente-trois ans après la débauche faite chez Vivonne : « J'ai mille choses à vous montrer, écrit-il à madame de Sévigné, en attendant, je vous dirai que je viens de faire une version du cantique de Pâques, *O filii et filiæ*, car je ne suis pas toujours profane. Vivonne, le comte de Guiche, Manicamp et moi fîmes autrefois des *alleluia* à Roissy qui ne furent pas aussi approuvés que le seroient ceux-ci ; aussi nous firent-ils chasser tous quatre. Je dois cette réparation pour mes amis et pour moi à Dieu et au monde[1]. »

Quoiqu'il en soit de ces dissipations intempestives et de cette campagne scandaleuse, s'il y eut des coupables, tous ne le furent pas, au moins au même dégré. Ainsi Mancini et l'abbé Le Camus s'enfermèrent hâtivement

[1] Madame de Sévigné, *Lettres* (édit. Monmerqué), t. IX, p. 498; Lettre de Bussy à madame de Sévigné; à Chaseu, ce 17 avril 1692.

dans leur chambre « se défiant des emporte-
mens du comte de Guiche et de Manicamp, »
et le lendemain même de leur arrivée, qui
était le vendredi saint, ils reprirent de bonne
heure le chemin de Paris. Ce fut alors que
Vivonne écrivit à Bussy, lequel, on l'a vu,
ne se fit pas attendre. On sait déjà tout le
retentissement qu'eut cette débauche. Satisfaction devait être donnée, de toute nécessité,
à l'indignation publique. « Le cardinal, dit
madame de Motteville, voulut punir les coupables dans la personne de son neveu, qu'il
chassa de la cour, et, après avoir châtié celui-
là, il pardonna à tous les autres. » Les choses
se passèrent un peu différemment. Bussy, prévenu des bruits que l'on faisait courir et du
mauvais effet de ces rumeurs sur l'esprit de la
reine, sentit l'importance de détruire une
impression aussi fâcheuse. Il va la trouver,
se récrie sur la malignité et l'absurdité de pareilles calomnies, proteste de son respect
pour la religion et supplie Sa Majesté de faire
ordonner à un maître des requêtes d'informer, se soumettant d'avance « à perdre la
vie » si l'on parvenait jamais à le convaincre
d'avoir commis la moindre impiété. Anne
d'Autriche lui répondit qu'il avait la réputa-

tion d'être un peu libertin[1] et même d'avoir
écrit quelque chose dans ce caractère-là, ce
qu'elle s'était refusée à croire. « Par ce, lui
dis-je, Madame, qu'on croit que j'ai un peu
d'esprit, mes ennemis me donnent tout ce
qui se fait où il y en a, et surtout quand ce
sont des choses qui me peuvent nuire. — Oh !
pour de l'esprit, Bussy, reprit la reine, vous
en avez beaucoup. — J'en ai, Madame, lui
dis-je, je l'avoue, mais je n'en ai pas tant
qu'on dit[2]. »

L'affaire semblait assoupie et les choses en
seraient sans doute restées là si le cardinal

---

[1] Au XVIIe siècle, libertin était synonyme d'esprit
fort et d'impie. Bossuet, à propos des chapitres XXVII
et XXVIII de la seconde partie de son *Discours sur
l'Histoire universelle*, qui concerne les livres de l'Ecri-
ture, disait, à ce que rapporte l'abbé Ledieu : « Que
c'étoit là où se trouvoit la force de tout l'ouvrage,
c'est-à-dire la preuve complète de la vérité de la
religion et de la certitude de la révélation des livres
saints contre les *libertins*. »—*Journal* de l'abbé Ledieu,
2 février 1704. — C'est en ce sens aussi que Molière
fait dire à Cléante :

C'est être *libertin* que d'avoir de bons yeux;
Et qui n'adore pas de vaines simagrées,
N'a ni respect, ni foi pour les choses sacrées.

Tartuffe, acte Ier, scène VI.

[2] Bussy-Rabutin, *Mémoires* (Charpentier), t. II, p. 93.

n'eût pas eu ses raisons particulières d'y donner suite; mais, pour un motif ou pour un
autre, ces étourdis avaient encouru l'animad-
version de la pointilleuse Éminence. L'affection du roi pour Vivonne devait porter om-
brage à Mazarin, qui savait les soucis que les
favoris avaient causés à son prédécesseur.
L'abbé Le Camus n'était pas moins bien auprès du jeune prince, dont la gravité naturelle s'accommodait de sa gaieté [1]. Mazarin
eût souffert cette intimité, à la condition qu'il
se fût fait son complaisant et son espion. Un
jour, dans un moment d'humeur, le roi s'é-
tait plaint devant l'abbé d'avoir été mal élevé;
il en avait fait remonter la faute jusqu'au
cardinal. Il eût été prudent à celui-ci d'avertir le ministre, et c'est à quoi ne manqua
point l'évêque de Rhodez, cet Hardoin de Pé-
réfixe qui fut depuis archevêque de Paris;
l'abbé Le Camus, en gardant le silence, s'é-
tait perdu auprès du cardinal [2]. Le comte de

---

[1] Senecé, *Œuvres posthumes* (éd. Jannet, 1855),
p 317.

[2] Cela étonne chez cette nature ambitieuse qui,
en vue du chapeau, ne vécut nombre d'années que
d'herbes et de légumes, dans une austérité dont toute
son époque fut dupe. L'archevêque de Vienne, se

Guiche avait de bien autres torts. Ami du
jeune duc d'Anjou, il partageait, avec la Princesse palatine et madame de Fienne, la confiance de ce second fils d'Anne d'Autriche,
qu'un malheur pouvait élever au trône. Le
roi était tombé dangereusement malade[1]; durant quelques jours on désespéra de sa vie ;
c'est assez dire que toute la cour fut aux pieds
de Monsieur. Mazarin se connaissait trop
d'ennemis pour ne pas songer, en cas d'événement, à se créer des appuis auprès du nouveau maître. Le comte de Guiche était à Ca-
lais, fort souffrant d'une blessure; le cardinal
se servit de ce prétexte pour lui rendre visite
et le sonder sur ses dispositions. La façon
dont il fut reçu non-seulement lui enleva tout
espoir de ce côté, mais dut encore lui inspirer contre le comte un ressentiment profond

rencontrant un jour avec lui, s'avisa de le plaisanter
sur cette vie de cénobite dont, pour sa part, il ne
se fût point accommodé: « Eh! Monseigneur, lui dit-
il, mangerez-vous toujours de ces méchantes ra-
cines?—Monsieur, vous les trouveriez bonnes, lui
répondit Le Camus, si elles vous avoient aidé à devenir cardinal. »—Amelot de La Houssaye, *Mémoires
historiques, politiques, critiques et littéraires* (Amsterdam, 1737), t. II, p. 270.

[1] 1658.

qu'il sut réprimer en considération du maréchal de Gramont [1]. Quant à Bussy, loin de
s'être rendu coupable d'aucuns torts envers le
cardinal, il s'était toujours déclaré son serviteur. Mais la reconnaissance n'était pas la
vertu dominante de Son Éminence, qui ne
laissait échapper aucune occasion de se débarrasser de ce poids incommode. « Il eût été
bien aise, dit Rabutin, de me faire une querelle pour me faire perdre, ou du moins pour
différer les récompenses qu'il me devoit. »
On voit maintenant l'intérêt du cardinal à sé-
vir contre cette bande de fous dont la faveur
à la cour le chiffonnait. Le scandale de Roissy n'était pas encore oublié, l'on s'en entre-
tenait dans Paris comme d'une horreur qui
n'eût pas dû demeurer impunie ; il ne fut pas
difficile à Mazarin de démontrer la nécessité
d'une disgrâce momentanée. Vivonne fut exilé
à sa malencontreuse maison de Roissy, Rabutin reçut une lettre de cachet qui lui enjoi-
gnait de se retirer en Bourgogne, l'abbé Le
Camus fut relégué à Meaux et Mancini à Bris-

---

[1] Bussy-Rabutin, *Mémoires* (Charpentier), t. II,
p. 76, 77.—On se borna alors à lui donner avis que les
Eaux d'Encausse (Haute-Garonne) étaient ce qu'il y
avait de mieux pour sa santé.

sac sous la garde de six archers[1]. Bussy et Patin, qui nous donnent ces détails, ne disent pas où l'on envoya Cavois, Manicamp et le comte de Guiche. Ces rigueurs, du reste, ne devaient être que passagères et n'eurent de conséquences graves pour l'avenir de personne, pas même pour l'avenir de Bussy, qui dut ses malheurs à d'autres folies.

Le cardinal avait sacrifié son neveu à l'envie d'opposer une sorte de démenti aux accusations de népotisme qu'il ne s'était que trop attirées déjà. Celui-ci se laissa faire, sans en trop souffrir. Il se savait médiocrement aimé de Mazarin et le lui rendait du meilleur de son cœur ; aussi, lorsque le ministre mourut, non-seulement n'en témoigna-t-il pas le moindre chagrin, mais fit-il paraître une joie peu décente. « Mon frère et ma sœur, pour tout regret, se dirent l'un à l'autre : *Dieu merci, il est crevé*[2]. » Quelle oraison funèbre ! et c'était bien la peine de charger sa conscience et sa mémoire de tant de malversations et de rapines ! Madame de Motteville constate à son tour le peu de regrets qu'il laissa parmi les

[1] *Lettres de Gui Patin*, t. III, p. 131, 132, 6 mai 1659.
[2] Saint-Réal, *Œuvres complètes* (Paris, 1757) t. VI, p. 23 ; *Mémoires de madame la duchesse de Mazarin*.

siens; elle cite le propos d'un domestique
italien aux nièces de son maître qui a le poids
d'un arrêt : « Mesdemoiselles, vous vengez
les François de la dureté que M. le cardinal
a eue pour eux par celle que vous avez pour
lui [1]. » Cette ingratitude commune à toute
cette race des Mancini, à quelle cause l'attribuer, à un vice d'origine ou à l'intolérable
despotisme du bienfaiteur ? Madame de Mazarin, qui eût mieux fait sans doute de laisser
ignorer à la postérité de quelle façon la mort
de leur oncle fut envisagée dans la famille,
cherche à expliquer des sentiments que même
la pesanteur du joug ne saurait excuser : « A dire
vrai, je n'en fus guère plus affligée ; et c'est
une chose remarquable qu'un homme de ce
mérite, après avoir travaillé toute sa vie pour
élever et enrichir sa famille, n'en ait reçu que
des marques d'aversion, même après sa mort.
Si vous sçaviez avec quelle rigueur il nous
traitoit en toutes choses, vous en seriez moins
surpris. Jamais personne n'eut les manières
si douces en public et si rudes dans le domestique ; et toutes nos humeurs et nos inclina-

---

[1] Madame de Motteville, *Mémoires* (Michaud et
Poujoulat), t. XXIV, p. 507.

tions étoient contraires aux siennes. Ajoutez
à cela la sujétion incroyable où il nous tenoit,
notre extrême jeunesse et l'insensibilité pour
toutes choses, où le trop d'abondance et de
prospérité jette d'ordinaire les personnes de
cet âge, quelque bon naturel qu'elles aient[1]. »
Et remarquez que madame de Mazarin, de son
propre aveu, fut la privilégiée du cardinal,
celle pour laquelle il déshérita presque les
autres, si un pareil terme peut s'employer en
présence de ce qu'il laissa encore à chacun.

Au moins, Mancini avait quelque droit de
se plaindre. Ce nom de Mazarin, dont il était
le seul héritier légitime comme l'unique mâle
survivant, fut, avec la plus ample part de
l'héritage, le lot de La Meilleraye, un fou autrement fou que le pauvre Nevers. Ce dernier,
sans en être enragé, comme le prétend Mademoiselle[2], goûta peu des arrangements qui,
tout en l'humiliant, étaient loin de le mettre
sur la paille. Mais il ne le montra pas trop ;
les deux beaux-frères vécurent même, dans
les premiers temps, en bonne intelligence, et

[1] Saint-Réal, *Œuvres complètes* (Paris, 1757), t. VI,
p. 23, 24 ; *Mémoires de madame la duchesse de Mazarin*.

[2] Mademoiselle de Montpensier, *Mémoires* (Michaud et Poujoulat), t. XXVIII, p. 365.

ce ne fut que plus tard, quand les ombrages de
M. de Mazarin allèrent jusqu'à incriminer les
relations du frère et de la sœur, qu'il se rap-
pela ses griefs contre cet intrus[1]. On se demande comment le cardinal, si habile à juger
les hommes, put se méprendre à ce point.
Toutes ces richesses, toutes ces merveilles
amassées au prix de tant de soins et d'efforts,
et qu'il livrait à un étranger pour les protéger
contre la dissipation de sa propre famille, allaient s'anéantir par le fait même de ce dépo-
sitaire inepte qui ne sut ni jouir ni conserver.
Il fallait, en somme, une certaine solidité
d'esprit que n'avait pas celui-ci pour se trouver à la hauteur d'une situation peut-être
unique[2], et des têtes plus fortes que la sienne

[1] Nevers, *Recueil de Poësies* (Bibliothèque de l'Arsenal. Manuscrits, Belles-Lettres françaises, 101),
p. 64, 65 ; épître à l'abbé Bourdelot. — *Recueil de
Chansons historiques* (Bibliothèque impériale. Manuscrits), t. VI, f. 3 ; épître à madame de Bouillon.

[2] Il n'est pas sans intérêt historique de reproduire
ici ce que Mazarin put faire pour son favori sans
s'ôter les moyens de doter magnifiquement Nevers
et ses nièces. Voici un état des biens laissés par le
cardinal à M. de La Meilleraye et à sa femme, tant
par contrat de mariage que par legs : 1° le duché de
Mayenne, circonstances, dépendances et annexes,

eussent pu en être ébranlées. Avant ce terrible malheur d'une fortune inouïe dont on se
sent accablé, M. de Mazarin passait dans le
monde pour un cavalier accompli ; il était à
la mode et fort recherché. « J'ai ouï dire aux
contemporains, raconte Saint-Simon, dont la
bienveillance, on le sait, n'est pas le péché
d'habitude, qu'on ne pouvoit avoir plus d'esprit ni plus agréable ; qu'il étoit de la meilleure compagnie et fort instruit ; magnifique,
du goût à tout, de la valeur ; dans l'intime

de la valeur de neuf cent cinquante mille livres ;
2° en argent comptant, douze cent mille livres pour
acheter une terre considérable ; 3° les droits sur le
sel de Brouage, de quarante mille livres de revenu ;
4° la moitié du palais Mazarin, estimé cinq cent
mille livres ; 5° la moitié des statues, estimées cent
cinquante mille livres ; 6° les terres et seigneuries
situées en Alsace, savoir : Belfort, Tannes, Dalkirq,
d'Elles, le comté de Ferret et les domaines de la
Fère, Marle, Ham, de la valeur de plus de cent
trente mille livres de revenu ; 7° les meubles portés
par l'inventaire fait après le décès du cardinal, esti-
més dix-huit cent mille livres ; 8° les billets, pro-
messes et obligations mises ès-mains du duc de
Mazarin par les exécuteurs testamentaires, ainsi
qu'il était justifié par le compte de l'exécution tes-
tamentaire signé de lui, près de six millions. —
Saint-Évremond, *Œuvres* (1753), t. VII, p. 272, 273.

familiarité du roi, qui n'a jamais pu cesser de l'aimer et de lui en donner des marques, quoiqu'il ait fait tout pour en être plus qu'oublié...[1] »

L'abbé de Choisy n'hésite pas à attribuer à une fortune, hors de toute proportion, le complet vertige dont fut atteinte cette nature faible, mais non pas dépourvue de qualités qui se comptent dans le monde. « Il eût été, dit-il, fort honnête homme et fort riche s'il fût demeuré dans son état naturel ; mais son âme n'étoit pas faite pour porter un si grand poids d'honneur et de richesse. » La tête lui tourna tout à fait, il se plongea dans les pratiques d'une dévotion étroite qui acheva bientôt ce qu'avaient commencé une grandeur démesurée et un bonheur conjugal destiné à une bien courte durée. Son étrange démarche auprès du roi ne témoigne que trop du trouble de ce cerveau frappé.

« Le 8 décembre 1664, rapporte Conrart, jour de la Notre-Dame, le duc de Mazarin, grand maître de l'artillerie, étant dans la chambre du roi, suivoit Sa Majesté pas à pas et tournoyoit comme ayant envie de lui parler. Le

[1] Saint-Simon, Mémoires (Chéruel), t. X. p. 277.

roi s'en étant aperçu, lui demanda s'il avoit quelque chose à lui dire ; il lui répondit, en tâtonnant et hésitant, que oui, mais qu'il n'en osoit prendre la liberté. Le roi répartit qu'il le pouvoit et qu'il n'y falloit point faire davantage de façon ; et l'autre marchandant encore, Sa Majesté lui demanda s'il s'agissoit de quelque mauvais dessein qu'il eût découvert que quelqu'un eût eu contre sa personne ou contre l'État ; mais que, quoi que ce fût, il lui ordonnoit de le dire franchement. Sur cela le duc lui dit qu'ayant fait ses dévotions le matin, et étant en la présence de Dieu, il lui étoit venu une pensée ; puis il s'arrêta, et le roi le pressa encore d'achever et de s'expliquer. Alors il dit, d'un ton à demi bas et tremblant, que la pensée qui lui étoit venue étoit que Dieu n'étoit peut-être pas content de ce qui se passoit entre Sa Majesté et mademoiselle de La Vallière, et qu'il avoit cru être obligé en conscience de l'en avertir. Le roi, ayant entendu cela, s'approcha de son oreille et lui dit d'une manière douce et favorable : « M. Mazarin, je vous conseille de ne parler « jamais de cela à personne, car vous feriez « faire un fort mauvais jugement de vous : « pour moi, je vous promets de n'en rien dire,

« et qu'il ne tiendra pas à moi que la chose
« demeure secrète[1]. »

C'était plus qu'il n'en fallait pour perdre
tout autre. Que Louis XIV lui ait fait cette
réponse, ou que la réplique ait été plus verte[2],
le grand maître de l'artillerie n'en fut pas
moins bien accueilli dans la suite. Le roi té-
moigna toujours aux créatures du ministre
défunt une affection et des égards particuliers ; et ce fut bien la faute de M. de Nevers
et de ses sœurs, si, plus tard, il dut leur retirer sa protection, user même de rigueur.
A titre de l'élu du cardinal, M. de La Meilleraye avait droit à tout espérer du roi, et il
eut beau faire, la bonté et l'indulgence du
prince ne se lassèrent point et furent toujours
pour lui, contre cette pauvre Hortense dont
la vie vagabonde et besogneuse fit plus qu'expier les persévérantes légèretés. La consi-

[1] Conrart, *Mémoires* (Michaud et Poujoulat), t.
XXVIII, p. 620.

[2] C'eût été l'ange Gabriel qui fût apparu à M. de
Mazarin et qui l'eût chargé de dire à Sa Majesté de
renvoyer mademoiselle de La Vallière. « Il m'a aussi
apparu, lui eût répondu le roi, et m'a assuré que
vous étiez fou. »—Saint-Réal, *Œuvres complètes* (Paris,
1757), t. VI, p. 66; *Mémoires de Madame la duchesse de
Mazarin*.

3.

dération des services rendus put aussi avoir
son poids dans cette bienveillance excessive
qui voulut fermer les yeux et se boucher les
oreilles. Louis XIV était le débiteur de M. de
Mazarin. A l'époque de l'arrestation de Fouquet, il lui avait fait l'honneur de lui emprun-
ter une somme assez sérieuse que celui-ci
avait mise à sa disposition avec un élan, un
dévouement qui ne s'oublient point : « Mon
cousin, lui avait-il écrit, après avoir fait arrêter le surintendant de mes finances, comme
vous avez su que j'ai fait, il pourroit arriver
que j'aurois besoin de deux millions de livres
que vous m'avez offert de me prêter..,[1]. »
Le service était de conséquence, on le voit.
Et, cependant, l'obligé des deux, ce pouvait
bien être M. de Mazarin. Cette fortune du cardinal l'empêchait de dormir, elle était le malheur et le remords de sa vie, en attendant
qu'elle devînt sa réprobation. Il n'eut bientôt
plus qu'une idée, celle de soulager sa conscience à tout prix. Il encourageait les reven-
dications, de quelque nature qu'elles fussent;
il les eût provoquées, ne se sentant jamais

[1] *Œuvres de Louis XIV* (Treuttel et Würtz, 1806),
t. V, p. 54; Lettre de Louis XIV au duc de Mazarin :
Fontainebleau, 13 septembre 1661.

plus content et plus heureux que lorsqu'il se
voyait dépouillé. « Je suis bien aise, disait-il,
qu'on me fasse des procès sur tous les biens
que j'ai eus de M. le cardinal. Je les crois tous
mal acquis ; et du moins quand j'ai un arrêt
en ma faveur, c'est un titre, et ma conscience
est en repos [1]. » Toutes ces sûretés n'étaient
pas des plus obligeantes pour la mémoire de
son bienfaiteur [2] ; mais M. de Mazarin n'était,
sans s'en douter, que l'instrument de Dieu

[1] Choisy, *Mémoires* (Michaud et Poujoulat), t. XXX,
p. 572.—Saint-Évremond, *Œuvres* (1753), t. VI, p. 144 ;
Réponse au plaidoyer de M. Érard. — Saint-Simon,
Mémoires (Chéruel), t. X, p. 278.

[2] Pour être conséquent, M. de Mazarin eût dû soumettre à la même enquête l'énorme fortune que lui
avait laissée son père. M. de La Meilleraye, aussi
grand maître de l'artillerie, était un de ces pillards
audacieux qui opèrent en plein soleil et plaisantent
les premiers sur leur brigandage. Il porta un jour,
en ligne de compte, douze à treize cent mille
livres de vinaigre pour rafraîchir le canon. « La
somme étoit un peu exorbitante, dit Amelot de La
Houssaye, mais le duc de La Meilleraye étoit proche
parent du cardinal de Richelieu, et l'article ne fut
pas contesté. Ce duc retiroit des sommes si extraordinaires de cette charge, qu'il disoit en riant que
c'étoit la magie noire. »—Amelot de La Houssaye,
Mémoires historiques, politiques, critiques et littéraires
(Amsterdam, 1737), t. III, p. 66.

qui avait frappé de malédiction ces richesses
iniques dérobées au peuple et à l'État. Il ne
devait pas en demeurer là. Le cardinâl n'eût
pas été Italien s'il n'eût pas aimé les arts ; il
avait rassemblé à grands frais un nombre in-
calculable de tableaux, de tapisseries, de mar-
bres précieux. Autre tourment, autre désespoir pour le mari d'Hortense. Ces chefs-d'œuvre manquent de décence : ils effrayent, ils
scandalisent sa pudeur ; il se doit, il doit au
monde de dérober aux regards des nudités
qui sont autant de tentations et de provoca-
tions aux pensées coupables. Il n'hésitera pas :
son bras, près de frapper, ne tremblera ni ne
faiblira.

« ...Il part de Vincennes à la pointe du jour
pour cette fameuse expédition ; il fait lever
Tourolles, son garde-meuble, à présent garde-
meuble de la couronne, lui fait ouvrir une
des galeries ; il y entre avec un masson qui
travailloit chez lui, prend de sa main un pe-
sant marteau et se jette avec furie sur ces
statues. Tourolles, fondant en larmes, lui re-
présente en vain la substitution[1] et la ruine

---

[1] Le cardinal les avait léguées par son testament
également au duc de Mazarin et à M. de Nevers.
A part le côté ridicule et monstrueux de ce vanda-

de tant de chefs-d'œuvre : sa lassitude fut la
fin de son travail. Sur les sept heures du soir,
M. Colbert y arrive ; M. de Mazarin le suit ; il
y voit ce massacre, pour ainsi dire, traite de
fou le meurtrier et le quitte percé d'une véritable douleur. Monsieur Mazarin s'en va souper tranquillement ; et sur les neuf heures,
accompagné de cinq ou six de ses domesti-
ques, il passe à l'atelier où les massons lais-
soient leurs outils, donne un marteau à chacun des siens, retourne à la galerie avec son
escorte ainsi armée ; il anime les uns par son
exemple, il reproche aux autres leur lâcheté ;
il choisit pour son partage ce genre qu'il fuit
et qu'il désire.... C'étoit le samedi ; minuit
sonne ; ce signal du jour du dimanche et du
repos du Seigneur fait cesser la besogne.
M. Colbert l'ayant sù, en écrit au roi... le lendemain , le roi envoya un exempt et trois
gardes du corps s'emparer de son palais, avec
défenses d'en sortir, jusqu'à ce que les com-
missaires eussent dressé procès-verbal[1]. »

lisme, le mari d'Hortense s'arrogeait donc un droit
qu'il n'avait pas en mutilant et défigurant ces statues, des chefs-d'œuvre pour la plupart.

[1] Saint-Évremond, Œuvres (1753), t. VIII, p. 241.
242, 243 ; *Factum* pour la dame Hortense Mancini,

C'était arriver un peu tard, et M. de Mazarin n'avait eu que trop de temps pour accomplir ce pieux sacrilége[1]. C'est là peut-être, depuis l'invasion des iconoclastes, le seul trait d'un pareil fanatisme. Louis XIV ne l'oublia jamais. Plus de quatre ans après, inspectant les bâtiments du Louvre et apercevant un marteau sur un degré, il se retourna vers Perrault et ne put s'empêcher de dire : « Voilà une arme dont le duc Mazarin se sert fort bien[2]. » M. de Mazarin ne devait pas s'arrêter en si beau chemin. Il se fit de tout des scrupules, vit le mal partout, et se

duchesse de Mazarin, contre messire Armand Charles, duc de Mazarin.

[1] Madame de Scudéri écrivait à Bussy, à la date du 11 octobre 1668 : « M. de Mazarin a sa maison pour prison, sur ce qu'il a cassé ou brûlé pour plus de quatre cent mille francs de statues et de tableaux, parce que c'étoient des nudités. M. de Colbert, ayant découvert ce beau desscin avant qu'il l'eût exécuté, lui avoit envoyé un ordre du roi pour l'en empêcher. »—*Lettres* de Bussy-Rabutin, t. II, p. 36, 42. — Exécuté veut dire ici achevé ; autrement il y aurait contradiction flagrante. Au reste, madame de Scudéri n'en savait pas plus long que tout Paris, dont cet événement était la rumeur.

[2] Choisy, *Mémoires* (Michaud et Poujoulat), t. XXX p. 572.

mit à faire au diable une guerre à outrance qui, sans nuire aux affaires de ce dernier, acheva de ruiner le pauvre duc dans l'esprit des gens sensés. Il avait charge d'âmes, le salut de ses vassaux et de ses vassales n'était pas, à ce compte, une chose indifférente. Il fit des règlements (quels règlements!) qui eurent force de loi dans toutes ses terres, et dont l'énoncé mitigé, car il est difficile de les exposer dans leur terrible candeur, donnera la mesure de l'état moral du grand maître de l'artillerie. Défense fut faite aux nourrices d'allaiter leurs nourrissons, le vendredi et le samedi; aux femmes de traire les vaches, pour éloigner d'elles toutes mauvaises pensées; même défense de filer au rouet. « Il voulut, dit Saint-Simon, faire arracher les dents de devant à ses filles, parce qu'elles étoient belles, de peur qu'elles y prissent trop de complaisance [1]. » Nous aimons à croire que cette lubie demeura à l'état de projet et que mesdemoiselles de Mazarin gardèrent leurs dents, au péril de leur salut. « Il faisoit, raconte encore Saint-Simon, des loteries de son domestique, en sorte que le cuisinier devint son

---

[1] Saint-Simon, *Mémoires* (Chéruel), t. X, p. 278, 279.

intendant et le frotteur son secrétaire. Le sort marquoit selon lui la volonté de Dieu ; le feu prit au château de Mazarin ; chacun accourut pour l'éteindre ; lui, à chasser ces coquins qui attentoient au bon plaisir de Dieu. » Voltaire, dans une de ses épîtres, s'est égayé sur cette résignation par trop passive dans les arrangements de la Providence :

Craignant de faire un choix par sa faible raison,
Il tirait aux trois dés les rangs de sa maison.
Le sort, d'un postillon, faisait un secrétaire ;
Son cocher étonné devint homme d'affaire ;
Un docteur hibernois, son très-digne aumônier,
Rendit grâce au destin qui le fit cuisinier [1].

Nous serions loin d'avoir fini, si nous ne devions pas reculer devant la crudité bien intentionnée de certaines prescriptions. Il y a des ordonnances concernant les apothicaires en campagne ; les bergers à l'égard de leurs moutons et de leurs chèvres ; les pâtres à l'endroit de leur bétail, que le curieux peut

[1] Voltaire, *Œuvres complètes* (éd. Beuchot), t. XIII. p. 144 ; *Épître à un ministre d'État sur l'encouragement des arts*, 1740.— *Entretien de M. Colbert ministre et secrétaire d'Estat, avec Bouin, fameux partisan* (à Cologne, Pierre Marteau, 1701). Second entretien. p. 29, 30.

aller chercher où elles se trouvent, mais qu'il
nous est interdit de placer ici[1]. Cette dévotion insensée, ces scrupules sans nom ne pouvaient être envisagés de deux façons. Un jour,
le duc de Mazarin s'étant pieusement jeté aux
genoux de l'évêque de Noyon[2], le priant de
lui donner sa bénédiction, le prélat lui répondit avec un mépris écrasant : « Monsieur,
puisque vous le désirez avec tant de passion,
je vous donne ma compassion[3]. » Accordons
la nôtre à cette pauvre Hortense, faite moins
qu'aucune autre pour s'accommoder d'un tel
fou et d'une telle vie.

Il était bon d'appuyer sur des extravagances si peu dignes d'ailleurs de l'attention de
l'histoire ; elles n'aideront pas médiocrement
à la justification de Nevers, accusé par M. de
Mazarin de ressentir pour la duchesse une
affection qui n'était rien moins que fraternelle. Les deux beaux-frères habitaient par
moitié l'immense palais du cardinal. Durant

[1] Saint-Évremond, *Œuvres* (1753), t. VI, p. 137,
161, 162 ; *Réponse au plaidoyer de M. Érard*. Préface.

[2] François de Clermont-Tonnerre.

[3] Amelot de La Houssaye, *Mémoires historiques, politiques, critiques et littéraires* (Amsterdam, 1737), t. II,
p. 356.

le procès que soutint la duchesse contre son mari, il avait été décidé que la jeune femme occuperait l'hôtel Mazarin. Son premier soin eût été alors de faire percer, dans le mur de l'hôtel de Nevers, une porte de communication avec son appartement, et par laquelle elle pouvait sortir à toute heure, sans être vue : c'est l'un des grands griefs M. de Mazarin. Le défenseur d'Hortense répond, avec assez de vraisemblance, qu'elle n'avait pas eu à faire pratiquer une issue qui avait longtemps existé, et qu'il ne voyait pas ce qu'on pouvait déduire de ces visites à un frère dont les conseils et l'affection étaient d'une si grande utilité en un pareil moment. Il est vrai que Nevers ne se fût pas borné à des avis plus ou moins judicieux et qu'il eût favorisé la fuite de madame de Mazarin.

Quoi qu'il en soit, voilà la duchesse sur les grandes routes, et son pauvre mari jetant feu et flamme, et criant au rapt. L'affaire est portée en Parlement, le frère et la sœur y sont accusés d'un même crime, celui-ci d'avoir enlevé, celle-là de s'être fait enlever, bien que le ravisseur, en somme, n'eût quitté Paris ni son hôtel. Nevers se pourvut, de son côté, en réparation d'honneur; mais, comme

les choses traînaient en longueur et que les
pieds lui brûlaient, au bout d'un mois il se
lassait d'attendre, et partait pour l'Italie où
il retrouvait la fugitive installée chez leur
sœur, la connétable Colonne. C'était laisser
le champ libre à M. de Mazarin qui obtint un
ajournement personnel, que l'absence fît
changer en décret de prise de corps. Ce dernier ne s'arrêta pas en aussi beau chemin ;
un huissier du Parlement fut dépêché à l'hôtel
de Nevers pour faire l'annotation des biens,
et les violences n'en fussent pas demeurées
là sans l'intervention de la princesse de Carignan et du reste de la famille, qui imposa
à ce furieux [1].

Il y avait bien de la frivolité dans la tête de
cette pauvre Hortense qui amoncela légèretés
sur légèretés et s'y prit si bien que sa famille
finit par l'abandonner dans sa lutte avec son
mari. Mais quelle femme eût pu se résigner
à vivre avec ce cerveau malade, dont l'inquiétude devenait intolérable pour tout son
monde ? M. de Mazarin était un de ces jaloux
frénétiques aux yeux desquels tout est pé-

[1] Saint-Évremond, *Œuvres* (1753), t. VIII, p. 109,
111, 112, 232, 233, 235, 284, 285.

ril : Paris lui paraissait un lieu de perdition, aussi n'y laissait-il séjourner sa femme que le moins qu'il pouvait. Durant les trois ou quatre premières années de leur mariage, il fit faire à la duchesse trois voyages en Alsace, autant en Bretagne, sans compter plusieurs autres à Nevers, dans le Maine, à Bourbon, à Sedan. Plus tard, ces ombrages et les déplacements qui en étaient la conséquence ne firent que croître; il lui suffisait que sa femme se fût acclimatée quelque part pour l'en arracher en grande hâte, quelque raison qu'il eût d'ailleurs de l'y laisser [1]. La jeune duchesse se soumit longtemps, mais l'obéissance finit par lui peser; elle en écrivit à Colbert, qui lui conseilla de prendre patience. Elle n'avait d'autre consolation que de s'épancher dans le cœur d'un frère qui l'aimait tendrement; à l'un de ses retours d'Italie, Nevers, la voyant traîner à Sedan par son triste Othello, vint passer quelques jours au sein de ce ménage si peu assorti. Madame de Mazarin fait remonter à ce séjour les premiers symptômes de la jalousie de son mari. Hortense ne croit

[1] Saint-Réal, *Œuvres complètes* (Paris, 1757), *t.* VI, p. 28, 31; *Mémoires de madame la duchesse de Mazarin.*

pas, ou feint de ne pas croire à la sincérité de pareils sentiments : M. de Nevers était un témoin incommode, un conseil importun, dont on voulait se défaire à tout prix ; c'était difficile honnêtement, on ne trouva pas d'autre biais que de simuler une jalousie qu'on ne pouvait avoir[1].

Nous ne doutons pas que le duc de Mazarin ne fût très-convaincu, à tort ou à raison, et nous l'estimons moins coupable de duplicité que de démence. Quels étaient ses griefs contre son beau-frère ? Ce dernier avait chanté les vertus et les charmes de la duchesse en petits vers à sa taille qui respiraient l'enthousiasme et la tendresse : la tendresse d'un amant, s'écriait le mari ombrageux ; la tendresse d'un frère, ripostait avec l'énergie de l'indignation la belle Hortense. Le fait est que le frère disparaissait souvent derrière le poëte, et que le poëte usait et abusait de la métaphore et de l'hyperbole. Mais n'est-ce pas le droit du poëte, et ne faut-il pas être fou à lier pour prendre à mal ces innocentes hardiesses de la muse ? M. de Nevers aimait ses sœurs avec des dé-

[1] Saint-Réal, *Œuvres complètes* (Paris, 1757), t. VI, p. 34 ; *Mémoires de madame la duchesse de Mazarin.*

monstrations d'Italien auxquelles le mieux
était de se résigner. Pourquoi M. de Mazarin
n'eût-il pas toléré ce qui semblait très-licite et
tout simple aux maris des autres nièces du
cardinal? Nevers ne se gênait guère avec madame de Bouillon, et il ne se gênait pas plus
avec la connétable Colonne : « ... J'allois, raconte cette dernière, sur le *Corso dimezzo*
ou à la *Place d'Espagne,* en carrosse avec mon
frère, nous tenans tous deux embrassez ; mais
il me semble que l'affection fraternelle ne
doit pas donner du scandale, mais plutôt,
elle doit être louée dans les personnes qui
étant unies de sang le doivent être pareille-
ment d'affection...[1] » Cette amitié, pour être
pure, n'était pas, toutefois, à l'abri de la médisance, et les courses en calèche du frère et
de la sœur, tantôt à Marine, tantôt à Frascati,
faisaient jaser, même à Rome. Qu'eût dit et
fait le duc de Mazarin à la place du connétable, qui n'était pas pourtant exempt de jalousie? Mais laissons là ce triste fou et revenons plus particulièrement à M. de Nevers.

[1] Les *Mémoires de M. L. P. MM. Colonne, G. Connétable du royaume de Naples* (Cologne, Pierre Marteau,
1676). p. 43, 44.

Quelque excessifs qu'eussent été les avantages faits par le cardinal au fils du maréchal
de La Meilleraye, bien des spoliés, en somme,
le voudraient être comme le fut Mancini, auquel, toute rancune tenante, son oncle laissa
le duché de Nevers, le comté de Donzi et de
grands biens, tant en Italie qu'en France[1]. Ce
dernier prit, dès lors, le nom de son duché,
non pas qu'il tînt énormément à ce titre,
comme il le prouva bien. Il ne se souciait que
d'une chose : son indépendance, l'absence de
toutes entraves, l'emploi libre et spontané de
l'air et de l'espace, ce droit de nature qui est.
le lot si rare de l'homme à l'état de société ;
et, pour arriver à ce but unique de ses désirs,
il secoua comme des chaînes ces mêmes atta-
ches que les plus favorisés lui eussent enviées.
En vain Colbert, que Mazarin lui avait donné
pour tuteur, essayera-t-il de combattre ces
dégoûts pour la plus belle charge du royaume, en vain cherchera-t-il, en désespoir de
cause, un équivalent à cette situation unique,
Nevers ne veut se prêter à rien : il faut qu'il

---

[1] *OEuvres de Louis XIV* (Treuttel et Würtz, 1806),
t. VI, p. 272 à 345; *Testament du cardinal de Mazarin et
Codiciles.*

réside, et il veut courir soit à Rome, soit à
Venise, où l'on apprend par l'évêque de Bé-
ziers « qu'il s'abandonne à des curiositez qui
le perdront infailliblement. » Au moins, s'il
consentait à faire acte de présence, à dissimuler quelque temps, on pourrait trouver
une compensation dans un mariage avantageux que viendraient combler les bontés du
roi. Tout cela le touche peu, il ne voit que
le bonheur d'être libre et de n'avoir d'autre
maître que sa fantaisie [1].

Une telle insouciance (Dieu nous garde
d'appeler cela de la philosophie !) avait au
moins le mérite de n'être pas vulgaire, et
Nevers était sûr de ne point rencontrer beaucoup d'imitateurs. Ce n'est pas Bussy qui,
en passe d'arriver à tout, eût volontairement
abandonné la partie et préféré le facile repos
du sybarite aux ennuis et aux tracas que
l'ambitieux heurte à chaque pas ; aussi ne
prend-il point la peine de déguiser le profond
dédain que lui inspire le pauvre Nevers [2].

[1] G. Depping, *Correspondance administrative de
Louis XIV*, t. IV, p. 669, 670, 671 ; Lettres de Colbert à la connétable Colonne, 15 et 27 juin 1663.

[2] Bussy - Rabutin, *Mémoires* (Charpentier 1857),
t. II, p. 108, 109.

Mais lui sied-il bien de se montrer si rigoureux pour une frivolité qui sauve de plus grands travers? L'indépendance du caractère, de quelque côté qu'elle vienne, est un don si rare qu'il faut la saluer partout où on la rencontre. Nevers la dut à sa légèreté, soit. Lorsqu'on parcourt la longue correspondance de Bussy, si pleine d'amertume et de regrets, où le courtisan disgracié use sa vie à ramper devant le maître, à baiser, à lécher, dirons-nous, la main royale que ses soumissions ne sauraient fléchir, on lui souhaiterait un peu de cette futilité qui ne fait sans doute pas les héros, mais qui non plus ne fait point descendre, si elle est incompatible avec toute élévation. Saint-Simon traite Nevers moins durement ; cette universelle insouciance ne paraît même pas trop lui déplaire.

« Son oncle, nous dit-il, le laissa fort riche et grandement apparenté. Il ne tint qu'à lui de faire une grande fortune à l'ombre du cardinal de Mazarin, à laquelle très-longtemps le roi accorda tout. M. de Nevers fut capitaine des mousquetaires, dont le roi s'amusoit fort ; il eut le régiment d'infanterie du Roi, auquel ce prince s'affectionna toute sa vie ; et se l'appropria comme un simple colonel, pour en

faire immédiatement tout le détail par lui-
même. Tout cela, au lieu de séduire M. de
Nevers, l'importuna. Il suivit le roi quelques
campagnes. Les troupes et la guerre n'étoient
pas son fait, ni la cour guère davantage. Il
quitta ces emplois pour la paresse et les plaisirs. Il avoit porté la queue du roi le lendemain du sacre[1], lorsqu'il reçut l'ordre du
Saint-Esprit des mains de Simon Le Gros, évêque de Soissons, qui, par le privilége de son
siége, l'avait sacré en l'absence du cardinal
Barberin, archevêque-duc de Reims, qui étoit
à Rome[2]. En conséquence, M. de Nevers fut

[1] Au mariage du roi, Mancini avait déjà porté la
queue de la duchesse de Montpensier, qui accepta
gracieusement cet arrangement du cardinal, bien
qu'elle crût avoir droit à des ducs et que le duc de
Roquelaure se fût même offert. « Ce choix, dit Mademoiselle, me plut extrêmement et me paroissoit
plus avantageux que tous les ducs du royaume. » —
La duchesse de Montpensier, *Mémoires* (Michaud et
Poujoulat), t. XXVIII, p. 354.

[2] Il y a là presque autant d'erreurs que de mots.
D'abord ce n'est pas Simon Le Gros, mais *Le Gras*
qu'il faut lire. L'évêque de Soissons sacra, en effet,
Louis XIV, à défaut de l'archevêque de Reims, non
parce que ce dernier se trouvait à Rome, mais parce
qu'il était laïque. Le siége était sinon occupé du
moins possédé par M. de Nemours depuis 1651. La

chevalier de l'ordre à la promotion de 1661;
il n'avoit que vingt ans[1]. Il se défit du gouvernement de La Rochelle et du pays d'Aunis,
et il épousa, en 1670, la plus belle personne
de la cour, fille aînée de madame de Thianges, sœur de madame de Montespan. Il eut,
en 1678, un brevet de duc qu'il ne tint qu'à
lui, dix ans durant, de faire enregistrer. Il le
négligea[2]. »

Cet amour effréné de l'indépendance, cette
appréhension de toute chaîne, même dorée,

Chesnaye-des-Bois se trompe en le lui faisant quitter
dès 1652; il le garda jusqu'en 1657, qu'il épousa
mademoiselle de Longueville, la belle-fille de la
célèbre duchesse de Longueville. Le sacre de
Louis XIV eut lieu le 7 juin 1654, trois ans avant
l'abdication du prince et, conséquemment, la nomination du cardinal Barberin, antérieurement évêque de Poitiers. — *Gallia Christiana*, t. IX, p. 162,
380.— Gui Patin, *Lettres* (éd. de 1846), t. II, p. 139,
232, 294, 317.

[1] Cette fonction donnait l'Ordre, la promotion suivante, à celui qui l'avait remplie, n'eût-il pas l'âge
requis pour le recevoir. Au sacre de Louis XV, le
marquis de Nesle, qui porta la queue du roi, obtint également le collier, quoique mineur, comme
M. de Nevers.—Dangeau, *Journal* (addition de Saint-
Simon), t. XVIII, p. 175.

[2] Saint-Simon, *Mémoires* (Chéruel). t. V, p. 390, 391.

qui le poussaient à se démettre de ses emplois,
devaient le tenir dans une sainte horreur de
cet engagement indissoluble, dont la mort
seule affranchit. Il n'en fut rien pourtant.
Mais son mariage fut, à vrai dire, un escamotage qui ne le surprit pas moins que le
reste du monde ; il fut l'ouvrage de Lauzun,
auquel il fallut tout son savoir-faire pour
venir à bout des irrésolutions, des fluctua-
tions de cet étrange amoureux. « Ceux qui le
connoissoient, écrit Mademoiselle, disoient
qu'il s'étoit trouvé marié lorsqu'il ne croyoit
pas l'être : j'étois d'avis qu'il ne conclût pas
(M. de Lauzun) cette affaire qu'après que la
nôtre seroit achevée. Madame de Montespan
le pressoit, et il ne falloit qu'un quart
d'heure pour perdre M. de Nevers, qui va et
vient de Rome, par fantaisie, deux ou trois
fois l'année, comme les autres gens vont se
promener au Cours[1]. » Cette dernière expression est plaisante et peint à merveille cette
facilité de locomotion, admirable en un temps
où le moindre déplacement était une affaire.
Une autre femme, une femme d'esprit, qui a

[1] Mademoiselle de Montpensier, *Mémoires* (Michaud et Poujoulat), t. XXVIII, p. 442.

écrit en se jouant des souvenirs charmants,
confirme le dire de la princesse, et presque
dans les même termes : « Ce M. de Nevers
avoit accoutumé de partir pour Rome de
la même manière dont on va souper à ce
qu'on appelle aujourd'hui une guinguette,
et on avoit vu madame de Nevers monter en
carrosse, persuadée qu'elle alloit seulement
se promener, entendre dire à son cocher :
à Rome ![1] »

Le mariage arrêté, Nevers ne crut pas devoir passer outre sans aller inviter à ses noces
sa famille d'Italie. Était-ce aussi indispensable
qu'il se le figurait? Un amant ordinaire se fût
cru suffisamment excusé par la distance et se
fût contenté d'en écrire aux siens. On était en
plein carnaval, Rome entière était au *Corso* ;
c'était là qu'il devait rencontrer tout son monde. Le connétable Colonne s'y trouvait, en
effet, avec sa femme. La portière de leur carrosse s'abaisse inopinément, un masque ap-
paraît, qui saute au cou de la princesse et la
serre dans ses bras, sans plus de façon. Le
connétable met la main à son poignard ; il

[1] Madame de Caylus, *Mémoires* (Michaud et Poujoulat), t. XXXII, p. 489.

allait frapper, si son beau-frère ne se fût hâté
de se faire connaître : « Ne puis-je pas, dit-il,
saluer ma sœur d'un saint baiser[1] ? » Cette
surprise, qui avait menacé de tourner au tragique, parut, en fin de compte, délicieuse à
M. le connétable, qui ne haïssait pas la plaisanterie. Le duc de Nevers devait, toutefois,
perdre et ses pas et sa peine. Ce voyage ne
souriait pas au prince italien, qui se souciait
peu que sa femme revît la France, « appré-
hendant que ce païs-là n'empoisonnât mon
cœur, » fait dire à Marie Mancini l'auteur plus
ou moins apocryphe de ses Mémoires. Quant
à madame de Mazarin, elle était, à Rome, dans
une position des plus précaires ; elle se dé-
termina, quoiqu'il lui en coûtât, à faire un
voyage en France, dans l'espoir d'obtenir une
pension de son mari. Il était assez naturel que
Nevers lui fît la conduite et lui servît d'escorte ; ce fut même la coïncidence de ce retour
qui mit fin à ses incertitudes et acheva de la
décider. Mais était-il donc si nécessaire,
comme elle nous l'apprend, de rester près

---

[1] Les *Mémoires de M. L. P. MM. Colonne, G. Connétable du royaume de Naples* (Cologne, Pierre Marteau,
1676), p. 114, 115.

de six mois en chemin [1], et qu'en devait penser la belle fiancée qu'on se hâtait si lentement d'aller épouser ?

C'était là un singulier amoureux, s'il était
véritablement amoureux, et il faut bien croire
qu'il l'était : rien, que son penchant pour
cette jeune fille, pouvait l'amener à un parti
qu'il n'eût jamais dû prendre. Mademoiselle
de Thianges était sans fortune, elle n'avait
d'autre dot que d'être la nièce de madame
de Montespan. Pour un ambitieux, cette parenté était plus qu'une fortune ; mais M. de
Nevers qui, loin de chercher à se rapprocher
du soleil, ne demandait qu'à se tenir à distance de ses rayons, ne pouvait céder à une
semblable considération. Il était mobile, ca-
pricieux, incertain, l'on profita d'un moment
d'éblouissement pour l'engager. La parole
donnée, le reste dut se faire avec plus ou
moins de labeur. « Ma fille me prie, écrit
madame de Sévigné à son gendre, de vous
mander le mariage de M. de Nevers ; ce M. de
Nevers si difficile à ferrer, si extraordinaire,
qui glisse des mains alors qu'on y pense le
moins ; il épouse enfin, devinez qui? ce n'est

[1] Saint-Réal, *OEuvres complètes* (Paris, 1757), t. VI,
p. 93 ; *Mémoires de madame la duchesse de Mazarin.*

point mademoiselle d'Houdancourt, ni mademoiselle de Grancei, c'est mademoiselle de Thianges, jeune, jolie, modeste, élevée à l'Abbaye-aux-Bois. Madame de Montespan en fait la noce dimanche; elle en fait comme la mère, et en reçoit tous les honneurs. Le roi rend à M. de Nevers toutes ses charges; de sorte que cette belle, qui n'a pas un sou, lui vaut mieux que la plus grande héritière en France[1]. » Elle eût eu cette valeur pour tout autre que pour le frivole Mancini, qui ne devait pas, dans la suite, profiter plus que devant d'une faveur acquise à tout ce qui touchait de près ou de loin aux Mortemart. On aurait tort de chercher une arrière-pensée à ce mariage dont tant de raisons pouvaient le détourner; et, malgré sa tendresse si mal jugée pour la duchesse de Mazarin, nous croyons que, s'il se décida à épouser mademoiselle de Thianges, ce ne fut point davantage en vue d'acquérir à cette sœur bienaimée une protection alors toute-puissante[2].

[1] Madame de Sévigné, *Lettres* (éd. Monmerqué), t. I, p. 217; Lettre de madame de Sévigné à M. de Grignan; à Paris, mercredi 10 décembre 1670.

[2] Saint-Évremond, *Œuvres* (1753), t. VIII, p. 244; *Factum* pour la duchesse de Mazarin.

II

Noces de M. de Nevers.—La *Bérénice* de Racine.—Le Clerc
et Pradon.—Pradon et la chronologie.— Les deux *Phèdre.*
— Levée de boucliers contre Racine. — Madame de Bouillon. — Elle loue la salle de l'hôtel de Bourgogne et celle
de la rue Guénégaud.— Conseil de Boileau. — La Champmeslé est pressée. — Représentation de la pièce de Racine.—Accueil glacial.—Souper chez madame Deshoulières.
—Premier sonnet.—Pradon récrimine.— Jugement du public sur les deux tragédies. — Boutade de Boileau chez
M. de Broglie.—Deuxième sonnet.— Les passions littéraires. — M. de Nevers se fâche. — Frayeur de Racine et de
Boileau.— Troisième et quatrième sonnets. — Intervention
du grand Condé.— Il aimait les gens de lettres.— Il fallait
que l'on fût de son sentiment.—Ce que dit Despréaux à ce
sujet.—De qui était le second sonnet.—D'Effiat, Manicamp,
le comte de Fiesque, Nantouillet, Guilleragues.— Le *Gen-
seric* de madame Deshoulières.—La duchesse de Nevers.—
Victime de sa coiffeuse.—Nevers jaloux de sa femme.—Ce
n'est pas sans raison.— Manœuvres dont elle est l'objet.—
M. le Duc amoureux. — Sa magnificence en matière de galanterie. — Il perce toute une enfilade de maisons pour
se trouver avec la duchesse.— M. de Nevers veut emmener
sa femme à Rome.—Un expédient ruineux.—Le mari tombe
dans le piège.

La *Gazette* de Robinet annonce à sa façon
ce grand événement et trouve, pour les

5.

deux conjoints, toutes les hyperboles de l'é-
loge et de l'admiration. Au tableau qu'elle
fait de la fiancée, M. de Nevers n'est pas à
plaindre :

> C'est mademoiselle de Thiange,
> Qui vaut du Pactole et du Gange
> Tous les éblouissans trésors,
> Par ceux de son aimable corps,
> Tout pétry de lys et de nége,
> Et, par un rare privilége,
> Pourvû de grâces et d'attraits,
> Qui n'ont que quinze ans, à peu près.
> D'ailleurs, cette jeune épousée
> Se trouvoit alors batisée
> Depuis quelques jours, seulement ;
> Si qu'elle étoit, assurément,
> D'âme et de corps, en ce dimanche,
> Comme une hermine, pure et blanche [1].

Ce fut l'évêque de Noyon qui fit le mariage,
aux Tuileries. Le roi et Monsieur y assistè-
rent. Louis XIV devait cette marque de considération à madame de Montespan et à sa
sœur, cette caustique et originale madame
de Thianges, dont les saillies et le franc-parler avaient trouvé un crédit qui survécut à la
fortune de la favorite. La présence du souverain, le concours d'une parenté représentant ce qu'il y avait de plus illustre dans le

---

[1] *Gazette* de Robinet, 20 décembre 1670.

royaume et la magnificence de la fête inau-
gurèrent splendidement l'entrée en ménage
des deux époux. Nous allions passer sous silence une circonstance qui a bien son intérêt
pourtant. *Bérénice* de Racine était dans toute
sa nouveauté ; elle avait été représentée pour
la première fois le 21 novembre à l'hôtel de
Bourgogne, elle était l'objet de toutes les
conversations et de toutes les disputes :

> Or, pour le divertissement
> Qui précéda le sacrement
> Et toute chère nuptiale,
> L'excellente troupe royale
> Joua miraculeusement,
> C'est-à-dire admirablement,
> Son amoureuse *Bérénice*,
> Et chacun, en rendant justice
> Tant aux actrices qu'aux acteurs,
> Les traita de vrais enchanteurs,
> Sur tous Floridor[1], cet illustre,
> Que son métier couvre de lustre,

[1] Floridor passait pour être le meilleur comédien
de son temps et en était le plus aimé. L'affection
qu'on lui portait allait jusqu'à l'idolâtrie. Lorsqu'on
joua *Britannicus,* on eut la malencontreuse idée de
le charger du rôle de Néron. Le public ne put se
résigner à lui voir représenter un personnage
odieux. On dut l'en débarrasser et le confier à un
acteur moins chéri, et la pièce ne s'en trouva que
mieux.—*Bolœana* (Amsterdam, 1742), p. 106, 107.

Et la charmante Champmeslé,
Dont j'ai déjà souvent parlé [1]...

Pourquoi ne pas représenter aussi bien *Tite*

[1] Ce n'était pas la première fois que la Comédie se transportait chez de simples particuliers et donnait des représentations dans des salons, au bénéfice d'un auditoire privé. L'année précédente, Robinet parle d'une fête chez la sœur même de Nevers, la duchesse de Bouillon qui, après le repas et le bal, régala son monde de la pièce de Montfleury, *La Femme juge et partie*, dont la vogue contre-balançait alors le succès du *Tartuffe* (lettre du 9 mars 1669). Déjà en 1661, la troupe de Molière, tandis que l'on travaillait à la salle du Palais-Royal, était allé jouer successivement chez Sanguin, le maître d'hôtel du roi, chez le surintendant Fouquet, le maréchal de La Meilleraye, La Bazinière, le duc de Roquelaure, le duc de Mercœur et le comte de Vaillac. Ces visites, pour parler comme le registre de La Grange, n'avaient pas de tarif régulier, et le prix, apparemment, se débattait à l'amiable. Toutefois, ce n'était pas moins de deux cents livres pour une seule pièce ; c'était naturellement davantage lorsque l'on en jouait deux. Fouquet paya la visite de la Comédie cinq cents livres ; mais Fouquet était magnifique, et nous voyons le duc de Roquelaure, pour le même spectacle, *l'Étourdi* et *le Cocu*, n'en donner que deux cent soixante-quinze, et le maréchal de La Meilleraye, deux cent vingt pour *le Cocu* et *les Précieuses*.—Taschereau, *Histoire de la Vie et des Œuvres de Molière* (Paris, 1844), p. 224, 225.

et Bérénice, de Corneille, qui, il est vrai, n'a-
vait obtenu qu'un médiocre succès ? C'eût été
plus dans la logique des événements à venir.
Sept ans après, M. de Nevers figurera en tête
des ennemis de Racine et compromettra et
son nom, et son goût, et sa dignité dans une
lutte où nous regrettons de le voir mêlé. Des
deux parts, la violence fut à son comble ; on
ne se marchanda ni les insultes, ni les ou-
trages; mais tous les torts eussent été du côté
de Racine, que c'eût été encore un bien grand
tort de tenir pour Pradon contre Racine.
Dans de pareilles querelles, les œuvres ne
sont que le prétexte, ce sont les personnes
qu'on attaque ou que l'on défend ; ce qui fait
que les plus délicats peuvent être dans le
camp du mauvais goût contre leur propre
conscience, en haine du poëte qu'il faut bien
admirer au fond, tout en payant les sifflets.

Racine avait plus d'un ennemi. Il avait, et
les ennemis que lui conquérait son talent,
et ceux, tout aussi nombreux, que lui faisait
un caractère trop sensible et trop épigram-
matique. Ses partisans, en l'opposant à l'auteur du *Cid,* avaient soulevé contre lui les
admirateurs de Corneille, toute cette généra-
tion de la Fronde qui s'indignait de voir un

autre esprit et d'autres mœurs se substituer
à son esprit et à ses mœurs chevaleresques.
A la distance où nous sommes, on serait tenté
de croire, en se reportant aux dernières œuvres du père de notre théâtre et à l'indignité
des quelques champions qui tentèrent la fortune, que l'auteur d'*Andromaque* et de *Britannicus* ne rencontra point d'opposition sérieuse et se vit acclamer dès la première
heure. En réalité, le terrain lui fut disputé
pied à pied, et la victoire fut achetée chère-
ment. Il faut lire les milliers de critiques
auxquelles chaque chef-d'œuvre donna lieu,
—libelles mal conçus, mal digérés, mal écrits
la plupart, mais qui n'en portaient pas de
moins rudes coups, — pour s'assurer à quel
prix la gloire la plus incontestable se paye.
Toutefois, jusque-là, on avait encore mis
quelque mesure dans l'attaque comme dans
la défense. On avait discuté le talent de Racine avec plus ou moins de loyauté, plus ou
moins de bonne foi : Le Clerc avait bien osé
opposer une *Iphigénie* à la sienne ; mais la
passion n'avait pas encore étouffé tout sentiment d'équité et de pudeur. Malgré le peu de
succès de cette tentative, un nouveau champion se présenta à son tour pour disputer

la palme poétique à un victorieux qui n'en
était plus à son premier triomphe. Mieux eût
valu pour Pradon être un débutant ; par malheur, il avait commis déjà deux tragédies,
Pyrame et Thisbé, et *Tamerlan* dont il eût été
difficile de faire des chefs-d'œuvre [1]. Pradon

---

[1] Ce n'est pourtant pas l'avis de Pradon, qui ne
parle de ces deux ouvrages qu'avec un grand épa-
nouissement d'amour-propre. « Après que le public, dit-il dans sa préface de *Pyrame et Thisbé*, est
venu en foule à cette pièce et l'a honorée assez
longtemps de son assiduité, je ne devrois point
répondre aux scrupules de quelques particuliers ;
c'est plutôt un remerciement qu'une justification
que je lui dois aujourd'hui.... » Pour *Tamerlan,*
même contentement, même satisfaction de soi et
des autres, bien qu'on ait eu à se plaindre des menées et des manœuvres des envieux. « .... Je ne
croyois pas être encore digne d'un si grand déchaî-
nement, s'écrie-t-il dans la préface de cette dernière
tragédie ; mais l'envie m'a fait trop d'honneur et
m'a traité en plus grand auteur que je ne suis. Si
Thisbé n'avoit pas été si bien, peut-être bien qu'on
eût laissé un libre cours à *Tamerlan* et qu'on ne l'eût
pas étouffé (comme on l'a fait) dans le plus fort de
son succès. C'est le jugement que tous les gens
désintéressés, et qui n'agissent point par les res-
sorts de la cabale, ont fait de cette injustice, qui
m'a été plus glorieuse dans le monde qu'un plus
ample succès. » Il faut pourtant convenir de l'es-

était un pauvre homme, et de toutes les façons ; et il faut que l'inimitié littéraire soit de
toutes les haines la plus aveugle pour qu'on
eût songé un instant à faire de celui-ci un
rival de Racine. Pradon était d'une ignorance
crasse ; il ne savait pas un mot de géographie,
il ne savait même pas au juste ce que ce terme
signifiait. Le prince de Conti, l'aîné, lui disait
en sortant de la représentation d'une de ses
pièces : « Cela va fort bien, monsieur Pradon ;
mais j'ai remarqué que vous placez dans l'Europe une ville qui est en Asie. — Je prie Votre
Altesse de me pardonner, répliqua Pradon,
car je ne sais pas trop bien la chronologie[1]. »
Boileau s'est souvenu de cette ânerie :

> Huer la méthaphore et la métonymie,
> Grands mots que Pradon croit des termes de chimie[2].

pèce de fortune que fit *Tamerlan* dans sa nouveauté,
malgré la pauvreté de sa conception et la platitude
de sa versification. « Cette pièce, raconte Titon du
Tillet, reçut de grands applaudissements dans le
temps qu'elle parut pour la première fois ; et l'on
disoit aussi : « L'heureux *Tamerlan* du malheureux
« Pradon. » — Titon du Tillet, *le Parnasse françois*
(1732), p. 471.

[1] *Brossette sur Boileau* (Bibliothèque impériale.
Manuscrits, Supplément français, 2910), p. 241.

[2] Boileau, *Œuvres complètes* (éd. Saint-Surin), t, II,
p. 33, ép. x.

C'était pourtant là l'homme qui devait servir d'instrument aux ennemis de Racine.

Nous avons beau reculer, il faut bien nommer les amis de Pradon. Hélas ! à la tête des
plus fervents, des plus zélés, figuraient la duchesse de Bouillon et son frère, M. de Nevers.
Pradon avait été introduit dans le salon de la
princesse par madame Deshoulières. Madame
Deshoulières n'est plus guère connue que de
nom et par son allégorie touchante à ses
chères brebis. Mais alors ses jugements étaient
autant d'arrêts. Elle avait de nombreux et d'illustres amis qui la voyaient et même allaient
-chez elle, malgré son indigence, et qui lui
témoignèrent constamment une estime aussi
flatteuse qu'elle demeura stérile. Elle corres-
pondait familièrement avec le duc de La
Rochefoucault, l'auteur des *Maximes,* les ducs
de Montausier et de Saint-Aignan, Vivonne,
Vauban et Bussy-Rabutin. Quant à ses ami-
tiés littéraires, c'étaient les grands hommes
du moment : Conrart, Pélisson, Charpentier,
Benserade, les deux Corneille, Perrault, Mascaron et Fléchier auxquels elle adressait des
vers tant soit peu profanes[1], les deux Talle-

[1] Madame Deshoulières, *Œuvres* (Paris, 1764), t. I,

mant, Ménage, Quinault, Du Perrier, La Mon-
noie, Le Clerc, l'abbé de Lavau, l'abbé Boyer,
l'auteur de *Judith,* enfin l'abbé Têtu qui se
permettait avec elle d'étranges privautés [1].
Madame Deshoulières était active, remuante,
ardente, aventureuse, et devenait une ennemie non moins redoutable qu'infatigable.
Pradon lui communiquait ses travaux, prenait docilement ses avis; en le protégeant, en
le prônant, elle servait en quelque sorte son
propre ouvrage. Racine était haï à l'hôtel de
Bouillon de toute l'admiration que l'on pro-
fessait pour le vieux Corneille qui s'indemni-
sait de ses échecs en se récriant sur la déca-
dence de l'art et le mauvais goût du siècle. On
eût bien voulu jouer quelque tour pendable
au rival insolent dont les succès remplissaient
d'amertume les dernières années de l'illustre
vieillard. On savait que l'auteur de *Bérénice* et

p. 15, 16; à M. Mascaron, évêque de Tulle, 1672. *Des
bords du fameux Lignon...,* t. II, p. 64, 65, 66; à M. Fléchier, évêque de Lavaur, 1693. *Damon, que vous êtes
peu tendre....*

[1] Madame Deshoulières, *Œuvres* t. I, p. 126; Chanson sur M. l'abbé Têtu. — *Recueil de Chansons historiques* (Bibliothèque impériale. Manuscrits), t. IX,
f. 13; *Noël sur les Dames de la Cour,* 1696.

d'*Iphigénie* achevait une *Phèdre;* on attela Pradon au même sujet. Celui-ci s'en vante dans la préface qu'il mit en tête de sa tragédie : « Ce n'a point été un effet du hasard qui m'a fait rencontrer avec M. Racine ; mais un pur effet de mon choix. » Faute d'autre mérite, il avait le travail alerte, et au bout de trois mois[1], grâce sans doute aux conseils, aux encouragements de madame Deshoulières, de M. de Nevers et de la duchesse de Bouillon, sa tragédie était si bien achevée qu'elle eût pu être jouée le même jour que celle de Racine. En réalité, elle ne le fut que le surlendemain, bien que Visé ait avancé qu'elles furent toutes deux représentées le 1er janvier 1677.

Madame de Bouillon loua, pour les six premières représentations, les premières loges de l'hôtel de Bourgogne et de la rue Guénégaud, de façon à pouvoir, dans l'un et l'autre théâtre, disposer d'un public à son gré et

[1] « Au reste, je ne doute point que l'on ne trouve quelques fautes dans cette pièce, dont les vers ne m'ont coûté que trois mois, puisqu'on en trouve bien dans celles qu'on a été deux ans à travailler et à polir. » — *Œuvres* de Pradon (1744), t. I, p. 201; Préface de *Phèdre et Hippolyte.*

qui se fit son complice. Cette petite fantaisie, selon Boileau, lui coûta quinze mille livres, vingt-huit mille francs, approximativement, de notre monnaie[1]. Ce dernier, qui pressentait l'orage, avait conseillé à son ami de déjouer ces menées souterraines en ajournant l'apparition de sa pièce, et d'éviter ainsi un antagonisme profitable au seul Pradon. Mais il n'était plus possible à Racine de reculer : la Champmeslé, qui « savoit son rôle et vouloit gagner de l'argent, » ne fût pas entrée aisément dans toutes ces raisons[2]; et rien ne nous prouve que le poëte ne partageât pas l'impatience de la comédienne, malgré les hasards qu'il allait courir. Il va sans dire qu'à la première représentation, chacun était à son poste. Madame Deshoulières, Pradon, la duchesse de Bouillon, le duc de Nevers et son neveu le duc de Vendôme étaient aux premiers rangs, comme de juste. Tout ce que l'on put contre le chef-d'œuvre fut de garder une immobilité glaciale aux plus beaux endroits et d'écouter jusqu'à la fin dans ce

[1] Racine, *Œuvres complètes* (éd. Lefèvre), t. I, p. 78.
[2] *Brossette sur Boileau* (Bibliothèque impériale. Manuscrits), p 235.

silence sinistre qui, d'ordinaire, est l'arrêt
de mort de tout ouvrage dramatique. La pièce,
à coup sûr, ne se relèverait pas d'un pareil
échec : on pouvait aller souper et chanter
cette victoire ténébreuse. Madame Deshoulières, qui devait avoir une médiocre table,
emmena Pradon et quelques amis, et Nevers avec eux, et l'on pense bien qu'il ne fut
question que de cette exécution. « Pendant
tout le repas on ne parla que de la pièce nouvelle, dit Brossette, chacun en porta son jugement avec l'équité que donne la disposition
de n'ouvrir la bouche qu'à la critique, et de
la fermer aux louanges[1]. » Ce fut durant ce
même souper que madame Deshoulières fit
le fameux sonnet :

> Dans un fauteuil doré, Phèdre, tremblante et blême,
> Dit des vers où, d'abord, personne n'entend rien.
> Sa nourrice lui fait un sermon fort chrétien
> Contre l'affreux dessein d'attenter sur soi-même.

> Hippolyte la hait presque autant qu'elle l'aime ;
> Rien ne change son cœur ni son chaste maintien.
> La nourrice l'accuse ; elle s'en punit bien :
> Thésée a pour son fils une rigueur extrême.

---

[1] Boileau, *Œuvres* (éd. de Saint-Marc, 1747), t. I,
p. 348 ; Avertissement sur l'épître VII.

Une grosse Aricie, au teint rouge, aux crins blonds,
N'est là que pour montrer deux énormes t.....,
Que malgré sa froideur, Hippolyte idolâtre.

Il meurt enfin, traîné par ses coursiers ingrats ;
Et Phèdre, après avoir pris de la mort-aux-rats,
Vient, en se confessant, mourir sur le théâtre.

Ce sonnet est un exposé médiocrement bienveillant de la tragédie ; ce qui n'empêche pas qu'il ne porte, à certains égards. Le reproche fait à la nourrice et à sa maîtresse est d'autant plus à noter que l'on a dit de la *Phèdre* de Racine que c'était une Phèdre chrétienne. Le personnage épisodique d'Aricie ne devait pas échapper à une censure que la haine rendait clairvoyante ; il y avait, toutefois, peu d'habileté à faire assumer une moitié de la critique par l'actrice chargée de ce rôle effacé. Saint-Marc et l'éditeur des œuvres de madame Deshoulières[1] mettent le trait à l'adresse de mademoiselle des Œillets, « personne peu jolie, mais actrice excellente[2]; » mais *Phèdre* ne fut jouée qu'en 1677 et ma-

[1] Madame Deshoulières, *Œuvres* (édit. de 1747), t. I, p. 37.
[2] Boileau, *Œuvres* (éd. de Saint-Marc, 1747), t. I, p. 349; Épître VII, note de l'éditeur.

demoiselle des Œillets était morte dès 1670[1].
Une note des *Chansons historiques* indique plus
judicieusement mademoiselle d'Ennebaut,
qui, en effet, représenta Aricie[2]. Elle était
belle, elle était blonde, avec plus d'embonpoint peut-être que ne lui en permettait une
taille assez médiocre. Elle avait déjà créé les
rôles de Junie dans *Britannicus* et de Roxane
dans *Bajazet*. C'était une Montfleury, fille,
sœur, belle-mère, grand-mère et bisaïeule de
comédiens qui tiennent une place illustre
dans l'histoire de l'art[3]. Sans être une actrice
hors ligne, elle ne manquait ni d'intelligence

[1] Les frères Parfaict, *Histoire du Théâtre-François*,
t. XI, p. 52.

[2] « Le rôle d'Aricie étoit représenté par une comédienne appelée la Dennebaut ; petite, grasse,
blonde et pleine de rouge. » — *Recueil de Chansons
historiques* (Bibliothèque impériale. Manuscrits),
t. IV, f. 375.

[3] La sœur de d'Ennebaut, Louise Jacob de Montfleury, épousa Joseph du Landas, connu au théâtre
sous le nom de Du Pin. Mademoiselle d'Ennebaut
maria sa fille au comédien Nicolas Desmares, père
de Charlotte Desmares et de Christine Desmares,
femme de Dangeville ; cette dernière, mère de la
fameuse mademoiselle Dangeville.—*Théâtre de Messieurs de Montfleury*, père et fils (Paris, 1739), t. I,
p. 38, 39, 40; Avertissement de l'éditeur.

ni de talent ; elle ne nuisait pas, après tout,
à la pièce, puisque sa beauté, quelque peu
développée, semble aux yeux des censeurs
être la seule explication comme la seule excuse de l'amour du sauvage Hippolyte.

On se garda bien de parler de la Champmeslé
qui se surpassa dans le rôle de Phèdre. Il eût
été adroit, cependant, de lui rendre la justice
qui lui était due. Plus tard, Pradon reprocha
à son rival de lui avoir enlevé, par des menées
peu honnêtes, les seuls interprètes capables
de rendre dignement sa pensée. « Pour moi,
j'ai toujours cru, dit-il… que l'on devoit être
bien moins avide de la qualité de bon auteur
que de celle d'honnête homme, que l'on me
verra toujours préférer à tout le sublime de
Longin. Les anciens Grecs, dont le style est
si sublime, et qui nous doivent servir de mo-
dèles, n'auroient point empêché dans Athènes
les meilleures actrices d'une troupe de jouer
un premier rôle, comme nos modernes l'ont
fait à Paris, au théâtre de Guénégaud. C'est ce
que le public a vu avec indignation, et avec
mépris, mais il m'en a assez vengé, et je lui
ai trop d'obligation [1]…. » Voilà une accusa-

---

[1] Pradon, *Œuvres* (Paris, 1744), t. I, p. 198, 199;
Préface de *Phèdre et Hippolyte*.

tion grave et que Pradon ne prend pas la
peine de prouver. Il est bien vrai que deux
actrices de l'hôtel de Guénégaud refusèrent
le rôle, et que mademoiselle Du Pin (la sœur,
précisément, de cette *grosse* Aricie du sonnet),
qui « grasseyoit et parloit du nez [1], » ne le
tint du poëte qu'à défaut de mesdemoiselles
de Brie et Molière, peu désireuses de courir
une pareille fortune [2]. Mais ce refus, faut-il
l'attribuer aux manœuvres de Racine, et
quelle influence pouvait-il avoir sur les artistes d'une troupe rivale avec laquelle il
était brouillé? Les contemporains ont cru
voir la cause probable de cette double absten
tion dans la crainte d'une lutte inégale avec
la première comédienne de son temps, la
Champmeslé; et cette raison est plus vraisemblable que celle qu'invente laborieuse-

[1] *Théâtre de Messieurs de Montfleury* père et fils
(Paris, 1739), t. I, p. 41; Avertissement de l'éditeur.

[2] Ces deux actrices, étant les meilleures de la
troupe de l'hôtel de Guénégaud, il y a tout lieu de
supposer que c'est à elles que Pradon s'adressa
d'abord, et de croire que cette actrice plus accom-
modante fut mademoiselle Du Pin. Les frères Parfaict, à cet égard, se bornent à le conjecturer en
l'absence de preuves positives.—*Histoire du Théâtre-
François*, t. XII, p. 54.

ment le vaniteux Pradon [1]. Au reste, à
l'entendre, le public l'en aurait suffisamment
vengé, et c'est bien l'important. Les premières
représentations de sa tragédie furent aussi
chaudes, aussi enthousiastes, qu'avait été
froide et glacée la première représentation
de la *Phèdre* de Racine. Les deux théâtres
appartenaient à madame de Bouillon, elle
pouvait les emplir ou y faire le vide à sa guise,
aussi l'hôtel Guénégaud était-il comble, quand
les loges de l'hôtel de Bourgogne, aux trois
quarts abandonnées, n'étaient accessibles
qu'aux affidés de la cabale ennemie. « Les
six premières représentations, avoue Racine
fils, furent si favorables à la *Phèdre* de Pradon et si contraires à celle de mon père,
qu'il étoit près de craindre pour elle une véritable chute, dont les bons ouvrages sont
quelquefois menacés, quoiqu'ils ne tombent
jamais [2]... »

Pradon eut été le plus ingrat des hommes,
s'il n'eût pas déposé ses trophées aux pieds

[1] Subligny, *Dissertation sur les tragédies de Phèdre
et Hippolyte*, p. 7.

[2] *Mémoires sur la vie de Jean Racine* (à Lausanne et
à Genève, 1747), p. 105. — *Histoire de l'Académie françoise*, t. II, p. 351 ; lettre de Valincourt.

de celle qui les avait si laborieusement pré-
parés. Aussi fut-ce à la duchesse qu'il dédia
sa tragédie. « Madame, souffrez qu'Hippolyte
sorte aujourd'hui du fond de ses forêts, pour
venir rendre hommage à Votre Altesse. Bien
que ce prince fût le plus habile chasseur de
son temps, son adresse auroit cédé sans doute
à celle que vous faites admirer si souvent
à toute la France dans ce noble exercice, et il
auroit été charmé de vous y voir avec tout
cet éclat et cette grâce qui vous accompagnent
toujours... [1]. » Le madrigal ne faussait en
rien la vérité ; la duchesse était une chasse-
resse intrépide, la digne moitié, à cet égard
seulement, du grand chambellan. « Madame
la duchesse de Bouillon, cette illustre ama-
zone dont l'humeur est toute guerrière, dit
la comtesse de la Suze aussi précieusement,
se servoit du fusil pour les combattre [2] (quoy
qu'elle eût des armes à feu plus dangereuses)
et ne revenoit point du combat qu'avec quelque contusion... [3]. »

[1] Pradon, *Œuvres* (Paris, 1744), t. I, p. 190.
[2] Ce sont « les ennuis » qu'il s'agissait de combattre.
[3] *Recueil de pièces galantes en prose et en vers de madame la comtesse de la Suze* (1684). t. I, p. 30 ; le *Séjour
des Ennuis*.

Le champ de bataille, en définitive, devait
rester à Racine, qui, toutefois, se fût bien
passé d'un parallèle que ses ennemis ne lui
épargnèrent pas. Chaque ouvrage eût eu sa
valeur propre : on convenait de bonne grâce
que les vers de celui-ci étaient mieux tournés;
en revanche, on prétendait que la conduite
de la pièce de Pradon était plus régulière et
plus savante. Et cette sottise trouva crédit
parmi cette catégorie de gens qui, sans être
sincèrement malveillants, ne sont pas fâchés
de réagir contre un succès. Boileau étant à souper chez le comte de Broglie, les deux *Phèdre*
furent mises sur le tapis. Un certain M. de
Beaumont [1], qui se trouvait là, s'avisa de dire
que les règles avaient été mieux observées

---

[1] Ce « certain M. de Beaumont, » que Brossette
semble ne pas connaître, ne peut être pourtant que
M. de Harlai de Beaumont, déjà procureur général
au Parlement, et qui plus tard fut le président de
Harlai (1689). Le lieu où la scène se passe enlève
tout doute à cet égard; M. de Broglie, qui devint
maréchal de France en 1724, et M. de Beaumont
étaient beaux-frères : ils avaient épousé mesdemoiselles de Lamoignon, filles du premier président
de ce nom.—La Chesnaye-des-Bois. *Dictionnaire de la
noblesse* (Paris, 1771), t. III, p. 257. — Moreri, *Dictionnaire historique* (Paris, 1759), t. V, p. 529.

par Pradon que par Racine. « Ha! ce n'est donc plus que des règles que vous parlez, s'écria Despréaux. Or, je m'en vais vous faire voir par les règles mêmes combien vous vous trompez. La péripétie et l'agnition se doivent rencontrer ensemble dans la tragédie : et c'est ce qui arrive dans la *Phèdre* de M. Racine, et qui n'est point dans celle de Pradon. » M. de Beaumont l'interrompit pour lui demander ce que c'était que la péripétie et l'agnition. « Ha! ha! lui répondit alors Despréaux, vous voulez parler des règles, et vous n'en entendez pas même les termes. Apprenez à ne point vouloir disputer d'une chose que vous n'avez jamais apprise [1]. »

[1] *Brossette sur Boileau* (Bibliothèque impériale. Manuscrits, Supplément français, 2810), p. 241, 242.—Si Brossette n'y a pas mis du sien, on s'étonne de voir Boileau traiter de la sorte le gendre de l'illustre magistrat, son ami, un homme d'ailleurs « de grand sens, fort exact, mais un peu trop mélancolique, » comme nous le peint Gui Patin, à la date du 23 juillet 1671 (t. III, p. 781). Il est à croire qu'il existait entre ces deux hommes une antipathie de nature. Boileau, qui était bon lecteur, lisait de ses vers dans un salon ; M. de Harlai faisait partie de l'assemblée. Après la lecture de la pièce, ce dernier dit : « Voilà de beaux vers, » mais d'une façon qui atteignit le poëte comme un soufflet. Boileau s'en vengea dans

Revenons à ce sonnet, qui devait en engendrer d'autres et qui, chose plus grave, faillit

sa XIe satire; lorsqu'il la récitait, au lieu de lire : « En vain ce misanthrope, » il disait :« En vain ce faux Caton ; » et c'était à l'adresse du président.—*Mémoires sur la vie de Jean Racine* (Lausanne, 1747), p. 267.— Boileau, *Œuvres, avec éclaircissements historiques donnés par lui-même* (Paris, 1726), t. I, p. 273.—Monchenay, de son côté, raconte une autre boutade de Boileau à l'égard de M. de Beaumont, *fils du premier président*, qui a un grand air de parenté avec celle que cite Brossette. M. de Harlai s'évertuait à frapper sur Homère en sa présence ; le satirique, indigné d'une pareille insolence, prend hautement la défense de *l'Iliade*, s'extasie sur ses innombrables beautés, et surtout sur un genre de mérite que le poëte grec n'a à partager avec personne, son élégante concision et son heureux laconisme.«Voilà donc, répond M. de Harlai, une grande merveille, de ne dire que ce qu'il faut dire? — Comment donc, monsieur, vous n'appelez cela rien? s'écrie Despréaux, c'est pourtant ce qui manque à toutes vos harangues du Parlement. »—*Bolœana* (Amsterdam, 1742), p. 51, 52. —Cette anecdote, comme celle que nous avons reproduite plus haut, devrait appartenir au même personnage. Par malheur, le fils de M. de Harlai, qui fut conseiller au Parlement en 1689, et avocat général en 1697, n'eût eu que neuf ans, lors de la querelle des deux *Phèdre*, étant né en 1668. Monchenay a-t-il pris le fils pour le père? Brossette, qui parle de M. de Beaumont sans savoir quel il est, n'a-t-il pas commis quelque substitution de personne? Nul n'est moins

donner lieu à des voies de fait et de honteu-
ses violences. Brossette dit qu'il fut composé
par madame Deshoulières durant le fameux
souper; Niceron, de son côté, raconte que
l'abbé Tallemant l'aîné, dès le lendemain
matin, en apportait une copie à madame
Deshoulières elle-même[1]. Les amis, on le voit,
n'avaient pas perdu de temps : la nuit avait
été employée à répandre l'œuvre anonyme à
travers la ville. Il eût été naturel d'accuser
Pradon de cet insolent sonnet; le soupçon ne
se porta cependant pas plus sur lui que sur
son amie. On s'en prit à M. de Nevers, dont on
savait la facilité à rimer, et, dans la réplique
au sonnet, ce fut lui qui paya pour tous :

> Dans un palais doré, Damon jaloux et blême,
> Fait des vers où jamais personne n'entend rien.
> Il n'est ni courtisan, ni guerrier, ni chrétien;
> Et souvent pour rimer il s'enferme lui-même.
>
> La Muse, par malheur, le hait autant qu'il l'aime.
> Il a d'un franc poëte et l'air et le maintien.
> Il veut juger de tout et n'en juge pas bien.
> Il a pour le Phébus une tendresse extrême.

sûr que ces deux écrivains, particulièrement Brossette, que sa liaison avec Boileau avait mis à même
de nous laisser les notes les plus curieuses et les plus
précises, mais qui confond et brouille tout à plaisir.

[1] Le père Niceron, *Mémoires pour servir à l'histoire
des hommes illustres*, t. XVIII, p. 24.

Une sœur vagabonde, aux crins plus noirs que blonds,
Va partout l'univers promener deux t......
Dont, malgré son pays, Damon est idolàtre.

Il se tue à rimer pour des lecteurs ingrats.
L'*Énéide*, à son goût, est de la mort-aux-rats ;
Et, selon lui, Pradon est le roy du théâtre.

Nevers eût fait le sonnet dont on l'accusait, que cela ne légitimait d'aucune sorte de pareilles représailles. A part une plaisanterie de mauvais goût sur la beauté un peu trop développée de mademoiselle d'Ennebaut, *Phèdre* seule était en cause dans la première épigramme, tandis qu'il n'y avait pas à se méprendre sur ce Damon, dont on avait, en l'outrant, bien entendu, trop fidèlement reproduit la physionomie. « Ni courtisan, ni guerrier, » c'était bien là Nevers. « Ni chrétien, » quoique imposé par la rime, pouvait rappeler cette aventure de Roissy où il avait figuré, au moins d'une façon nominale, et qui était passée depuis longtemps à l'état de légende. Toute cette race des Mancini était un peu moins religieuse qu'il ne convenait à des Italiens et à des neveux et nièces de cardinal. « Une des choses sur lesquelles il étoit plus mécontent de nous, raconte Hortense en parlant de son oncle, c'étoit la dévotion. Vous ne

scauriez croire combien le peu que nous en
avions le touchoit[1]. » Pour jaloux, on verra que
Nevers l'était, quoique à sa manière. « Quand
les auteurs de la parodie n'eussent fait,
dit Racine fils, que plaisanter M. le duc de
Nevers sur sa passion pour rimer, ils avoient
tort, parce qu'ils s'attaquoient à un homme
qui n'avoit cherché querelle à personne;
mais dans leurs plaisanteries ils passèrent
les bornes d'une querelle littéraire, en quoi
ils n'étoient pas excusables[2]. » On s'était
attaqué à un autre personnage, bien étranger celui-là, au débat, et que ses malheurs
eussent dû faire respecter. On eût pu excuser
une allusion quelque peu vive à l'égard de
la duchesse de Bouillon; elle avait pris part
à l'action, elle l'avait conduite, en avait été
l'âme, elle eût reçu son trait en passant qu'il
n'y eût eu trop rien à dire. Mais madame de
Mazarin, qu'avait-elle à faire dans toute cette
querelle? Nous avons vu quel tour on avait
voulu donner à l'affection de Nevers pour sa
sœur et de quelles accusations il avait eu à se

[1] Saint-Réal, *Œuvres* (Paris, 1757), t. VI, p. 19 ;
Mémoires de la duchesse de Mazarin.

[2] *Mémoires sur la vie de Jean Racine* (à Lausanne et
à Genève, 1747), p. 106.

7.

défendre juridiquement; c'était cette triste
histoire qu'on osait rappeler. L'odieux du
trait faisait oublier le reste; chaque vers
frappait pourtant, et frappait juste. Cet air,
ce maintien « d'un franc poëte, » peignaient
sans la moindre exagération M. de Nevers
qui n'était tout cela que fort gratuitement et
parce qu'il le voulait bien, car il avait naturellement le visage beau et noble, la taille élevée et distinguée[1]. Que Pradon fût à ses yeux
le roi du théâtre, comme le dit le sonnet, la
passion expliquerait à la rigueur une pareille
déviation de goût. Mais, pour lui comme
pour madame de Bouillon et leur monde,
le roi de la scène c'était le vieux Corneille:
Pradon n'était qu'un instrument que l'on
avait mis en avant en haine de Racine. Une
accusation, plus grave parce qu'il serait
moins aisé d'excuser un semblable jugement, ce serait l'antipathie du duc pour
l'*Énéide*. Au moins Nevers n'était-il pas un
admirateur exclusif de Virgile et des Latins
qui, selon lui, avaient fait ce que son siècle
était en train de faire, pillé les Grecs, leurs

[1] *Recueil de Chansons historiques* (Bibliothèque impériale. Manuscrits), 1677, t. IV, f. 378.

maîtres comme les nôtres. Et il dit nettement
ce qu'il en pense dans une satire qui ne manque ni de nerf, ni de trait, ni d'élégance même
dans la facture[1].

De qui était ce second sonnet? qui avait
commis cette lâcheté contre une femme per-
sécutée, expiant dans l'exil avec ses légèretés
les folies de son inepte mari? Quels pouvaient
être les coupables, sinon Racine et Boileau,
les seuls intéressés? Ceux-ci furent avertis
que Nevers avait mis des estafiers en campagne pour les faire assassiner. Que ce bruit
fût plus ou moins fondé, ils le prirent très
au sérieux : « Ils étoient, dit Valincour, gens
fort susceptibles de peur. » Ils se défendirent
en toute hâte d'être pour quelque chose dans
ce fâcheux sonnet. Mais ce désaveu prudent
ne suffit pas pour persuader le frère de madame de Mazarin qui crut plus à leur épouvante qu'à leur sincérité; il riposta par un
nouveau, dans le même moule, sur les mêmes
rimes que les précédents, et qui n'était pas
fait pour rassurer les deux poëtes :

1 *Recueil de Poësies de messire Philippe Julien Maza-*
rini Mancini, duc de Nevers (Bibliothèque de l'Arsenal.
Manuscrits, Belles-lettres françaises, 101), p. 46, 47,
48, 49.

Racine et Despréaux, l'air triste et le teint blême,
Viennent demander grâce et ne confessent rien.
Il leur faut pardonner, parce qu'on est chrétien,
Mais on sçait ce qu'on doit au public, à soi-même.

Damon, pour l'intérêt de cette sœur qu'il aime,
Doit de ces scélérats châtier le maintien ;
Car, il seroit blâmé de tous les gens de bien,
S'il ne punissoit pas leur insolence extrême.

Ce fut une furie, aux crins plus noirs que blonds,
Qui leur pressa du pus de ses affreux t....,
Ce sonnet qu'en secret leur cabale idolâtre.

Vous en serez punis, satiriques ingrats,
Non pas en trahison, d'un sou de mort-aux-rats,
Mais de coups de bâton donnés en plein théâtre.

Cette menace avait de quoi effrayer deux hommes moins timides. Quelle vengeance Racine et Boileau, livrés à eux seuls, eussent-ils pu tirer d'un grand seigneur qui ne se serait pas commis jusqu'à les frapper lui-même? Heureusement pour Racine et Boileau, le prince de Condé prit-il leur défense de façon à donner à réfléchir à M. de Nevers; il leur fit écrire par son fils, M. le Duc : « Si vous n'avez pas fait le sonnet, venez à l'hôtel de Condé, où M. le Prince saura bien vous garantir de ces menaces, puisque vous êtes innocens ; et, si vous l'avez fait, venez aussi à l'hôtel de Condé, et M. le Prince vous prendra de même sous sa protection, parce que le

sonnet est très-plaisant et plein d'esprit. »
L'esprit ne légitime pas une méchante action, et l'on eût pu accorder son appui sans
applaudir à des vers que rien ne devait excuser.

Le grand Condé aimait fort les deux poëtes,
qu'il recevait à Chantilly, où ceux-ci lui li-
saient leurs ouvrages dont il était bon juge[1].
Il affectionnait les lettres et prenait plaisir à
en discourir, en prince, il est vrai, qui ne
saurait se tromper, et surtout se l'entendre
dire. Il tenait à son opinion et tenait également qu'on la partageât, ce qui nuisait quelque peu, on le pense bien, au charme d'un tel
commerce. « Lorsque, dans ses conversations
littéraires, il soutenoit une bonne cause, raconte Racine fils, il parloit avec beaucoup de

---

[1] Ils n'étaient pas les seuls beaux esprits que
Condé recevait à Chantilly; mais tous n'étaient ni
des Racine, ni des Boileau, s'il faut en croire l'épigramme suivante :

> Que fait à Chantilly Condé, le grand héros
>   Et le plus bel esprit de la nature?
> Il écoute les vers de trois ou quatre sots,
>   Et c'est de quoy chacun ici murmure.
> Surtout on est surpris qu'un prince aussi parfait.
>   N'ait plus qu'un Martinet
>   Pour son Voiture.

grâce et de douceur ; mais quand il en soutenoit une mauvaise, il ne falloit pas le contredire : sa vivacité devenoit si grande qu'on
voyoit bien qu'il étoit dangereux de lui disputer la victoire. Le feu de ses yeux étonna
si fort Boileau, dans une dispute de cette nature, qu'il céda par prudence et dit tout bas à
son voisin : « Dorénavant, je serai toujours
« de l'avis de M. le Prince quand il aura tort[1]. »
Une pareille contrainte devait être peu du
goût de Despréaux, l'homme le moins fait
pour assouplir sa pensée à l'opinion d'autrui.
Mais un poëte satirique amoncelle trop de
haines sur sa tête pour n'avoir pas besoin de
s'assurer de solides et puissants appuis. Si
l'auteur du *Lutrin* se sentait moins à l'aise à
Chantilly qu'à Bâville, il ne pouvait être que
flatté d'une amitié que lui eussent enviée les
plus grands, dont le despotisme ne se mani-
festait que par éclairs, et qui avait aussi ses
côtés profitables.

Les coups de bâton n'étaient plus possibles.
Faute de mieux, la cabale fit courir le bruit
qu'ils avaient été distribués. Pradon, à un re-

---

1 *Mémoires sur la vie de Jean Racine* (à Lausanne et
à Genève, 1747), p. 102, 103.—*Bolœana* (Amsterdam,
1742), p. 114, 115. — Ce voisin était Gourville.

pas chez M. Pillot, premier président du Parlement de Rouen, raconta effrontément que
Boileau, pour sa part, avait été étrillé d'importance[1]. L'abbé Tallemant, qui, dans cette
affaire, servait de trompette à la renommée[2],
lut en pleine Académie une lettre à lui adressée, et dans laquelle on lui mandait que, le
jour précédent, Despréaux avait été fort mal-
traité dans un mauvais lieu, derrière l'hôtel
de Condé. Dans une maison de débauche, Boileau, dont la pudeur était un fait acquis, presque un sujet de raillerie pour ses amis[3]! Un

[1] Boileau, *Œuvres* (édit. de Saint-Marc, 1747), t. I,
p. 338; Ép. VI, note de l'éditeur.

[2] C'était un esprit taquin, tracassier par le besoin seul de locomotion. On lit dans le *Menagiana*
(1729), t. I, p. 51 : « Le *quiescit hic qui numquam quie-
vit* auroit parfaitement convenu à l'abbé Tallemant,
l'aîné, qui devoit être un homme bien inquiet, puisqu'on le surnommoit *Son inquiétude.*» Tallemant des
Réaux a consacré une place dans ses *Historiettes*, à
ses deux oncles, et nous y renvoyons.

[3] Brossette se fait l'historien d'une plaisanterie
d'un goût assez équivoque, mais caractéristique, si
elle est vraie. Nous lui laisserons la responsabilité
du fond et de la forme. « M. Despréaux, dit-il, a toujours été fort éloigné ou ennemi de toutes les actions
qui sont contraires à la pureté. Un jour, après avoir
dîné avec M. Félix, premier chirurgien du roi, et

jeune professeur de rhétorique au collége de Nanterre, le père Sanlecque, pour faire sa cour à M. de Nevers, consacra également cette calomnie dans un sonnet sur les mêmes rimes

M. Racine, ces messieurs résolurent de se divertir, de faire une surprise à M. Despréaux. Pour cet effet, M. Félix leur proposa d'aller rendre visite à une demoiselle qu'il dit être sa cousine. Quand ils furent chez elle, elle fit d'abord paroître beaucoup de modestie dans ses discours et dans ses actions, et M. Despréaux la regardoit comme une personne qui méritoit tous ses égards et toute la considération possible. Ses deux amis rioient de le voir si respectueux et si réservé, quand tout à coup cette demoiselle, faisant semblant de vouloir prendre une puce, troussa sa jupe et sa chemise, se découvrant jusqu'à la ceinture. M. Despréaux fut si étonné de cette action indécente, que pendant que les deux amis en rioient, il poussa doucement la porte et disparut. Ils lui en firent beaucoup de raillerie par la suite ; mais il faut se souvenir que dans ce temps-là ils étoient bien jeunes tous trois. »—*Brossette sur Boileau* (Bibliothèque impériale. Manuscrits, Supplément français, 2810), p. 13.—Ce qu'on ne saurait révoquer en doute, c'est l'innocence des mœurs de Boileau qui lui avait valu, ainsi que l'austérité de sa plume, le surnom de « chaste. » Il a dit de lui dans sa satire X :

Mais pour moi, dont le front trop aisément rougit...

que les trois premiers, et commençant ainsi :

> Dans un coin de Paris, Boileau tremblant et blême,
> Fut hier bien frotté, quoiqu'il n'en dise rien.
> Voilà ce que produit son style peu chrétien ;
> Disant du mal d'autrui, il s'en fait à lui-même [1]...

Moreri ne cite que ces quatre vers ; les autres, que nous avons cherchés vainement, étaient tous à la louange de M. de Nevers, que Sanlecque élève un peu haut, ce nous semble, quand il s'écrie, dans une épître où il le supplie de mettre au jour une certaine satire lue en société :

> Horace n'est point mort, il est duc de Nevers [2].

Mais ces sortes d'exagérations sont toujours fort bien reçues, même des natures les plus modestes, les moins infatuées d'elles-mêmes, et, plus tard, il ne dépendit pas du duc reconnaissant que ces flatteries ne lui fussent payées par un évêché [3].

[1] Moreri, *Dictionnaire historique* (Paris, 1760), t. IX, p. 138.

[2] *Poésies du P. Sanlecque*, *chanoine régulier de l'ordre de Sainte-Geneviève* (Harlem, 1726), p. 59, 60.

[3] L'évêché de Bethléem. Lorsque les chrétiens furent expulsés de la Terre-Sainte, Rainier, évêque de Bethléem, obtint de Guy, comte de Nevers, quel-

M. le Prince ne se borna pas à assurer Racine et Boileau de sa protection ; il fit préve-
nir le duc de Nevers, même en termes assez
durs, « qu'il vengeroit comme faites à lui-
même les insultes qu'on s'aviseroit de faire à
deux hommes d'esprit qu'il aimoit... » Nevers
se le tint pour dit. A quoi avait abouti toute
cette levée de boucliers pour la plus grande
gloire de l'auteur du *Cid?* Depuis que le public sérieux remplaçait ce public salarié et

que territoire et s'installa à Pantenor, qui devint le
siége d'un évêché et s'appela dès lors Bethléem.
Les ducs de Nevers avaient le privilége de nommer
à cet évêché, et c'est en conséquence de ce droit
que M. de Nevers, le siége étant venu à vaquer,
désigna le Père Sanlecque. Celui-ci en reçut
les compliments de quelques prélats qui le trai-
tèrent de monseigneur et lui donnèrent chez eux
le fauteuil et la droite; il avait même déjà fait
sa profession de foi entre les mains du nonce.
Mais ses deux satires contre les faux directeurs
et contre les évêques lui avaient aliéné le parti
dévot, qui remontra à Louis XIV le tort que le Père
Sanlecque avait fait à la religion, bien qu'il n'eût
attaqué en réalité que les hypocrites et les prélats de
cour ; et malgré l'amitié du Père de la Chaise, le roi
s'opposa à ses bulles. Il mourut prieur de Gournai,
près Dreux, dans un dénûment qui n'eut d'égal que
sa gaieté et sa parfaite insouciance.—Titon du Tillet,
le Parnasse françois (Paris, 1732), p. 551, 552.

vendu des six représentations, la vérité se faisait jour et le bon goût ramenait la foule à l'hôtel de Bourgogne, tandis qu'une certaine velléité de comparaison était l'unique stimulant qui conduisait encore au théâtre de la rue Guénégaud.

Racine et son ami avaient eu le beau rôle dans ce regrettable débat; le sonnet en réponse à celui de madame Deshoulières gâtait seul une cause qui n'avait pas besoin de pareilles armes : mais le sonnet n'était pas d'eux. « Quelques amis de M. Racine, raconte Brossette, particulièrement MM. le marquis d'Effiat, de Manicamp, le comte de Fiesque et le chevalier de Nantouillet, étant à table tournèrent les huit premiers vers du même sonnet sur les mêmes rimes contre M. le duc de Nevers. D'autres personnes (que M. Despréaux m'a dit ne pas savoir) achevèrent le sonnet, et l'on crut dans le monde que MM. Despréaux et Racine l'avoient fait, quoiqu'ils n'y eussent aucune part[1]. » Brossette fait tort à Guilleragues en ne le citant pas; mais il a réparé cet oubli dans ses *Éclaircissements his-*

---

[1] *Brossette sur Boileau.* (Bibliothèque impériale. Manuscrits, Supplément français, 2810), p. 231.

toriques [1]. Ces jeunes seigneurs étaient tous, en effet, des amis de Racine et de Boileau. La chronique scandaleuse du temps s'est plus ou moins évertuée à leurs dépens, et, tout en tenant compte de l'exagération, il en ressort que ces messieurs n'étaient pas de petits saints. Ils étaient, en revanche, des gens de goût, de véritables lettrés, qui pouvaient au besoin donner un avis profitable. C'est à Guilleragues que Despréaux adresse l'une de ses épîtres ; c'est à Guilleragues ou pour complaire à Guilleragues, de qui dépendait la *Gazette de France,* que Racine envoyait le récit des fêtes données à Uzès en 1661, récit qui a échappé jusqu'ici aux éditeurs de ses œuvres et qui fournit pourtant de curieux détails sur l'état de l'art pyrotechnique si en honneur au xvii° siècle [2]. Le chevalier de Nantouillet, qui avait été esclave chez les Turcs [3], passait, de son côté, pour avoir indiqué à Racine le sujet de *Bajazet* [4]. Le comte de Fiesque avait

---

[1] Boileau, *Œuvres* (1726, 3e éd.), t. I. p. 412 ; Remarque de l'épître VII.

[2] *Gazette de France* (25 décembre 1661), p. 1372.

[3] Marquis de Sourches, *Mémoires secrets et inédits de la cour de France* (1836), t. I, p. 18.

[4] « C'étoit un des hommes du monde qui avoit le

l'esprit fort orné et faisait des vers « aisément
jolis. » Ce fut à lui que M. le Duc jeta une as-
siette à la tête à propos d'un fait d'histoire,
ce qui prouve de rechef qu'on n'aimait point
la contradiction dans la famille de Condé [1].
Quant à d'Effiat et Manicamp, ils valaient infiniment plus par l'esprit que par les mœurs.

Ce que raconte Brossette est parfaitement
absurde : que le sonnet ait été, en pleine orgie,
l'œuvre de ces quatre fous, rien de mieux,
mais que ceux-ci se soient arrêtés brusque-
ment au huitième vers, et que les six derniers
aient été faits par d'autres personnes incon-
nues à Boileau, voilà qui ne saurait être admis.
Puisque la première partie est de d'Effiat,
de Nantouillet, de Guilleragues, de Fiesque
et de Manicamp, la seconde leur appartient.
Nous nous sommes demandé pourquoi l'on
s'était attaqué à cette pauvre Hortense, quand
il était si logique de s'en prendre à madame
de Bouillon. La question n'est pas commode
à résoudre à deux cents ans d'intervalle.
Toutefois, nous ferons remarquer que Mani-

plus d'esprit, de savoir et d'agrément. »—*Recueil de
chansons historiques* (Bibliothèque impériale. Manuscrits), t. III, f. 141.

[1] Saint-Simon, *Mémoires* (Chéruel), t. III, p. 334.

camp avait été dans une intimité telle avec la
duchesse qu'il n'eût pu, malgré son amitié
pour Racine, concourir à quelque trait acéré
à son endroit; qui sait s'il n'obtint pas de ses
amis de lui substituer madame de Mazarin
contre laquelle on n'avait, du reste, nul motif de haine et qui n'était là que comme instrument? Manicamp, on ne l'a pas oublié, était
l'un des tenants de l'équipée de Roissy; son
arrivée et celle du comte de Guiche avaient
même déterminé la retraite de Nevers et de
l'abbé Le Camus. Était-ce la défection de Mancini qu'il voulait pour sa part faire expier à
Damon? Tout cela est de peu d'importance.

Ce qu'il était nécessaire d'établir, c'est que
Racine et Despréaux n'étaient d'aucune façon
les auteurs du terrible sonnet. Ceux-ci, dans
la suite, s'expliquèrent nettement à cet égard,
et ne s'attirèrent aucun démenti de la part de
ceux qu'ils inculpaient. Le silence de ces derniers nous paraît suffisamment concluant; ce
qui ne veut pas dire que les deux poëtes se
soient abstenus de toutes représailles. Boileau
avait glissé, dans son épître à Racine contre
ce « sot de qualité, » un vers que ses amis lui
firent effacer. Lorsque madame Deshoulières
donna son *Genséric,* bien des gens le crurent

de la façon de Nevers; et l'auteur de *Phèdre*,
dont trois années n'avaient pu calmer les
ressentiments, de décocher aussitôt contre
l'innocent duc ce sonnet bien connu :

La jeune Eudoxe est une bonne enfant....

Mais au moins ces aménités ne dépassaient
pas les bornes permises, et il y avait tout un
abîme entre cette verte épigramme et la véritable atrocité du sonnet.

Revenons à madame de Nevers. C'était une
enfant timide, pleine de candeur, ayant sans
doute en germe toutes les passions communes
à son sexe avec tout l'esprit particulier aux
Mortemart, mais qui n'était encore alors
qu'une jolie poupée que la mode et sa
coiffeuse prenaient à tâche d'enlaidir en es-
sayant sur elle les toilettes les plus extrava-
gantes et les plus exagérées. « J'allai voir
l'autre jour cette duchesse de Vantadour
(c'est madame de Sévigné qui parle); elle étoit
belle comme un ange. Madame la duchesse
de Nevers y vint coiffée à faire rire : il faut
m'en croire, car vous savez combien j'aime
la mode excessive. La Martin [1] l'avoit *bré-*

---

[1] Fameuse coiffeuse d'alors.

taudée [1] par plaisir comme un patron de mode ;
elle avoit donc tous les cheveux coupés sur
la tête, et frisés *naturellement* par cent papil-
lotes qui lui font souffrir mort et passion
toute la nuit. Cela fait une petite tête de chou
rond sans que rien accompagne les côtés. Ma
fille, c'étoit la plus ridicule chose que l'on
pût imaginer : elle n'avoit point de coiffe ;
mais encore passe, elle est jeune et jolie ;
mais toutes ces femmes de Saint-Germain
et cette Lamotte surtout se font *testonner* par
la Martin ; cela est au point que le roi et
toutes les dames sensées en pâment de
rire [2]..... » Toute fagotée qu'elle fût, la jeune
duchesse n'en était pas moins une créature
ravissante. Elle était parée de ses seize ans,
de son innocence. Ce contraste entre son
ajustement extravagant et son air ingénu
devait faire sourire et charmer tout ensemble.
Elle s'était prise d'une belle passion pour son

[1] « *Brétauder*, couper à quelqu'un les cheveux plus
courts qu'il n'a coutume de les porter : mais on ne
s'en sert qu'en style burlesque et comique. Qui vous
a *brétaudé* de la sorte ? » — *Dictionnaire de Trévoux.*

[2] Madame de Sévigné, *Lettres* (éd. Monmerqué),
t. I, p. 295. Lettre de madame de Sévigné à madame
de Grignan ; à Paris, mercredi 18 mars 1671.

époux qui était demeuré le même homme mobile, distrait, pérégrinant : la nature ombrageuse par boutades de celui-ci n'eût pas eu le moindre prétexte à dresser les oreilles. « M. de Nevers, écrit encore madame de Sévigné à madame de Grignan, n'a aucune inquiétude de sa femme, parce qu'elle est d'un air naïf et modeste qui ne fait aucune frayeur ; il la regarde comme sa fille ; et si elle faisoit la moindre coquetterie, il seroit le premier à s'en apercevoir et à la gronder : elle est grosse et bien languissante [1]. » Il y avait six ans qu'ils étaient mariés, quand madame de Sévigné écrivait cela. C'était beaucoup. Il ne faut pas vivre éternellement à la cour pour perdre cette fraîcheur, ce premier duvet d'innocence qu'on emporte du couvent. Les moins alertes connaissent à la longue le prix et le prestige de leur beauté et se laissent éblouir par les hommages et les succès. Le bandeau se dénoua peu à peu, on regarda autour de soi avec moins d'effroi, et ne pouvant empêcher les adorateurs d'abonder, on leur sourit plus qu'on ne les rebuta.

[1] Madame de Sévigné, *Lettres* (éd. Monmerqué), t. IV, p. 414. Lettre de madame de Sévigné à madame de Grignan ; à Paris, mercredi 5 août 1676.

Nevers n'allait pas assister insouciamment à cette métamorphose qui dut avoir lieu plus tôt, puisque le fameux sonnet, seulement cinq mois après cette lettre, parlait de sa jalousie comme d'un fait de notoriété publique:

Dans un palais doré, Damon, jaloux et blême....

De mœurs trop bénignes pour faire les mêmes éclats que son beau-frère, il n'en eût pas été pour cela plus accommodant. Il lui prenait des accès de jalousie qui se manifestaient d'une façon aussi étrange qu'inopinée: « Il lui est arrivé trois ou quatre fois, dit Saint-Simon, d'entrer le matin dans sa chambre (la chambre de sa femme), de la faire lever, et tout de suite de la faire monter en carrosse, sans qu'elle, ni pas un de leurs gens à tous deux, se fussent doutés de rien, et de partir de là pour Rome, sans le moindre préparatif, ni que lui-même y eût songé trois jours auparavant[1]. »

En pareil cas, la fuite est encore le meilleur préservatif contre le danger : Nevers avait si souvent, durant sa vie, entrepris le voyage d'Italie sans autre cause que son

[1] Saint-Simon, *Mémoires* (Chéruel), t. V, p. 391.

caprice, qu'un pèlerinage à Rome, en semblable rencontre, n'est plus qu'une chose
très-naturelle, très-logique et très-sensée,
dont madame de Nevers sans doute n'ap-
précia pas toute l'urgence. S'il s'inquiétait
parfois, il avait bien ses raisons. Madame de
Montespan, sachant l'action inexorable du
temps sur les liaisons les plus solides, songea
un moment à se substituer sa nièce qui eût
été dans ses mains un instrument docile et
reconnaissant. Madame de Sévigné fait allusion, quoique discrètement, à cette intrigue
de cour qui ne devait pas aboutir : « On disoit
que madame de Nevers en faisoit une (une
trace) dans la première tête du monde, et
qu'une autre tête plus petite en étoit renver-
sée ; mais je ne trouve point que cela ait eu
de suites[1]. » La marquise était aux Rochers,
et, par conséquent, mal placée pour juger des
choses. Peut-être ne veut-elle pas ajouter foi
à une rumeur qui vient contrarier tout le
bien qu'elle avait dit jusque-là de la jeune
duchesse. Elle n'était pas, en définitive, opti-
miste au point de nier l'évidence, et voici

[1] Madame de Sévigné, *Lettres* (édit. Monmerqué),
t. VI, p. 315. Lettre de madame de Sévigné à madame de Grignan ; aux Rochers mercredi 12 juin 1680.

une remarque qu'elle fait, quelques jours seulement après ce qu'elle a écrit plus haut, qui annonce chez elle au moins un certain ébranlement: « Le roi alla l'autre jour à Versailles avec madame de Montespan, madame de Thianges et madame de Nevers toute parée de fleurs. Madame de Coulanges dit que *Flore étoit sa bête de ressemblance.* Mon Dieu, que cette promenade me paraîtroit dangereuse pour un homme qui prendroit goût à la liberté [1]. » Ceci est déjà assez clair pour qui est attentif. La comtesse de Caylus sera autrement explicite, dans ses *Souvenirs:* « Madame de Montespan, dit-elle, fit ce qu'elle pouvoit pour inspirer au roi du goût pour sa nièce ; mais il ne donna pas dans le piége, soit qu'on s'y prît d'une manière trop grossière, capable de le révolter, ou que sa beauté n'eût pas fait sur lui l'effet qu'elle produisoit sur tous ceux qui la regardoient [2]. »

M. le Prince, moins dédaigneux, s'éprit de

1 Madame de Sévigné, *Lettres* (édit. Monmerqué), t. VI, p. 381. Lettre de madame de Sévigné à madame de Grignan ; aux Rochers, mercredi 17 juillet 1680.

2 Madame de Caylus, *Souvenirs* (Michaud et Poujoulat), t. XXXII, p. 488.

la belle Diane; c'est cette « tête plus petite »
dont veut parler madame de Sévigné. S'il
n'était pas beau, s'il avait une figure « qui
tenoit plus du gnome que de l'homme, » il
était magnifique, avec l'esprit d'un démon,
et ne reculait devant quoi que ce fût, prêt à
revêtir toutes les formes et tous les costumes,
l'habit d'un laquais et jusqu'aux jupes d'une
revendeuse à la toilette, comme cela lui arriva[1]. Madame de Caylus ne semble pas douter de la complicité de la jeune femme, et
Voltaire ajoute, dans une note aux *Souvenirs*,
que, pour entrer secrètement chez elle, il
avait acheté deux maisons contiguës à l'hôtel
de Nevers. Saint-Simon va plus loin et dit
que, pour cacher ses rendez-vous, il perça
tout un côté d'une rue auprès de Saint-Sulpice par le dedans des maisons, qu'il avait

---

[1] Il s'inquiétait peu de la condition, lorsque la
femme était jolie. On sait le mot plaisant d'une bour-
geoise d'Utrecht que le prince lutinait d'un peu
près : « Pour Dieu, Monseigneur, Votre Altesse
a la bonté d'être trop insolente. » *Lettres de Madame de La Fayette* (Léopold Collin, 3e éd., 1806),
t. III, p. 228. — Outre la duchesse de Nevers, il
fut encore l'amant de la marquise de Richelieu et
de la comtesse de Marans : de cette dernière il eut
une fille, comme on le verra dans la suite.

9

toutes louées et meublées[1]. Le maréchal de
Richelieu n'eût été, plus tard, que son pla-
giaire amoindri, en se créant un débouché
analogue dans l'hôtel de La Popelinière.
Comme Saint-Sulpice, voisin de l'hôtel de
Condé, était, en revanche, fort éloigné de
l'hôtel de Nevers situé rue de Richelieu[2], ces
dépenses n'avaient été faites que pour pénétrer *incognito* du palais du prince dans une
maison mystérieuse où la belle Diane pouvait, de son côté, se rendre sans inspirer le
moindre soupçon[3]. Malgré tant de précau-

[1] Dangeau, *Journal* (addition de Saint-Simon),
t. XII, p. 374.

[2] C'est aujourd'hui, avec l'ancien hôtel Mazarin,
la Bibliothèque impériale.

[3] Le récit de Saint-Simon est d'une telle ambiguïté
que, sans la note de Voltaire, on devrait croire que
ces ruineuses folies furent faites pour une toute autre
femme que la duchesse. Saint-Simon n'est souvent
ni très-clair, ni très-sûr. Sa phrase touffue, trop féconde, est parfois obscure et ne dit pas toujours
ce qu'elle veut dire. Parfois encore, et c'est plus
grave, sa mémoire confond, et le même fait, rapporté
autre part, est sensiblement altéré. Saint-Simon,
abstraction faite de sa passion, est admirable et voit
bien les choses; mais, pour ce qui est du détail, on
est heureux de trouver dans le *Journal* de Dangeau
des jalons qui dirigent et aident, au besoin, à le re-
dresser. Cette remarque était indispensable.

tions, Nevers flaira la trahison et résolut d'y
échapper par son procédé habituel. Mais la
duchesse n'en était plus à son premier voyage
de Rome. Elle pressentit, elle aussi, à certains
signes, le danger et avertit son complice de
la trame conjugale. Il fallait empêcher à tout
prix ce départ. Mais le moyen ? Indépendant
comme il l'était, M. de Nevers ne relevait que
de son caprice, et personne, pas même le roi,
n'eût été en mesure de peser d'une manière
ou d'autre sur sa volonté.

Cela se passait, vraisemblablement, vers la
fin de juillet ou les premiers jours d'août 1688.
M. le Prince, que la passion rendait inventif,
crut avoir trouvé un expédient. Il imagina
de donner une fête magnifique à Chantilly au
Dauphin. Ce n'était pas une petite affaire que
de recevoir et héberger, neuf jours durant, un
pareil hôte ; le fils du grand Condé, en parlant
de la lourde responsabilité qu'il avait assumée
sur sa tête, était fort croyable, et M. de Nevers
n'eut pas de peine à être de cet avis. Comme
il n'est pas de fêtes sans divertissements et
sans spectacle, le prince comptait bien en
régaler Monseigneur ; mais encore les fallait-il aussi agréables et aussi galants que
possible. A qui s'adresser en pareille rencon-

tre? Qui charger de cette besogne délicate?
Après cette confidence, ce fut le tour des ca-
joleries et des caresses : Ah ! si M. de Nevers
consentait à lui chercher l'homme qu'il fallait et à le diriger de son expérience et de ses
conseils ! On a deviné le piége. Tous ces Mancini, constatons-le en passant, furent plus ou
moins poëtes, plus ou moins pris de la passion des lettres : Paul Mancini, l'aïeul du
nôtre, avait été le fondateur à Rome de l'Académie des Humoristes à la même époque où
Richelieu créait chez nous l'Académie française. Le comte de Donzi, le prince de Verga-
gne, de «Vergogne,» ainsi qu'on l'appela, faisait des vers comme son père, et eut à son tour
pour fils cet aimable duc de Nivernais, le
dernier de sa race, tout à la fois académicien
et diplomate, un de ces beaux esprits pleins
de séduction qui, comme l'abbé de Bernis et
le comte de Ségur, représentèrent à un degré
si caractéristique, chez nous et à l'étranger,
la France du xviii⁰ siècle.

M. le Prince n'avait calculé que trop juste ;
le pauvre mari se mit tout aussitôt et de la
meilleure grâce à sa disposition. Il en était
arrivé à ses fins, non pas sans bourse délier,
il est vrai, car cet ingénieux stratagème

coûta plus de cent mille écus [1]. On doit être quelque peu surpris de voir M. de Nevers si fort le serviteur de M. le Prince et se trouver, plus qu'il ne l'aurait voulu alors, dans la familiarité de la maison de Condé. On n'a pas oublié la protection, offensante pour lui, dont le vainqueur de Rocroi et son fils avaient abrité les deux poëtes ; et il y a lieu de s'étonner que le duc de Nevers ait eu si peu de rancune ou de mémoire. Il est difficile de dire, d'une façon précise, comment cette malveillance se changea en bons rapports. La fête de Chantilly se fût donnée quatre ou cinq ans plus tard, qu'on eût pu attribuer cette métamorphose au mariage du duc du Maine avec mademoiselle de Charolais. Le duc du Maine et mademoiselle de Thianges étaient cousins-germains, et les Nevers, dans la suite, passeront une bonne part de leur vie à Sceaux.

Malheureusement, cette visite du Dauphin date de 1683, et M. du Maine n'épousera Ludovise qu'en 1693. Disons, toutefois, que M. le Prince était fort lié avec madame de Bouillon, qu'il ne bougeait pas de chez elle [2]; M. de Ne-

[1] Madame de Caylus, *Souvenirs* (Michaud et Poujoulat), t. XXXII, p. 489.

[2] Saint-Simon, *Mémoires* (Chéruel), t. XI, p. 109.

vers, quand il était à Paris, était aussi l'un des
fidèles du quai Malaquais; ils ne pouvaient
guère poser le pied dans son salon sans s'y
voir : cette nécessité de se rencontrer devait,
tôt ou tard, rompre la glace entre eux. Les
doux yeux et la mine enchanteresse de la
belle Diane ne nuisirent pas, c'est à croire, à
un rapprochement auquel, de son côté, le
facile Mancini se prêta sans doute du meilleur
de son cœur.

III

Chantilly.—*La Table.*—Monseigneur complimenté par le dieu
Pan.—L'arrivée.—Le grand et le petit château.—Description des bâtiments.—Appartement du Dauphin.—Les fêtes
succèdent aux fêtes. — *Orontée.* — La *Jérusalem délivrée* de
Le Clerc. — L'abbé de Bernay. — Le libraire Barbin. —
L'édition lui reste. — L'étang de Comelle. — La chasse en
bateau.—Une pêche aux biches.—Les nacelles traînées par
des cerfs. — Le prince de Conti dans le canal. — Il en est
quitte pour la peur. — La Maison de Sylvie. — Le poëte
Théophile.— Le Labyrinthe.— Interprétation d'un passage
de La Bruyère.— Bérain.— Pécour. — Lorenzani.— Lulli
le cadet. — Coopération de M. de Nevers. — Sa modestie.
— L'Oronte du *Misanthrope.* — Ce n'est pas Nevers. —
Incertitude sur le voyage de Rome. — Le duc et la connétable Colonne à Venise. — Ils viennent en aide à un pauvre diable qu'on allait pendre.— Le petit Coulanges.—Son
portrait. — *La mare à Grapin.* — Ses chansons. — Antipathie de Le Tellier pour lui.— Cause de cet éloignement.—
Coulanges s'en console. — Ses amis. — Il suit le duc de
Chaulnes à Rome. — Le prince de Turenne et le duc d'Albret.—La bénédiction des pains par le Pape.—Le cardinal
de Bouillon en tablier. — Le chapeau de Coulanges rempli
d'eau bénite.— Son désenchantement religieux.—Sa femme
l'en réprimande.— Madame de Sévigné en fait autant.

Cette fête de Chantilly devait surpasser en
merveilles comme en dépenses la réception

faite au Dauphin, deux ans auparavant, à Anet. Monseigneur partit de Versailles, le dimanche 22 août, avec une suite nombreuse. Il pénétra dans la forêt par le chemin de Luzarches. M. le Duc et le prince de Conti étaient allés à sa rencontre ; une chasse était toute préparée et M. le Prince ne les eut pas plus tôt rejoints qu'on se mit à l'œuvre. Il se fit un carnage épouvantable de perdreaux et de faisandeaux qui dura jusqu'à six heures du soir.

Une surprise vraiment royale avait été ménagée à l'auguste visiteur, au cœur de la forêt, dans un carrefour connu alors, comme maintenant encore, sous le nom de *la Table*. C'est un rond-point de trois toises de diamètre auquel douze routes majestueuses, bordées de charmilles, ayant chacune au moins une lieue de long, viennent aboutir. Dans une sorte de salon de verdure, construit sur une estrade de cinq pieds d'élévation et percé de douze portiques correspondant à ces douze voies, une magnifique collation attendait le prince qui se mit à table et voulut qu'on en dressât d'autres pour les seigneurs de sa suite, ce qu'on n'eût pas osé faire s'il ne l'eût ordonné. Cette collation pouvait compter pour un repas, et des plus co-

pieux. Ainsi il y avait vingt-quatre bassins
de rôts et quatre plats d'entremets autour de
chacun de ces bassins, « ce qui faisoit six
vingt plats. » Après les entremets chauds, ce
fut le tour des froids ; puis celui du fruit, autrement dit du dessert, avec le même nombre
de corbeilles et de plats qu'au premier service. Des timbales et des trompettes faisaient
retentir les solitudes de la forêt de leur
bruyante sonorité. Mais, tout à coup, ces
instruments se turent pour faire place à une
harmonie de hautbois, de flûtes et de mu-
settes, qui semblait promettre quelque surprise nouvelle. En effet, ces accords cham-
pêtres annonçaient l'arrivée du dieu Pan,
escorté de quatre-vingt-dix autres divinités,
tant faunes, sylvains que satyres. Ces divinités avaient été recrutées pour la circonstance
parmi les chanteurs, les symphonistes et les
danseurs de l'Opéra ; elles marchaient sous le
thyrse de Lulli, le cadet, qui avait succédé à
son père dans la surintendance de la musique
du roi. Pan s'avançait avec un premier déta-
chement de vingt-quatre satyres ; le surplus
de la bande cheminait au son des instruments dans un ordre parfait. Les danseurs,
au nombre de vingt et un, armés de massues

et montés sur les épaules les uns des autres, ne produisaient pas le spectacle le moins étrange et le moins curieux. Venaient derrière eux cinquante et un musiciens, la tête chargée, chacun, d'une corbeille de fruits de toute espèce, et tenant à la main des branches de chêne. Ces braves divinités, accourues pour célébrer à leur manière la présence de Monseigneur dans leurs domaines, ne furent pas plus tôt à leur poste que commença un ballet des plus extraordinaires et qui divertit fort le prince.

Ces danses finissaient à peine que le bruit des cors se faisait entendre, et qu'au même instant, un cerf franchissait la route, à quelques pas de la feuillée. Une meute apparut alors comme par magie et fut lâchée sans perdre de temps à ses trousses. Les chiens s'étaient précipités avec une ardeur telle et semblaient si bien disposés à faire des prodiges, que le Dauphin eut alors à regretter de n'avoir de chevaux que pour la chasse au vol. Mais un génie invisible avait tout prévu, tout ordonné : d'autres montures lui étaient amenées et il pouvait s'élancer avec son monde à la poursuite de la pauvre bête qui fut acculée, après une course d'une heure, dans l'étang de Comelle. Ainsi, avant de poser le pied dans Chantilly, Monseigneur avait eu le régal de deux chasses, d'un grand repas dans un réduit enchanté et d'un divertissement mêlé de symphonies, de chants et de danses des plus galants.

Le cerf pris, l'on se dirigea vers le château par la grande avenue, au bout de laquelle se trouve une' demi - lune précédant l'avant-cour. A droite et à gauche du pont-levis se dressent, comme des sentinelles avancées, deux pavillons, dont l'un, maintenant encore, est la demeure du concierge. La cour, belle et spacieuse, était continuée par une terrasse sur laquelle on apercevait, dominant le château, les parterres et la campagne même, une statue équestre du dernier connétable de Montmorency, armé à l'antique et l'épée nue, qui ne se recommandait pas plus par le mérite de l'œuvre que par la valeur de la matière[1]. Cette cour, d'ailleurs de vastes proportions, semblait se prolonger à l'infini ; l'œil, qu'aucun édifice n'arrêtait, allait fort au delà,

---

[1] Cette figure n'était pas de bronze, comme le dit le Mercure ; elle n'était composée que de morceaux de cuivre de platine. — Dargenville, Voyage pittoresque des environs de Paris (1768), p. 415.

sautait par-dessus le grand canal et ne se reposait que sur les hauteurs du Vertugadin. Les bâtiments, au lieu de la terminer régulièrement en s'étendant en façade derrière la statue du connétable, s'échelonnaient à gauche, et, malgré leur importance, représentaient assez l'une des ailes survivantes d'une construction gigantesque dont le corps de logis principal et l'aile de droite eussent été anéantis. Ils se divisaient en grand et petit château. Le premier était assis sur une roche, les pieds dans un large fossé alimenté par de grosses sources qui ne le laissaient jamais à sec. C'était un édifice fort ancien, médiocrement harmonieux, auquel pourtant les tours surmontées de lanternes dont il était flanqué ne laissaient pas de donner un aspect imposant. Rien de cela n'existe plus, sauf les souterrains qui régnaient au rez-de-chaussée du fossé, et dont la plate-forme a pour nous le mérite d'indiquer, avec l'emplacement des tours, tout le dessin de cette lourde construction. En revanche, le petit château, autrement dit *la Capitainerie,* subsiste dans son entière intégrité : c'était le logement qu'habitait, sous la Restauration, le dernier des Condé. Le duc d'Aumale avait eu l'idée de relever le grand château sur les fondements et les plans de l'ancien : il y avait eu même un commencement d'exécution. La pierre avait été apportée en vue de travaux prochains, mais la révolution de 1848 vint couper court à des projets qui n'ont guère de chances d'être repris[1].

La Capitainerie avait été désignée, de préférence au grand château, pour la maison de Monseigneur. A part la salle à manger et le grand salon, l'en-bas était formé de pièces étroites et peu éclairées; de plain-pied avec la cour et le petit parterre, il se trouvait en niveau avec les souterrains du vieux château, et, par conséquent, les appartements du dessus n'étaient qu'à la hauteur du rez-de-chaussée de ce dernier bâtiment, auquel il communiquait par un pont jeté sur le grand fossé. C'est cet étage supérieur qu'habita Monseigneur durant son séjour à Chantilly.

Le couvert avait été mis dans une salle du grand château. Après le souper, le Dauphin tint appartement. Cette première journée avait été aussi remplie que possible et rendait

---

[1] C'était l'architecte Duban qui devait faire exécuter les reconstructions projetées.

la tâche plus difficile encore pour les jours
suivants. La chasse, dans cette splendide forêt de Chantilly, fut le principal divertissement du prince. Le duc du Maine et le grand
prieur, les mieux montés en chiens, de toute
la cour, prêtèrent alternativement leurs
meutes qui firent merveilles. Le lendemain, l'on débuta par aller courre le loup à
La Chapelle. Monseigneur, après s'être quelque peu reposé chez lui, visita les jardins et
se dirigea ensuite vers l'orangerie métamor-
phosée, pour la circonstance, en une salle de
spectacle, dont la description longue et pom-
peuse ne tient pas moins de douze pages du
Mercure.

Un opéra avait été composé tout exprès,
et les meilleurs sujets de l'Académie de musique avaient été requis pour prêter leur
concours à la représentation de ce chef-d'œuvre inédit. Un prologue précédait l'ouvrage.
Avant tout autre soin, ne fallait-il pas célébrer la grandeur, la majesté, la puissance de
Louis XIV et les vertus du prince qui avait
consenti à honorer de sa présence ces lieux
enchantés? Le dieu Pan s'était si bien acquitté, la veille, de cette délicate mission,
que ce fut lui encore qui fut chargé de chan-

ter la gloire des deux héros. Cet échantillon
suffira pour prouver qu'il n'y allait pas de
main morte :

> J'ai veu tous les règnes des rois
> Célèbres par leurs exploits,
> Et dans mon souvenir j'en conservois la gloire :
> Mais, depuis que LOUIS s'est fait voir à mes yeux,
> Tous ces mortels sortent de ma mémoire,
> Et je ne mets que lui dans le rang de nos dieux.

Puis vint le tour d'*Orontée*. « Les vers, dit
complaisamment *le Mercure*, n'en pouvoient
estre que beaux, puisqu'ils estoient de M. Le
Clerc, de l'Académie françoise. » Le Clerc
n'avait qu'un talent, qui donna longtemps,
il est vrai, le change sur son mérite poétique :
le prestige d'une diction, qui, pour être emphatique, n'en parvenait que plus sûrement
et plus complétement au but. Entre sa tragé-
gédie de *Virginie* et son *Iphigénie*, vingt ans
s'étaient écoulés. Il s'était fait avocat, et on
eût pu croire qu'il avait renoncé aux vanités
de la gloire littéraire. Son silence n'était que
du recueillement. Il s'était imposé la tâche de
transporter le Tasse dans notre langue et de
traduire la *Jérusalem* vers pour vers. Les cinq
premiers livres de cette traduction, les seuls
qui aient paru, furent publiés en 1667 avec

des figures de Chauveau et le texte en re-
gard : c'était ce qui pouvait leur arriver de
pire. Il faisait de fréquentes lectures, soit à
l'Académie, soit dans des sociétés particulières, et laissait toujours son auditoire dans
l'enchantement. L'abbé de Bernay était si
pénétré d'admiration pour ce chef-d'œuvre
inédit que, quand il voulait louer les meilleurs vers de Boileau et de Racine, il disait :
« Voilà qui est aussi beau que le Tasse de
M. Le Clerc [1]. » Le libraire Barbin crut faire

---

[1] *Brossette sur Boileau* (Bibliothèque impériale. Manuscrits, Supplément français, 2810, p. 284, 282.—*Le
Mercure galant* de septembre 1691, dans une relation
détaillée d'une séance de l'Académie française, l'a-
près-dîner de la Saint-Louis, mentionne avec le plus
grand éloge la lecture d'un fragment inédit du même
poëme : «M. Le Clerc, qui a donné au public il y a
déjà longtemps la traduction des cinq premiers
chants de la Jérusalem du Tasse, leut environ vingt
strophes d'un de ceux qu'il n'a point encore fait imprimer, et l'on y trouva ce feu agréable qu'on voit
répandu dans tout ce qui est de luy. » Colbert l'a-
vait porté le troisième sur la liste des pensions faites
aux savants et aux gens de lettres tant nationaux
qu'étrangers par Louis XIV : «Au sieur Le Clerc,
excellent poëte françois, six cents livres. »—Laplace,
Pièces intéressantes (Bruxelles, 1785), t. I, p. 198 ;
Extrait des manuscrits de M. Colbert.

un coup de partie en l'imprimant ; il y fit une dépense considérable en caractères, en papier et en planches : l'édition lui resta. La fortune du Tasse français « en naissant oublié [1], » eût dû inspirer à son auteur une certaine défiance de lui-même. Mais ces sortes d'avertissements sont rarement écoutés. Quelques années après, Le Clerc hasardait au théâtre une tardive *Iphigénie,* alors que six mois de représentations assidues avaient consolidé le succès de celle de Racine, ce qui ne l'empêcha pas, malgré la froideur du public, de se proclamer très-satisfait de son accueil ; petite rouerie fort à la mode, bien qu'elle ne trompât personne, et dont Pradon, on l'a vu, usait sans scrupule.

Orontée avait été mis en musique par Lorenzani, maître de la chapelle de la feue reine ; les entrées étaient de Pécour, sauf deux de la composition de Lestang. Tout alla à souhait ; et l'on ne sut quoi plus applaudir, du poëme, de la partition, des divertissements ou de la mise en scène [2]. Mais ce

[1] Boileau Despréaux, *Œuvres complètes* (éd. de Saint-Surin), t. II, p. 425 ; *Le Lutrin,* chant V.

[2] *Mercure galant,* septembre 1688, seconde partie, *La Feste de Chantilly, contenant tout ce qui s'est*

n'était là qu'un des mille enchantements que Monseigneur devait heurter à chaque pas durant son séjour à Chantilly.

Nous ne pouvons entrer dans le dénombrement de ces fêtes, que l'arrivée de madame la Duchesse et de la princesse de Conti, la douairière, n'était pas faite pour ralentir. Nous ne saurions, toutefois, passer sous silence un épisode gracieux qui faillit, cependant, être assombri par une catastrophe dont MM. de Vendôme n'eussent pas été, sans doute, les derniers à se consoler. M. le Prince avait tout mis en œuvre pour donner à son royal hôte le régal d'une chasse incomparable. Monseigneur et sa suite s'engagèrent avec la meute du duc de Maine dans les profondeurs de la forêt : l'étang de Comelle était le point de réunion et le but final de l'expédition. Cet étang a un kilomètre de longueur, sur un demi-kilomètre de largeur ; il est encaissé dans un terrain en glacis, chargé de bois. Des tentes avaient été dressées sur la chaussée pour les dames; des bateaux couverts de leurs tendelets, d'autres, de moindre étendue, ta-

passé pendant le séjour que Monseigneur le Dauphin y a fait, avec une description exacte du château et des fontaines, p. 166.

pissés de feuillages, animaient cette jolie
nappe d'eau d'ordinaire si paisible. Aussitôt
arrivé, le Dauphin monta dans la plus grande
de ces embarcations avec madame la Duchesse,
la princesse de Conti, les dames d'honneur
et quelques seigneurs des plus considérables.
M. le Duc, le prince de Conti et le duc de Vendôme, prirent place dans une autre. En un
instant, cette petite flottille était envahie et
n'attendait plus qu'un signal, qui ne tarda
guère à se faire entendre. Les hautbois et les
trompettes retentissaient de tous côtés ; ils
furent bientôt étouffés par le bruit des cors
et les aboiements des chiens.

Un spectacle indescriptible s'offrit alors aux
regards de cette multitude accourue là pour
voir Monseigneur. Un nombre infini de sangliers et de cerfs, traqués par les chasseurs et
la meute, se précipita, pêle-mêle, dans l'étang,
comme dans le seul refuge qui lui restât. A
chaque minute le chiffre des fugitifs augmen-
tait ; encore un peu et le petit lac serait trop
exigu pour contenir ces hôtes d'une nouvelle
sorte. Mais la vraie chasse allait commencer ;
on devine quelle chasse. La flottille était armée
en conséquence : les uns s'étaient munis de
pieux, les autres de dards, les plus raffinés

de longs bâtons avec des nœuds coulants.
On se forma en fer à cheval, de façon à chasser tout ce bétail effaré du côté de la feuillée,
où madame la Princesse, qui n'avait pas voulu s'embarquer, se tenait avec les dames de
sa suite. Les chiens furent lancés aux trousses de ces pauvres bêtes dont ils firent un
vrai carnage. Cette chasse, nous allions dire
cette pêche, dura deux heures. Si les femmes
n'y prirent pas la part la moins active, leur
intervention, loin d'accroître le nombre des
victimes, fut toute miséricordieuse. Aussitôt
qu'un cerf s'était embarrassé dans leurs lacets,
on attachait la corde à la nacelle que le prisonnier, dans son désir de fuite, entraînait vers
le rivage. Une fois là, elles coupaient de leurs
blanches mains ces liens peu redoutables et
rendaient la liberté au pauvre captif. Cependant, malgré ce secours et cette protection, le
chiffre des morts s'éleva encore à cinquante ou
soixante, tant cerfs et biches que sangliers[1].
Le Mercure, par respect sans doute, se tait
sur un incident qui ne dut pas être le
moins émotionnant de la soirée. Le prince de

---

[1] *Mercure galant,* septembre 1688, seconde partie,
La Feste de Chantilly, p. 215 à 225.

Conti se laissa tomber dans le canal, la tête
la première. Il but un peu d'eau. Mais ce qui
perdit Absalon le sauva : il reparut à la sur-
face, et on put le saisir par les cheveux et le
ramener à terre. Au reste, deux heures après,
il revenait trouver Monseigneur et se mêler
à son cortége[1].

Le lendemain, la pluie survint. Le Dauphin alla à la chasse au loup et passa le reste
du temps dans la chambre de la princesse de
Conti, jusqu'au soir qu'il y eut appartement,
puis opéra, puis *media noche*. Le surlendemain, qui était un dimanche, devait être, en
revanche, la journée la mieux remplie, la
plus féconde en merveilles. Après la messe,
Monseigneur courut le cerf, cette fois avec les
chiens du grand prieur. Au retour, on se dirigea avec les dames vers la Maison de Sylvie,
où M. le Prince avait fait dresser un repas des
plus galants. La Maison de Sylvie était une
construction assez restreinte de quatre pièces
en enfilade, ouvrant d'un côté sur un bois
faisant face au vieux château, et aboutissant
de l'autre à la forêt même. Le poëte Théo-

---

[1] Dangeau, *Journal*, t. II, p. 161; vendredi 27 août
1688.

phile, le commensal des Montmorency, avait jadis pris ce coin en affection ; c'était là, près d'une fontaine, qu'il venait rêver et qu'il composa en l'honneur de sa bienfaitrice *la Maison de Sylvie*[1]. Telle est l'origine du nom de Sylvie donné concurremment au bois, à l'étang comme au pavillon exigu où nous trouvons attablés Monseigneur et sa cour.

[1] Santeuil, le familier des Condé, se devait de célébrer Chantilly, et l'on a sur Chantilly un poëme de lui traduit par Ménage en vers français. On lit dans une note qui accompagne la traduction de ce dernier, à propos de Théophile : « Il faut savoir que Théophile, après son arrêt rendu le 19 août 1623, aiant trouvé une retraite auprès du duc de Montmorency, se promenoit souvent à Chantilli, dans un bois qu'on a depuis appelé *Sylvie* à cause de l'ode qu'il y fit, intitulée *la Maison de Sylvie*, accompagnée de plusieurs autres odes, dans lesquelles il célèbre sous le nom de *Sylvie* madame la duchesse de Montmorency, Marie-Félix des Ursins. »—*Menagiana* (1729), t. III, p. 215.—*La Maison de Sylvie* est un ensemble de dix odes ; c'est dans la troisième que Théophile a décrit cette charmante solitude :

> Dans ce parc un vallon secret
> Tout voilé de ramages sombres....

—*Les Œuvres de Théophile* (Lyon, 1677), seconde partie, p. 157 à 188.

Lorsque l'on fut au fruit, M. le Prince dit à
son hôte « que s'il en vouloit, il falloit qu'il
se donnast la peine d'en aller chercher au milieu du labirinthe où le dessert estoit servy. »
Le Dauphin releva gaiement le défi, on quitta
la table et l'on se mit en marche. A chaque
pas, il est vrai, une surprise nouvelle provo-
quait une halte et il fallut bien s'arrêter successivement aux jeux de mail et de paume,
aux tirs de l'arquebuse et de l'arbalète, aux
exercices de chevaux de bague dans le manége. Nous voici, enfin, au labyrinthe. Toute
la fable du Minotaure y devait être figurée ;
mais les artistes n'avaient pas eu le temps
d'achever leur travail ; Ariane et Thésée at-
tendaient encore, ainsi que le Monstre, le
dernier coup de ciseau dans les ateliers de
Rome. Seulement, on rencontrait déjà, épars
dans les détours sans fin du labyrinthe, des
statues d'enfants au visage éploré représentant les neuf jeunes garçons que chaque année Athènes envoyait en tribut à son féroce
suzerain. Des amours bouffis apparaissaient
parfois à titre de contraste, à l'angle de quelque chemin. Mais l'attention était ailleurs.
« On trouve (c'est *le Mercure* qui parle) des
bancs de marbre avec des cartouches portez

sur des piedestaux. Sur chacun de ces cartouches est une énigme, de sorte qu'en mesme temps qu'on offre à ceux qui sont dans le labirinthe de quoy reposer leur corps, on leur présente de quoy fatiguer leur esprit par la curiosité qui les porte à lire ce qui se présente à leurs yeux, et par l'envie naturelle qu'on a de pénétrer ce qu'on n'entend pas d'abord [1]. » Suivaient douze énigmes qui pourraient fatiguer le lecteur d'une tout autre façon que ne le comprend le galant journaliste. Cependant, Monseigneur, les princes et les princesses s'étaient engagés dans le labyrinthe. L'on marcha longtemps sans avancer, mais « les agréables impatiences que cela causoit, servoient de divertissement à ceux mesmes qui estoient les plus trompez. » On se lasse de tout, le Dauphin demanda grâce et pria son hôte de les mettre dans le bon chemin, et bientôt après, ils se trouvaient au centre du labyrinthe où les attendait une surprise vraiment féerique. La plume enthousiaste de Visé n'a pas été seule à célébrer cette merveille. Le burin lui-même s'est chargé de re-

---

[1] *Mercure galant*, septembre 1688, seconde partie; *La Feste de Chantilly*, p. 245, 246.

produire la physionomie de cette salle de verdure au milieu de laquelle était une table dont
la description nous entraînerait trop loin[1].

On pourra trouver que nous nous sommes
déjà trop étendu sur ces solennités assez
frivoles au fond, bien qu'elles aient eu leur
importance parmi les contemporains ; mais
ces détails ont leur prix, même pour nous,
puisqu'ils nous donnent la clef d'un passage des
Caractères. La Bruyère a assisté à ces fêtes, il
croit savoir l'apport de chacun dans ces divertissements et il s'indigne de la part que s'ar-
rogent tous ces coopérateurs subalternes :
« Ils ont fait le théâtre, ces empressés, les
machines, les ballets, les vers, la musique,
tout le spectacle, jusqu'à la salle où s'est
donné le spectacle, j'entends le toit et les
quatre murs dès leurs fondements. Qui doute
que la chasse sur l'eau, l'enchantement de la
table, la merveille du labyrinthe, ne soient

---

[1] Bibliothèque impériale ; Cabinet des estampes,
Histoire de France, par estampes (1687-1689); *Dessin
de la collation qui fut donnée à Monseigneur par M. le
Prince, dans le milieu du labyrinthe à Chantilly*, le 29
août 1688 ; Bérain, *delineavit* ; Dolivart, *fecit.* — Quant
au labyrinthe lui-même, il était l'œuvre de Desgaux,
neveu de Lenôtre.—*Le poète sans fard* (1701), p. 228 ;
Description de Chantilly.

encore de leur invention ? J'en juge par le mouvement qu'ils se donnent, et par l'air content dont ils s'applaudissent sur tout le succès. Si je me trompe, et qu'ils n'aient contribué en rien à cette fête si superbe, si galante, si longtemps soutenue, et où un seul a suffi pour le projet et pour la dépense, j'admire deux choses : la tranquillité et le flegme de celui qui a tout remué, comme l'embarras et l'action de ceux qui n'ont rien fait[1]. » Cette sortie est à l'adresse de tous ceux que loue *le Mercure,* à l'adresse de Bérain[2], de Pécour[3],

---

[1] La Bruyère, *Caractères*, Première éd. (1688), p. 165 ; *Des Ouvrages de l'Esprit.*

[2] Jean Bérain, dessinateur des menus-plaisirs du roi et graveur à l'eau-forte. On a un recueil de gravures faites d'après ses dessins ; elles représentent des arabesques, des ornements pour la décoration des appartements. Il était plein de facilité et d'imagination. Il ne faut pas le confondre avec son fils, Jean Bérain, comme lui dessinateur, et qui donna le plan des cérémonies funèbres faites à Saint-Denis à la mort du Dauphin, et lors des funérailles de Louis XIV.

[3] Un danseur de l'Opéra, que ses amours avec Ninon et la maréchale de La Ferté avaient rendu célèbre. La Bruyère le désigne sous le nom de *Bathylle* : « Prenez *Bathylle*, Lélie : où trouverez-vous, je ne dis pas dans l'ordre des chevaliers que vous dédaignez,

de Le Clerc, de Lorenzani[1], peut-être de Lulli
le cadet. C'était déjà un tort à ceux-ci d'être

mais même parmi les farceurs, un jeune homme qui
s'élève si haut en dansant, et qui passe mieux la
capriole?... pour Bathylle, dites-vous, la passe y est
trop grande ; et il refuse plus de femmes qu'il n'en
agrée...» Et ailleurs : « Il suffisoit à Bathylle d'être
pantomime pour être couru des dames romaines... »
— La Bruyère, *Caractères* (Ed. Jannet, 1854), t. I, p. 203,
204, t. II, p. 115. — Jean-Baptiste Rousseau fit sur
le même Pécour des vers qui sont ceux d'un insensé
et d'un furieux :

> Que le bourreau par son vallet
> Fasse un jour serrer le sifflet
> De Berrin et de sa séquelle ;
> Que Pécourt, qui fait le ballet,
> Ait le fouet au pied de l'échelle !

Pécour, hors de lui, rencontrant Rousseau, rue Cas-
sette, se préparait à faire un mauvais parti au poëte
satirique, si Voltaire n'eût arrêté son bras. Rousseau adressa des excuses et se défendit d'être
l'auteur du couplet. Pécour mourut à soixante-dix-
huit ans, maître des ballets à l'Opéra, le 11 avril
1729. — Voltaire, *Œuvres complètes* (Ed. Beuchot),
t. XIX, p. 139, t. XXXVII, p. 493, 494.

[1] D'abord maître de la musique des jésuites à
Rome, qu'il quitta pour le même emploi à la ca-
thédrale de Messine, il rencontra dans cette dernière
ville le maréchal de Vivonne qui l'engagea à le
suivre en France. Le roi lui fit le meilleur accueil,
et Lorenzani, bientôt après, succédait à Boisset

loués par Visé, que La Bruyère n'aimait ni
n'estimait[1]. Mais ici, le moraliste a un autre
but encore ; c'est, en frappant dru sur ces empressés, comme il les appelle, d'adresser une
flatterie délicate, arrachée pour ainsi dire par
l'énormité de l'outrecuidance de ces intermé-
diaires en sous-ordre. Bérain et les autres ont
pu obéir à l'inspiration du maître, leur rôle
s'est borné à celui d'un ouvrier qui exécute ;
le seul créateur, c'est celui qui se cache derrière ces manœuvres, c'est M. le Prince. Voilà
qui s'appelle louer. Toutefois, bien qu'excessif,
l'éloge eût pu être moins mérité. La Fare reconnaît également la capacité de M. le Prince
pour concevoir et ordonner une pareille fête :

dans la charge de maître de musique d'Anne d'Autriche qu'il exerça jusqu'à la mort de cette princesse.
Mercure galant ; mai, 1693, p. 311, 312, 313.

[1] La première édition des *Caractères* paraissait en
1688, à cette époque précisément, chez Étienne Mi-
challet, en un volume in-12 de 360 pages ; deux autres éditions la suivirent dans le cours de la même
année. Dans cette première déjà, p. 165, La Bruyère
mettait le *Mercure galant* « immédiatement au-dessous de rien. » Ce n'est, toutefois, que l'année suivante, dans la quatrième édition (1689,) que se rencontre pour la première fois cette boutade contre
Bérain et les autres.

« M. le prince, dit-il, étoit l'homme du monde qui avoit le plus de talent pour imaginer tout ce qui pouvoit la rendre galante et magnifique[1]. »

Le Mercure, cela va sans dire, ne fait nulle allusion à une intrigue que les plus fins et les mieux placés ne soupçonnèrent qu'après coup. Madame de Nevers n'est même pas nommée. On ne pouvait, toutefois, omettre le concours ostensible du mari ; mais sa coopération est réduite à une part assez restreinte. Il est bien question d'un divertissement ; mais n'est-ce encore que du réchauffé, tant du côté du poëte que de celui du musicien. « Tous ces airs, dit à cet égard Visé, avoient esté faits par M. Lorenzani, pour un opéra que M. le duc de Nevers donna au roi à Fontainebleau il y a quelques années, et qui fut trouvé très-agréable et très-beau par Sa Majesté et par toute la cour. Le génie plein d'invention de ce duc est connu de tout le monde, et quand il s'échappe à faire des vers, ce qui ne lui arrive pas ordinairement, on y remarque un certain tour d'esprit naturel, et

---

[1] La Farc, *Mémoires* (Michaud et Poujoulat), t. XXXII, p. 293.

11.

une vivacité qui en feroient souvent recon-
noître l'auteur, s'ils estoient meslez avec
d'autres[1]. » Visé écrivait sur des notes plus
ou moins exactes que son unique tâche était
de coordonner, sans une bien grande connaissance, le plus souvent, des personnages dont il
avait à parler. Dire que M. de Nevers ne s'é-
chappait que rarement à faire des vers peut
paraître étrange ; mais cela s'explique. Si ce
sybarite raffiné rimait à tout propos et même
avec une fécondité qui ne sentait l'huile que
trop peu, il ne rimait que pour lui, pour un
petit nombre d'intimes tout au plus, qui
avaient peine encore à lui arracher ses improvisations. « Apportez-moi, si vous pouvez,
écrivait madame de Grignan à Coulanges, les
poésies de M. le duc de Nevers ; elles sont
d'un goût si singulier et si relevé qu'on ne
peut s'empêcher de blâmer le soin qu'il prend
de les cacher si cruellement...[2]. »

On a pourtant voulu trouver dans Nevers
l'original de l'homme au sonnet du *Misan-*

[1] *Mercure galant*, septembre 1688, seconde partie ;
La Feste de Chantilly, p. 285, 286, 287.

[2] Madame de Sévigné, *Lettres* (éd. Monmerqué),
t. IX, p. 431. Lettre de madame de Grignan à M. de
Coulanges ; à Grignan, le 17 décembre 1690.

thrope[1]. Mais personne ne ressemble moins à l'Oronte de Molière que l'insouciant Mancini, et cette supposition nous paraît d'autant plus gratuite que Molière n'avait nulle raison d'indisposer le frère de la duchesse de Bouillon chez laquelle il était reçu et choyé. Eût-ce été pour venger Racine ? Molière et Racine étaient brouillés déjà à l'apparition du *Misanthrope*, lequel fut d'ailleurs représenté onze ans avant l'échange peu courtois des sonnets sur *Phèdre*[2].

A un divertissement replâtré, auquel on

[1] Amédée Renée, *les Nièces de Mazarin* (Paris, 1857), 3ᵉ édition, p. 170.

[2] Nevers n'attachait que peu d'importance à ses frivoles productions, comme le témoignent suffisamment ces deux vers qui semblent sincères :

Pour moy qui rit du sort que mes vers trouveront,
Je baiserai les mains qui les déchireront.

On n'a jamais bien su qui Molière avait eu en vue dans *Oronte*. Le duc de Saint-Aignan, plaisantant un jour M. de Montausier sur le personnage du *Misanthrope*, s'attira cette réponse tant soit peu brutale : « Eh ! ne voyez-vous pas, mon cher duc, que le ridicule du poëte de qualité vous désigne encore plus clairement ? »—Molière, *Œuvres*, avec les remarques de Bret, t. III, p. 417.

aurait ajouté quelques pièces de rapport afin
de dérouter par leur air de nouveauté et d'à-
propos sur la date réelle de l'ensemble, se
résumerait donc l'effort poétique et la collaboration apparente du mari de Diane. Saint-
Simon et madame de Caylus insistent trop
nettement sur le plaisant stratagème de M. le
Prince pour qu'on ne cherche pas le dessous
des cartes, même dans le texte du *Mercure*.
M. de Nevers, en acceptant la mission dont
on le charge perfidement, ne songeait nullement à se mettre en évidence ; il aimait les
fêtes, il aimait les vers, cela suffisait pour e
déterminer. On voit qu'il n'abusa pas de la
confiance qu'on avait en lui, et, s'il est possible de démêler sa part d'influence, c'est dans
le choix seul des poëtes qui sont en nom, qu'on
pourrait la retrouver à la rigueur. Le samedi,
un concert a lieu dans les appartements de
la princesse de Conti : l'auteur des paroles
est Du Boulay, secrétaire du grand prieur, le
neveu de M. de Nevers. L'œuvre capitale, l'o-
péra d'*Orontée* est de Le Clerc. Pourquoi M. le
Prince se serait-il adressé à Le Clerc, qui n'a-
vait jamais fait d'opéra ? Evidemment, sans
M. de Nevers personne ne songeait à celui-ci
et c'est à lui que l'auteur de *Virginie* et d'*I-*

phigénie fut pleinement redevable de l'honneur d'une pareille tâche. La plus étroite intimité unissait le traducteur de la *Jérusalem délivrée* et le poëte grand seigneur. Des goûts communs, une certaine conformité de caractère avaient été sans doute l'origine d'une liaison qui semblait, en revanche, s'inquiéter médiocrement des différences de condition et de l'inégalité du rang. Mais qu'importe le rang, que font les conditions pour des voluptueux qui ne se préoccupent que de vivre et de bien vivre ? Il faut croire que Le Clerc avait une table abondante, bien servie, à laquelle Nevers ne dédaignait pas de s'asseoir. Au moins est-ce ce que l'on peut conjecturer par les vers qu'il adresse, de Gênes, à son ami, et qui sont tout un menu, et des plus savants: nous y renvoyons le lecteur. Jamais la muse facile de l'aimable Mancini n'a été plus heureusement inspirée. Toute cette pièce que nous regrettons de ne pouvoir citer, est de ce tour aisé qui distingue les poëtes anacréontiques du xviiᵉ siècle, et particulièrement Chapelle et Chaulieu son disciple[1]. Il

---

1 *Recueil de poésies de messire Philippe-Julien Mazarini Mancini, duc de Nevers* (Bibliothèque de l'Arsenal. Manuscrits, Belles-lettres françaises, 101); *Épître*

se pourrait, après tout, qu'*Oronée* fût le résultat de la collaboration des deux amis. Il y a là un rôle qui est si bien dans le tempérament de Nevers, qu'il doit être sa conception, si ce n'est même pas lui qu'il a voulu peindre. C'est un certain Gelon, faisant profession de jouir de la vie libre et de mépriser toutes les belles chimères dont le commun des mortels se montre entêté :

Pour moy, je ne veux point être esclave en amour,
Ny devenir sçavant, ny vieillir à la cour,
Ny mourir sottement pour vivre dans l'histoire... [1].

à *M. Le Clerc*, p. 77.— C'est, à coup sûr, de ces vers que madame de Sévigné entend parler ; ils lui avaient été envoyés par Coulanges : « Cette dernière épître, dit-elle, est d'une force que Pauline n'y entendoit presque rien ; mais nous avons eu le plaisir de nous trouver capables de lui expliquer ce qu'elle n'entendit pas. Pour la description du dîné, elle est à la portée de tous les bons convives, et l'eau en est venue à la bouche de M. de Grignan, du chevalier de Saint-André, de mon fils, et de nous aussi ; car je n'ai jamais vu un si bon repas ; je viens de la mettre parmi les autres merveilles de ce duc. » — Madame de Sévigné, *Lettres* (éd. Monmerqué), t. IX, p. 458. Lettre de madame de Sévigné à M. de Coulanges ; à Grignan, le 24 juillet 1691.

[1] *Mercure galant*, septembre 1688, seconde partie; *La Feste de Chantilly*, p. 114.

Quant aux énigmes du labyrinthe, nous ne serions pas éloigné davantage de les lui attribuer. Si elles eussent été de Le Clerc ou de Du Boulay, *le Mercure* n'en eût pas fait plus de mystère que pour le reste[1].

L'on est, parfois, embarrassé, à une telle distance, dans le discernement de certains faits qui ont leurs historiens et des historiens divergents. La comtesse de Caylus prétend que madame de Nevers en fut quitte pour la peur et évita le voyage; Saint-Simon dit tout le contraire. Le duc de Nevers n'eût pas été aussi dupe qu'on le faisait; et en somme, il aurait eu les rieurs de son côté au dénoûment. Il donna d'abord, il est vrai, pleinement dans le piége : « Celui-ci tout jaloux, tout Italien, tout plein d'esprit qu'il fût, n'avoit pas conçu le plus léger soupçon de cette fête, quoiqu'il n'ignorât pas l'amour de M. le Prince. Quatre ou cinq jours avant celui de la fête, il découvrit de quoi il s'agissoit, il

---

[1] L'auteur quelconque de ces énigmes, pressé sans doute par le temps, en a pillé au moins une, la huitième, dans une traduction de l'épître *d'Héloïse et Abeilard* de Pope, comme le fait remarquer M. Walkenaër (La Bruyère, p. 659; Remarques et éclaircissements).

n'en dit mot, et partit le lendemain pour
Rome avec sa femme où il demeura long-
temps, et à son tour se moqua bien de M. le
Prince. »

Le Mercure galant eût donné en cette occasion, comme c'est assez son usage en
pareil cas, la liste des personnages qui ac-
compagnèrent Monseigneur à Chantilly, que
son silence à l'égard de M. de Nevers eût
été significatif. Toutefois, autant que des
conjectures peuvent tenir lieu de faits avé-
rés, il nous semble que Visé se fût étendu
davantage sur le compte de ce poëte grand
seigneur qui avait d'ailleurs avec le journaliste un point de rapport, celui de ne pas
aimer Racine, si M. de Nevers eût assisté à la
fête.

Saint-Simon, qui confond si aisément,
substitue le roi à Monseigneur. M. Walkenaër, dans sa bonne volonté de tout arranger,
et le récit de madame de Caylus et celui de
ce dernier, saisit avidement cette circonstance. Plus tard, effectivement, en mars 1693,
Louis XIV passait en revue ses régiments à
Chantilly où M. le Prince le recevait magnifiquement. « C'est probablement, remarque
cet écrivain, à cette seconde fête que le duc

de Nevers parvint à soustraire sa femme[1]. »
Mais, avec un peu de réflexion, on sentira
l'invraisemblance de cette hypothèse. L'a-
mour de M. le Prince pour la belle Diane
précéda la mort du grand Condé, puisque
madame de Caylus le désigne sous le nom de
M. le Duc. D'ailleurs la lettre de madame de
Sévigné qui fait allusion, quoique discrètement, à cette passion naissante, date de 1680 ;
ce serait, on en conviendra, de la part de
M. de Nevers s'aviser bien tardivement d'être
jaloux, après une intrigue qui ne devait avoir
guère moins de treize années en 1693. De
plus, à cette dernière fête de Chantilly, que
Le Mercure ne pouvait passer sous silence[2],
rien qui puisse s'accorder avec le récit des
Mémoires, lequel, évidemment, se rapporte
au voyage du Dauphin. Cela est fâcheux. Nous
voilà en présence de deux versions contradictoires, et il est assez malaisé de décider si
M. de Nevers alla ou n'alla pas à Rome. En
définitive, à part la modification que cet incident peut apporter dans cette petite comé-

---

[1] La Bruyère, *Les Caractères* (éd. Walkenaër) ; Remarques et éclaircissements, p. 662.

[2] *Mercure galant,* mai 1693, p. 303-312.

12

die , avec un pareil touriste, un voyage de plus ou de moins n'est pas une affaire.

Ces voyages transalpins, qui parfois contrariaient fort la belle Diane, ne laissaient pas, parfois aussi , en satisfaisant l'humeur pérégrinante de Nevers , d'avoir leur commodité pour la famille. Quand madame de Mazarin, fatiguée des ennuis que lui faisait éprouver sa parenté romaine, songe à rentrer en France , elle trouve là à point son frère pour lui servir d'escorte. MM. de Vendôme posent-ils le pied en Italie ; c'est en compagnie de leur oncle[1]. La connétable Colonne le supplie de la suivre à Venise où elle se plaisait trop pour que son mari s'y plût infiniment[2], et il y consent de la meilleure grâce. Une aventure les y attendait qui leur est trop honorable pour n'avoir pas sa mention ici. Il n'était bruit alors que de l'exécution d'un valet bourguignon , qu'on allait pendre à la place de son maître, le vrai et le seul coupable, s'il fallait en croire la rumeur publique.

[1] Amelot de La Houssaye, *Mémoires historiques, politiques, critiques et littéraires* (Amsterdam, 1737), t. I, p. 118, 119.

[2] Saint-Réal, *Œuvres complètes*, t. VI, p. 84 ; *Mémoires de madame de Mazarin.*

Sur ce récit, Nevers s'émeut, il s'échauffe; la connétable partage l'indignation de son frère; ils arracheront au gibet cet innocent. C'est Robinet dans sa *Gazette* qui s'est constitué l'historien de ce haut fait de chevalier errant:

> Il agit avec tant d'ardeur
> Pour sauver ce pauvre pêcheur,
> Avec sa sœur la *connestable*,
> En bonté certe incomparable,
> Qu'étant déjà triste et perplex
> Entre les mains du carnifex,
> Qui, commençant sur lui de mordre,
> Lui donnoit le collier de l'ordre,
> Il obtint avec grand éclat
> Son salut de tout le sénat,
> Car lorsqu'il obtint cette grâce,
> Tout le peuple étoit sur la place
> Où l'on avoit l'arbre planté
> Qui bientôt fruit auroit porté... [1].

Vers la fin de 1690 nous retrouvons à Rome Nevers encore, cette fois avec sa femme et son autre sœur, madame de Bouillon. Le séjour de deux mois de la duchesse et le séjour quelque peu plus long des deux époux ont eu leur historien, un historien digne de ses héros, digne de M. de Nevers, avec lequel il entrera plus d'une fois en lice, le verre à la main. Nous voulons parler de M. de Coulanges, du

[1] *Gazette* de Robinet, 6 juin 1666.

« petit Coulanges, » comme l'appelait madame
de Sévigné, ce spirituel et tout aimable compagnon, que son caractère facile, sa riante
humeur et ses couplets, introduisirent et mirent en relief dans la meilleure compagnie.
Sans grande naissance, sans rôle, avec un bien
médiocre, qui alla à rien par le peu de souci
que le mari et la femme prirent de leur mince
patrimoine, Coulanges n'en est pas moins un
de ces types curieux auxquels on s'arrête, un
de ces originaux sympathiques assez mêlés à
leur siècle pour appartenir, quoique dans une
proportion microscopique, à l'histoire d'une
société. Il était né, lui aussi, pour ne rien
faire. C'était sûrement son unique vocation ;
ce qui ne l'empêcha pas d'être reçu, à vingt-
six ans, conseiller au Parlement de Metz. Il est
vrai que, dix jours après son incorporation,
il saisissait aux cheveux l'occasion de faire,
en Allemagne et en Italie, une excursion dont
il a laissé une relation manuscrite. L'année
suivante, en 1658, son père lui achetait une
charge de conseiller au Parlement de Paris,
et, quatre ans plus tard, il transformait son
fils en maître des requêtes. Mais c'était, et
pour cause, tout le chemin que Coulanges devait faire. Il avait, un jour, à rapporter une

affaire à sa taille; c'était une simple mare d'eau, que se disputaient deux paysans, dont l'un s'appelait Grapin. Il n'avait prêté à tout cela qu'une attention assez mince et n'avait pas pris de notes, se fiant sur sa mémoire. Mais il s'aperçut bientôt qu'il avait trop compté sur elle: il perdit le fil, battit la campagne, et s'empêtra à chaque pas un peu plus. Il n'y avait pas deux partis à prendre; mais il pouvait s'en tirer avec moins d'esprit et de gentillesse : « Pardon, messieurs, s'écria-t-il plaisamment à bout de pièces, je me noye dans la mare à Grapin; je suis votre serviteur[1]. » Il en resta là, et depuis, il ne rapporta ni au Parlement ni au Conseil[2].

Tout le monde est unanime sur les quali-

---

[1] Titon du Tillet, le Parnasse françois (Paris, 1732), p. 559.

[2] Cela ne rappelle-t-il pas le premier plaidoyer d'un poëte que l'on n'accusera pas, lui, d'étourderie et de légèreté? Boileau, on le sait, débuta par le barreau; il plaida même une cause. Au moment de commencer, le procureur lui dit à l'oreille: « N'oubliez pas de demander que la partie soit interrogée sur faits et articles.—Et pourquoi, répondit Boileau, la chose n'est-elle pas déjà faite ? Si tout n'est pas prêt, il ne faut donc pas me faire plaider. » Le procureur se mit à rire. « Voilà un jeune avocat qui ira

tés, l'amabilité, l'esprit, l'honnêteté de Coulanges, qui, chose peu commune, amusait et
divertissait sans que ce fût au détriment de
qui que ce soit. « La gentillesse, la bonne mais
naturelle plaisanterie, le ton de la bonne compagnie, le savoir-vivre et se tenir à sa place
sans se laisser gâter, le tour aisé, les chansons à tous moments qui jamais n'intéressè-
rent personne, et que chacun croyoit avoir
faites, les charmes de la table sans la moindre ivrognerie ni aucune débauche, l'enjoue-
ment des parties dont il faisoit tout le plaisir,
l'agrément des voyages, surtout la sûreté du
commerce, et la bonté d'une âme incapable
de mal, mais qui n'aimoit guère aussi que
pour son plaisir, le firent rechercher toute sa
vie, et lui donnèrent plus de considération
qu'il n'en devoit attendre de sa futilité [1]. »
Madame de Sévigné ne tarit pas sur la gaieté,
l'aménité, le caractère tout à la fois facile et

loin, dit-il à ses confrères; il a de grandes dispositions. » Boileau fut de cet avis et jeta la robe et le
rabat aux orties.—*Mémoires sur la vie de Jean Racine*
(à Lausanne et à Genève, 1747), p. 44, 45.

[1] Saint-Simon, *Mémoires* (Chéruel), t. XIII, p. 332.
— Dangeau, *Journal* (addition de Saint-Simon),
t. XVI, p. 311.

digne de son cousin : « Avec qui n'êtes-vous
pas bon? Avec qui ne vous accommodez-vous
point? Et sur le tout, cette conduite de ne
vous point jeter à la tête, et de laisser place
aux désirs de vous voir; c'est ce qui fait le
ragoût de votre amour-propre[1]. » Et pour l'esprit, et pour son talent de chansonnier et de
conteur : « Coulanges m'a mandé fort joli-
ment votre dîner de l'hôtel de Chaulnes; c'est
un style si particulier pour faire valoir les
choses les plus ordinaires, que personne ne
sauroit lui disputer cet agrément[2]. » Quiconque aura la curiosité de parcourir toutes ces
chansons, tous ces vers de circonstance, bâ-
clés sur l'heure, qui, comme ceux de Nevers,
n'ont d'autre mérite qu'une improvisation
rapide, sera un peu surpris de cet engouement des contemporains les moins susceptibles d'entraînement et de bienveillance,
comme Saint-Simon et Bussy. Madame de
Sévigné laissant à deviner à ce dernier l'au-

---

[1] Madame de Sévigné, *Lettres* (éd. Monmerqué), t. X,
p. 84. Lettre de madame de Sévigné à Coulanges :
à Grignan, le 28 mai 16 5.

[2] *Ibid.*, t. VII. p. 251. Lettre de madame de Sévigné à sa fille; aux Rochers, mercredi des cendres,
7 mars 1685.

teur d'un couplet qu'elle lui envoyait, celui-
ci répondait aussitôt : « C'est notre ami Coulanges, seul capable de faire un madrigal aussi
fin que celui-là depuis que je n'en fais plus[1]. »

Chose étrange, cet homme aimé, chéri,
recherché du meilleur et du plus grand
monde, n'avait rencontré que deux excep-
tions à la sympathie universelle qu'il inspirait, et c'était dans sa propre famille. Quoique reçu chez M. Le Tellier et chez Louvois,
le premier, oncle de sa femme, le second son
cousin, il n'avait là aucune influence et n'eût
pu rien pour ses amis. Des gens pratiques
avant tout ne pouvaient avoir que beaucoup
de dédain au fond pour ce couple plus
charmant que sensé qui avait pris la vie
du côté joyeux et tournait tout en épigrammes et en chansons. Madame de Sévigné
écrivait à sa fille en parlant de madame de
Coulanges : « Elle n'est pas fort bien avec
M. de Louvois, aussi ne comptez pas sur ce
chemin là pour aller à lui[2]. » Deux ans après

---

[1] Madame de Sévigné, *Lettres* (éd. Monmerqué),
t. V, p. 381. Lettre de Bussy à madame de Sévigné ;
à Chaseu, le 27 novembre 1678.

[2] *Ibid.,* t. III, p. 154 ; Lettre de madame de Sévigné à sa fille ; 27 novembre 1673.

ce conseil donné à Madame de Grignan par sa
mère, Coulanges avait la mesure du peu de
bonne volonté de la famille à son égard.
Tout léger qu'il fût, l'expérience fut sévère et
fit plus que l'effleurer. Il sollicitait auprès de
M. Le Tellier une commission qui, sans tracas, rapportait plus de deux mille livres de
rente. Il n'était pas riche, de beaucoup s'en
fallait, et il ne pouvait lui être indifférent
d'accroître d'autant son revenu. Mais il est
refusé, et plus tard, la place est accordée à
M. de Bagnols, le cousin, et par suite, le beau-
frère de sa femme. « Voilà, dit encore madame
de Sévigné, une mortification sensible, et
sur quoi, si madame de Coulanges ne fait
rien changer par une conversation qu'elle
doit avoir eue avec ce ministre, Coulanges
est résolu de vendre sa charge : il m'en écrit
outré de douleur [1]. »

Le Tellier avait-il si grand tort ? Coulanges,
avec tout l'esprit du monde, manquait complétement de cette aptitude sans laquelle les
plus grandes qualités sont des dons stériles. Et
ceux qui l'entouraient, à commencer par sa

[1] Madame de Sévigné, *Lettres* (éd. Monmerqué),
t. IV, p. 109. Lettre de madame de Sévigné à sa fille;
aux Rochers, mercredi 4 décembre 1675.

femme elle-même, ne s'y méprenaient pas. Il
était question un jour de la situation de M. de
Schomberg, général à peu près sans armée,
« tout seul tête à tête, » auquel on avait enlevé successivement les sept huitièmes des
troupes qu'il avait près de la Meuse, pour en
grossir celles du maréchal de Créqui ; madame de Coulanges disait plaisamment qu'il
fallait donner à son mari l'intendance de
cette armée[1]. On n'est jamais trahi que par
les siens.

Mais cet éloignement de Le Tellier pour le
mari de sa nièce pourrait bien avoir encore
une autre cause. A un dîner à l'abbaye de Livry, une chanson avait été faite au choc des
verres, chanson qui n'était que pour les seuls
intimes, et qui, comme cela n'arrive que
trop souvent, fit plus de chemin qu'on ne
voulait. Dans cette chanson, Coulanges disait
qu'il aimait beaucoup et son beau-frère le
comte de Sanzay, et sa belle-mère et son
beau-père Dugué, et son cousin de La Trousse,
et son frère de La Mousse, et son oncle Le Tellier, mais qu'il aimait mieux Gauthier. Ce Gau-

---

[1] Madame de Sévigné, *Lettres* (éd. Monmerqué), t. V,
p. 148. Lettre de madame de Sévigné à sa fille ; à
Livry, vendredi 23 juillet 1677.

thier était un marchand de Paris qui était du
festin. Cela est plus innocent, assurément,
que spirituel, et ne méritait pas l'aversion
que ce couplet lui attira, si, comme on l'as-
sure, Le Tellier ne le lui pardonna jamais. Le
curieux de l'aventure c'est que les vers, en
réalité, étaient de Guilleragues, l'un des convives[1]. Ce dernier, à ce qu'il paraît, était
sujet à caution ; car l'on n'a pas oublié qu'il
avait été l'un des fauteurs du fameux sonnet
contre Nevers et madame de Mazarin longtemps attribué à Racine et à son ami Despréaux.

Coulanges ne manquait pas de dignité, sa
frivolité, d'ailleurs, pouvait au besoin lui tenir lieu de stoïcisme. Il se défit de sa charge
de maître des requêtes qu'il remplissait, bien
ou mal, depuis le mois de septembre 1672,
comme l'indique un dialogue faisant partie
du recueil de ses chansons[2]. S'il ne fut pas
insensible à cette petite épreuve, il reprit

[1] *Recueil de chansons historiques* (Bibliothèque impériale. Manuscrits), t. IV, f. 61, 531.

[2] Coulanges, *Recueil de chansons choisies* (Paris,
1694), p. 18, 19, 20 ; *Dialogue de M. de B. et de M. de
C. sur ce que ce dernier s'étoit défait de la charge de
maître des requestes.*

vite son aplomb, comme les vers suivants
en font foi :

> Enfin, grâce au dépit, je goûte la douceur
> De sentir le repos de retour dans mon cœur.
> J'aurois pu, comme un autre, avoir une intendance,
>   Mais j'aurois fait une grosse dépense;
> Je me serois tué pour bien servir le Roy,
> Et je suis dans Paris sans affaires chez moy.
> J'ai sçu me consoler d'un refus qui m'outrage.
>   Qu'aisément un homme bien sage
>   Renonce à toute vanité,
>   Et qu'au lieu d'un tel esclavage
>   Il est doux d'être en liberté [1].

Insouciant, bien portant, Coulanges voyait
s'écouler les journées dans une béatitude
qu'il savourait, qu'il sentait. Ce n'est pas
assez de réunir en soi et autour de soi toutes
les conditions de bonheur, il faut avoir conscience de son bien-être et surtout ne pas voir
et ne pas tendre au delà. Mais c'était la philosophie de ce fou, plus sensé de ce côté que
bien des gens qui ont la réputation et la prétention d'être sages. « Toujours aimé, lui écrivait madame de Sévigné en réponse à une de
ses épîtres joyeuses, toujours estimé, toujours
portant la joie et le plaisir avec vous, toujours

---

[1] Coulanges, *Recueil de chansons choisies* (Paris,
1694), p. 160.

favori et entêté de quelque ami d'importance,
un duc, un prince, un pape ; car j'y veux
ajouter le Saint-Père pour la rareté; toujours
en santé, jamais à charge à personne, point
d'affaires , point d'ambition ; mais surtout
quel avantage de ne point vieillir ! Voilà le
comble du bonheur. Vous vous doutez bien
à peu près de certaines supputations de temps
et d'années ; mais ce n'est que de loin, cela
ne s'approche point de vous avec horreur,
comme de quelques personnes que je connois ; c'est pour votre voisin que tout cela se
fait , et vous n'avez pas même la frayeur
qu'on a ordinairement, quand on voit le feu
dans son voisinage. Enfin après y avoir bien
pensé, je trouve que vous êtes le plus heureux homme du monde.... [1]. » La lettre de la
spirituelle marquise est datée du 8 janvier; le
lendemain même, Coulanges, alerte comme
un jeune homme, malgré ses cheveux blancs,
montait dans la boule qui surmonte la cou-
pole de Saint-Pierre, et célébrait ce haut fait,
à son ordinaire, par une chanson [2].

[1] Madame de Sévigné, *Lettres* (éd. Monmerqué),
t. IX, p. 290, 291. Lettre de madame de Sévigné à
M. de Coulanges ; aux Rochers, le 8 janvier 1690.

[2] Coulanges, *Recueil de chansons choisies* (Paris,

Il avait suivi le duc de Chaulnes avec lequel il était lié, et se trouvait dans la ville éternelle depuis le 23 septembre 1689. Il s'agissait alors de graves événements pour la France, fort intéressée à voir cesser ses démêlés avec la chaire de saint Pierre, et ç'allait être un spectacle curieux pour les initiés que toutes les intrigues, les petites menées, les manœuvres plus ou moins habiles des différentes factions pour faire triompher leurs prétendants. Coulanges, qui nous a fait un récit agréable des conclaves d'Alexandre VIII et d'Innocent XI, ne songeait, en somme, qu'à tirer le meilleur parti de son séjour et ne négligea aucune occasion de se divertir et de se créer des relations. Il fut vite au mieux avec le petit nombre de nationaux attachés à l'ambassade ou aux cardinaux de la faction de France, entre autres, avec ce bel et séduisant abbé de Polignac qui devait avoir plus tard sa place au soleil. Bientôt, le cercle de ses connaissances s'élargit. D'abord ce fut le prince de Turenne, le fils aîné de madame de Bouillon, descendu chez le cardinal son

1694), p. 99.—Madame de Sévigné, *Lettres* (éd. Monmerqué), t. IX, p. 374. Lettre de madame de Sévigné à Coulanges; aux Rochers, le 18 mars 1690.

oncle, et avec lequel il courut masque les
derniers quinze jours du carnaval. Survint
ensuite le duc d'Albret, le second fils du duc
de Bouillon, destiné alors à l'Église et que
son oncle fit loger au noviciat des Jésuites,
ce qui ne l'empêcha point de se mêler aux
autres et de hurler avec les loups. Coulanges
n'était pas le moins fou de la bande, et, bien
qu'au sein de l'orthodoxie, ses espiègleries
n'étaient pas toujours des plus orthodoxes.
« Un mois environ après Pâques, le Pape fit
la cérémonie de la bénédiction des pains sacrés, connus sous le nom d'*Agnus Dei,* et, par
une faveur particulière, j'eus l'honneur d'y
assister dans l'enclos du balustre, avec le
prince de Turenne, le duc d'Albret et l'abbé
de Polignac. Comme le cardinal de Bouillon,
ayant un grand tablier devant lui, étoit un
des cardinaux en fonction pour tirer du fond
d'un grand vase d'argent, avec une espèce
d'écumoire, les pains qui trempoient dans
l'eau bénite, et les remettre à sec sur des
bassins qu'on lui présentoit, je m'avisai,
comme j'étais fort près, de lui tendre le fond
de mon chapeau, qu'il remplit encore plus
d'eau bénite que de pains sacrés[1]. » Après

[1] Coulanges, *Mémoires* (1820), p. 119, 120.

tout, cela n'excédait pas certaines limites permises, puisqu'un prince de l'Église y répondoit de la même façon.

Ce qu'il voyait à Rome, sans l'impressionner démesurément, n'était pas fait pour ranimer la ferveur de ce mondain. Il écrit à sa femme tout ce qu'il a observé, et comme il l'a observé, non pas en pessimiste, mais bien plutôt en sceptique. Mais madame de Coulanges n'était pas d'humeur à plaisanter sur un tel sujet. Son mari l'avait laissée dans tout le train du monde, bien qu'ayant déjà en projet certaines visées de réformes; la grâce l'avait enfin visitée, et des idées plus graves, une façon d'envisager les choses plus austère, avaient, dans cette tête si pleine jusque-là des vanités terrestres, remplacé la malignité et la légèreté des jugements.

« Vous me paroissez, lui répondit-elle, très-peu édifié de tout ce que vous voyez à Rome et vous avez, je crois, raison; mais où vous ne l'avez pas, c'est de dire qu'il n'est pas bon pour la religion de voir de près toutes ces choses. Il ne faut pas confondre tant de rares merveilles, c'est-à-dire qu'il faut séparer la religion des abus. La religion est pure et sainte, mais les hommes ont des passions,

et ils prennent le prétexte de la religion pour
les satisfaire. Ces abus-là sont plus ordinaires où vous êtes ; parce que les intérêts sont
plus considérables; ainsi au lieu de dire : Il
est bien dangereux d'être à Rome pour conserver sa foi; il faut admirer la corruption des
hommes qui font servir les choses les plus
saintes pour satisfaire leur ambition. La religion a raison, les hommes ont tort ; cela est
bien ancien et ne fait découvrir que ce que
l'on a toujours vu... [1]. »

Coulanges avait communiqué également
ses étonnements à madame de Sévigné, qui
lui répondit avec la même justesse et le même
esprit. Les deux passages sont curieux à
comparer :

« Quant aux grands objets qui doivent porter à Dieu, vous vous trouvez embarrassé
dans votre religion sur ce qui se passe à
Rome et au conclave ; mon pauvre cousin,
vous vous méprenez. J'ai ouï dire qu'un
homme d'un très-bon esprit tira une conséquence toute contraire au sujet de ce qu'il
voyoit dans cette grande ville : il en conclut

[1] Madame de Sévigné, *Lettres* (éd. Monmerqué),
t. IX, p. 461, 462. Lettre de madame de Coulanges
à M. de Coulanges ; Paris, ce 23 juillet 1691.

qu'il falloit que la religion chrétienne fût toute sainte et toute miraculeuse de subsister ainsi par elle-même au milieu de tant de désordres et de profanations : faites donc comme lui, tirez les mêmes conséquences, et songez que cette même ville a été autrefois baignée du sang d'un nombre infini de martyrs ; qu'aux premiers siècles, toutes les intrigues du conclave se terminoient à choisir entre les prêtres celui qui paroissoit avoir le plus de zèle et de force pour soutenir le martyre ; qu'il y eut trente-sept Papes qui le souffrirent l'un après l'autre, sans que la certitude de cette fin leur fît peur ni refuser une place où la mort étoit attachée, et quelle mort !... Ramassez donc toutes ces idées et ne jugez point si légèrement.... [1]. »

Il était bon de citer ces deux fragments. Cela est d'une vérité de tous les temps, d'une pratique éternelle, et n'a jamais été peut-être plus directement applicable qu'à l'heure où nous sommes.

[1] Madame de Sévigné, *Lettres* (éd. Monmerqué), t. IX, p. 466, 467. Lettre de madame de Sévigné à M. de Coulanges ; à Grignan, le 26 juillet 1691.

IV

Coulanges était goutteux, comme M. de
Nevers, comme Chaulieu, comme La Fare,
comme tous ces viveurs à outrance dont la

vie s'écoulait, la coupe aux lèvres, dans les délices et les ivresses de la table. La goutte le surprit au milieu de ces joies et le cloua sur son lit, quoi qu'il en eût. Le prince de Turenne était allé à la rencontre de sa mère venant de Marseille avec M. et madame de Nevers : ce fut pour le pauvre infirme un long mois à passer. Pour se consoler, il manda son piteux état à son aimable cousine. Celle-ci était à Grignan près de sa fille ; elle lui répondit par deux lettres charmantes où elle s'apitoyait sur son compte tout en le persiflant. La goutte l'avait pris au pied, au cou et au genou tout à la fois. « Cette douleur n'aura pas grand chemin à faire, lui écrivait-elle, pour tenir toute votre petite personne ; quoi, vous criez ! vous vous plaignez ! vous ne dormez plus ! vous ne mangez plus ! vous ne buvez plus ! vous ne chantez plus ! vous ne riez plus ! quoi, la joie et vous, ce n'est plus la même chose ! Cette pensée me fait pleurer ; mais pendant que je pleure, vous êtes guéri ; je l'espère et je le souhaite[1]. » La prédiction ne tarda pas, en

[1] Madame de Sévigné, *Lettres* (éd. Monmerqué), IX, p. 449. Lettre de madame de Sévigné à M. de Coulanges : à Grignan, le 23 juin 1691.

effet, à se réaliser et la disparition du mal coïncida fort opportunément avec le retour du prince de Turenne et la venue de la duchesse de Bouillon accompagnée de M. et de madame de Nevers.

Le palais Mancini ne se trouvant pas en état de recevoir ceux-ci, ils allèrent d'abord descendre à l'une des portes, à la vigne Benedetti. Mais le logement étant insuffisant, ils se casèrent, tant bien que mal, aux environs du palais Farnèse. Coulanges ne connaissait point M. de Nevers ; son intimité avec le duc de Chaulnes, avec le cardinal de Bouillon et le prince de Turenne fit naître pour lui des occasions de rencontrer l'aimable couple sans l'introduire toutefois dans son particulier. M. de Nevers, non par morgue, mais par horreur de la gêne, du bruit, de la cohue, peut-être aussi par cet instinct de jalousie tout italien, ne laissait pas d'être d'un accès difficile. Le petit Coulanges avait pourtant juré que l'on ferait exception en sa faveur et que la porte lui serait ouverte à deux battants. Il avait cinq ou six ans de plus que le duc, qui avoisinait la cinquantaine, et n'était pas menaçant : il était petit, d'un embonpoint qui le rapetissait encore, « rond comme

une boule et maladróit[1], » à la face ré-
jouie mais quelque peu grotesque « et dont
le total à voir étoit du premier coup d'œil passablement ridicule, » de son aveu même [2]. En
revanche, il était tout verve, tout agrément,
tout esprit, tout charme. M. de Nevers n'était
pas homme à se roidir éternellement contre
un assaillant qui payait l'hospitalité en chansons, et dont les vers semblaient être le propre écho des siens. Mais ce ne fut que plus
tard et après le départ de madame de Bouillon que toute barrière fut franchie : jusque-là
Coulanges ne les pouvait visiter, comme tout
le monde, qu'en leur envoyant premièrement
demander audience, à la mode italienne, audience qu'il était facultatif d'accorder ou de
décliner sans qu'un refus passât pour une
impolitesse, encore moins une injure. A l'une
de ses visites, il s'y prit si gentiment et avec de
telles caresses qu'il désarma toute résistance.

Une circonstance dont il sut profiter acheva

[1] Madame de Sévigné, *Lettres* (éd. Monmerqué),
t. IX, p. 118. Lettre de madame de Sévigné à sa fille ;
aux Rochers, dimanche 18 septembre 1689.
[2] Saint-Simon, *Mémoires* (Chéruel), t. XII, p. 333.
— Dangeau, *Journal* (addition de Saint-Simon)
t. XVI, p. 311.

de l'introduire dans la familiarité de l'aimable Mancini. « Les glaces ainsi fondues avec beaucoup de joie de ma part, le duc de Chaulnes étant allé un soir prendre la duchesse de Nevers qui lui avoit promis une place dans sa loge pour le petit opéra du cardinal Ottoboni, au lieu de les suivre, comme c'étoit ma première intention, je demeurai auprès du duc de Nevers qui avoit la goutte; il s'y opposa quelque temps, mais je m'obstinai, et je lui dis qu'il falloit absolument qu'il s'apprivoisât avec moi, bien persuadé que, dès qu'il me connoîtroit, il ne me trouveroit point de contrebande. Nous discourûmes ensemble sur plus d'un chapitre, et nous commençâmes si bien à nous accoutumer l'un à l'autre, que dès ce jour-là, j'obtins enfin auprès de lui et auprès de la duchesse toute la liberté après laquelle je soupirois depuis si longtemps[1]. » Le pauvre Coulanges se donnait, pour satisfaire uniquement cet instinct vivace de sociabilité que l'on aurait tort de confondre avec un besoin de grandir son importance propre par la valeur de ses relations et de ses entours, tout le mal que se

---

[1] Coulanges, *Mémoires* (1820), p. 119, 120.

donne un intrigant pour forcer la fortune. Il
y avait, après tout, de quoi être quelque peu
vain d'une pareille victoire, à en juger par le
cri d'étonnement de madame de Grignan :
« Quoi ! vous êtes admis dans les sacrés
mystères de ce solitaire ménage [1] ! »

Le séjour de la duchesse de Bouillon, de
M. et madame de Nevers à Rome, fut l'occasion de fêtes et de réjouissances de toute
nature. Le temps s'écoulait en parties dans les
vignes, en concerts, en promenades de jour et
de nuit. Ces dernières ne tardèrent pas même
à mettre en émoi toute la ville. Elles se faisaient en char découvert, au clair de lune,
avec un cortége de symphonistes qui avaient
mission d'accompagner l'une des plus mer-
veilleuses voix de l'Italie, la signora Faustina.
L'on s'arrêtait sous les fenêtres de l'ambassade d'Espagne, et là, avait lieu une joûte mé-
lodique qui partagea Rome en deux camps.
A peine la Faustina avait-elle jeté au vent ses
dernières notes, qu'une autre voix non moins
belle se faisait entendre du balcon de l'ambassade. La rivale, l'émule de la Faustina

[1] Madame de Sévigné, *Lettres* (éd. Monmerqué),
t. IX, p. 431. Lettre de madame de Grignan à M. de
Coulanges ; à Grignan le 17 décembre 1690.

était cette célébre Angelina Georgina que l'ambassadeur avait enlevée au duc de Mantoue, et qui devint, par suite, la maîtresse du vice-roi de Naples, le duc de Medina-Cœli, de l'esprit duquel elle s'empara si bien, que charges, emplois ne s'obtinrent que par son entremise obligée [1] . Les deux virtuoses avaient leurs enthousiastes, leurs fanatiques; et c'étaient des *Viva Francia! Viva Spagna !* à reveiller les morts. Bientôt des attroupements se formèrent, la foule se grossit, se passionna de telle sorte qu'on eut peur que cette émulation ne se changeât en vraie bataille. La France et l'Espagne étaient en guerre, l'édilité romaine appréhenda avec raison quelques désordres et fit comprendre aux deux partis la nécessité d'en rester là [2].

Madame de Bouillon ne demeura que deux mois à Rome. Elle partit avec le prince de Turenne que le ressentiment de Louis XIV tenait hors de France et qui venait d'obtenir de servir en Italie sous Catinat, ce qui était un acheminement à un pardon qui lui fut en effet

---

[1] Le marquis de Saint-Philippe, *Mémoires*, t. I, p. 139. — Le marquis de Louville, *Mémoires*, t. I, p. 237.

[2] Coulanges, *Mémoires*, p. 210, 211.

accordé au retour de la campagne. Sa mère,
elle aussi, avait ordre de n'approcher ni de
Paris, ni de la cour; elle apprit en chemin la
levée de ce double interdit. Ces départs dé-
solèrent fort Coulanges, qui en était encore
avec M. de Nevers aux demandes d'audience
et à tout ce cérémonial rebutant dont le fantasque personnage s'était fait comme un rem-
part. Nous savons déjà de quelle façon il s'y
prit pour forcer les deux époux à lui ouvrir
leur intimité. Jusqu'alors l'exigu de leur in-
stallation avait pu être un prétexte à cette
existence casanière et peu sociable ; mais
l'abbé Benedetti étant venu à mourir, ils allèrent habiter le palais Mancini dans la strada
del Corso, et devinrent naturellement d'un
accès plus facile. Coulanges n'eut qu'à se féliciter de ne s'être pas découragé tout d'abord.

Il fut bientôt reçu à toutes heures et passa
près d'eux une bonne partie de ses journées.
Il dînait avec M. de Nevers, quand il ne sou-
pait pas avec madame de Nevers ; car il fallait opter, l'une ne dînant point, l'autre ne
soupant jamais. Cette familiarité fit un tel
chemin que le duc et la duchesse vinrent
s'asseoir à sa table où l'on se trouvait plus à
l'aise qu'à la table de l'ambassadeur, et qui

avait le mérite de ne compter qu'un nombre
très-restreint de convives triés dans la société
particulière de M. de Nevers et du duc de
Chaulnes. C'était ce dernier qui avait eu la
pensée de cette innovation piquante; au lieu
de recevoir officiellement le duc et la duchesse, il allait s'enfermer avec eux dans l'appartement qu'il avait accordé à Coulanges
dans son palais, sans se préoccuper autrement
du commun de ses convives : ceux-là étaient
hébergés avec profusion et magnificence et
devaient se contenter des excuses que leur
faisait faire l'ambassadeur. Coulanges nous
a transmis le programme de ces petits privés
où le rang se laissait à la porte et d'où toute
contrainte était bannie :

> Nous voulons peu de plats,
> Du vin exquis, et de plus d'une sorte;
> Et que, pour mieux manger, plat à plat on apporte.
> C'est un mets excellent pour le duc de Nevers
> Qu'une table fort libre et de peu de couverts....

Le premier essai eut un tel succès, qu'il
fut convenu, séance tenante, qu'on les répé-
terait le plus souvent possible. D'après la façon de vivre de M. et de madame de Nevers, il
y avait bien un embarras à vaincre, et qu'on
sut vaincre; l'on ne se mettait à table «qu'en-

tre chien et loup, pour que l'un crût dîner en
voyant un peu de jour, et que l'autre crût
souper en voyant arriver les bougies. » On
peut dire que les deux époux ne dînaient
guère ensemble que chez Coulanges. Ce dernier, quand il dînait au palais Mancini avait
donc à choisir entre le mari et la femme. Il
avait souvent (et rien ne le contentait plus)
la bonne fortune de souper avec la duchesse
sur une espèce de guéridon, où leur étaient
servis, plat à plat, les meilleurs mets et les
meilleurs vins de l'Italie, celui de Fratoche, entre autres, un cadeau du connétable Colonne.
Coulanges chantait ses dîners; M. de Nevers,
non moins preste à la rime, n'eut garde de
ne point célébrer ce guéridon où le seul Coulanges était admis :

> Le petit Coulange
> Mange
> Au guéridon de Thiange....

Cette pièce, que nous ne reproduirons
pas plus que les mille improvisations de Coulanges, n'est guère que l'énumération savante des crus célèbres de la Péninsule. Mais
ce grand seigneur, qui traitait si légèrement
toutes choses, prenait la table fort au sérieux;

il allait s'approvisionner lui-même à la halle
et faisait son garde-manger de sa chambre[1].Sa
cave, cela va sans dire, était la mieux montée,
la plus recherchée et la plus exquise de Rome.
« Les plus excellents vins d'Italie, dont le
duc de Nevers avoit une connoissance particulière, nous furent bientôt indiqués par
lui. Je le suivois même aux grottes pour
les aller chercher; et en chemin nous ne
négligions pas de ramasser dans les places
publiques tous les petits mets de la saison,
qui pouvoient contribuer à la bonne chère et à
la joie de la table [2]. » L'on a fait de bons contes
sur cette étrange manie. Un jour, à Montpellier, on vient avertir M. de Bâville, alors intendant du Languedoc, qu'on avait vu un homme
avec un cordon bleu faisant lui-même sa pro-
vision de légumes et de fruits. Aussitôt M. de
Bâville d'envoyer aux informations par toute
la ville. Il ne tarde pas à apprendre que c'était
le duc de Nevers. Il le va voir, lui dit de quelle
façon il avait su sa présence à Montpellier,
et ne lui cache pas son étonnement d'un sans-
gêne si peu ordinaire parmi les gens de son

[1] Saint-Simon, *Mémoires* (Chéruel), t. V, p. 390.
[2] Coulanges, *Mémoires* (1820), p. 222.

14.

rang. Le duc lui répond simplement qu'il
était fâché d'avoir été prévenu ; mais que,
ne le supposant pas encore levé, il avait pro-
fité de ce temps pour faire ses petites emplè-
tes, comme cela se pratique sans scandale en
Italie ; qu'il savait bien que ce n'était pas
trop l'usage en France, mais qu'il n'y regar-
dait pas de si près, et qu'avant tout il tenait
à ne rien avoir qui ne fût de son goût [1].
Nous dirons à la décharge de Nevers que
de plus grands personnages poussèrent aussi
loin que lui, et plus loin même, ce parfait oubli du décorum et des convenances
les plus sommaires. Le père du grand Condé
descendait à ces petits soins et ne dédaignait
pas d'entrer en discussion de prix avec les
maraîchers qui approvisionnaient sa table [2].

[1] Sandras de Courtilz, *Annales de la cour et de Paris,*
pour les années 1697 et 1698 (Cologne, 1701), t. I,
p. 70, 71, 72.

[2] « Quelquefois il alloit en chaise dans les marchés,
pour savoir le prix des denrées, et voir si ses pour-
voyeurs ne ferroient point la mule : mais comme
on le connoissoit, on lui vendoit plus cher qu'à eux.
Un jour qu'il avoit acheté un litron de petits pois
cent francs, on lui en servit sur sa table qui n'en
coûtoient que quarante, de sorte qu'à force d'être
trompé il se lassa enfin d'aller chercher le bon mar-

Nevers passait pour être avare. Mais cette avarice tenait plutôt de la manie que d'une lésinerie bien formelle. « Quand il ne doit avoir personne du dehors à manger chez lui, lisons-nous encore dans *les Annales de la Cour et de Paris* (l'œuvre, il faut bien le dire, d'un écrivain médiocrement accrédité), il donne à son maître d'hôtel cinquante sols pour lui et autant pour sa femme, moyennant quoi il les doit nourrir tous deux. Pour ce qui est de ses gens, il lui en donne dix pour chacun, de sorte qu'il n'a pas peur qu'il le vole, puisqu'il ne sauroit ni augmenter ni diminuer sa dépense. Il n'y a ainsi qu'aux jours qu'il traite qu'il y a de l'extraordinaire chez lui ; mais c'est dans ces jours-là qu'il a coutume d'aller au marché lui-même, ce qui feroit accroire que c'est par vilenie, si ce n'est qu'il règne une chose qui ne règne pas d'ordinaire chez les autres ; c'est que si un autre a un cuisinier et un aide de cuisine pour lui, ce duc en a six ou du moins quatre : car il a la manie de vouloir que chacun ne se mêle que d'une même chose, ainsi celui qui est chargé du

ché à la halle. » —Amelot de La Houssaye, *Mémoires historiques, politiques, critiques et littéraires* (Amsterdam, 1737), t. II, p. 409.

rôti ne se mêle jamais des ragoûts ; celui qui est chargé des ragoûts ne se mêle jamais de l'entremets, et ainsi du reste [1]. » L'incomparable Diane, en vraie nièce de madame de Montespan, partageait le penchant de son mari pour la table, et allait parfois, elle aussi, sur les brisées de son cuisinier. Coulanges la surprend un jour travaillant avec ses femmes à faire des gimbelettes, et se met, sans désemparer, à formuler la recette à sa façon, c'est-à-dire en vers « qui, depuis, n'ont pas été inutiles aux gens qui ont voulu s'en aider pour faire cette sorte de patisserie [2]. »

[1] Sandras de Courtilz, *Annales de la cour et de Paris, pour les années* 1697 et 1698 (Cologne, 1701), t. I, p. 71, 72. — Son cuisinier en chef eut l'honneur, par la suite, d'être choisi par Louis XV pour les retours de chasse dans ses cabinets, au grand chagrin des officiers de la bouche : « C'est depuis quelque temps le nommé Moustier, qui fait ces soupers ; il étoit cuisinier de M. de Nevers avec des gages considérables et des conditions singulières de ne lui faire à souper que deux fois la semaine, d'avoir trois habits par an à son choix... »—Le duc de Luynes, *Mémoires sur la cour de Louis XV*, t. II, p. 260, octobre 1738.

[2] Coulanges, *Mémoires* (1830), p. 236.— « *Gimblette* ou *Gimbelette*, petite pâtisserie ronde, dure et sèche et ordinairement parfumée. » — *Dictionnaire de Trévoux*.

Coulanges recueillait enfin les fruits de son innocente opiniâtreté ; il était devenu indispensable ; dans une épître à madame de Bouillon, le duc s'écriait :

Sans un peu de Coulange on mourroit en ces lieux ;
Il nous est tous les jours d'un secours admirable.
Nous mangeons souvent à sa table,
Où l'on boit largement des vins délicieux [1].

On consentirait à les suivre que ce serait des vers, des chansons, des impromptus interminables. Les vers de Coulanges ont été édités, les lise qui voudra. Ceux de Nevers sont moins connus, bien que ce qui en a été publié suffise pour donner sa mesure. Coulanges, pour sa part, estime son ami un des meilleurs poëtes de son temps. Mais Voltaire n'a-t-il pas eu pour le poëte de qualité une place flatteuse dans son *Siècle de Louis XIV* ? Nevers s'était avisé de mettre en sixains les hauts faits des rois de France des deux premières races ; le petit Coulanges, qui connaissait ce beau travail, conjura l'auteur de le compléter, et ce fut à sa pressante sollicitation qu'il acheva la troisième race. Fort

[1] Coulanges, *Mémoires* (1820), p. 225.

heureusement rien de tout cela ne nous est
parvenu [1].

Sur ces entrefaites, le Pape vint à mourir,
après un pontificat d'un peu moins de dix-sept
mois [2]. Cela promettait une pompe, un spectacle qui devaient être une compensation
aux fêtes, aux réjouissances dont on allait
être privé [3]. Le frivole Coulanges n'était pas

[1] Outre le recueil de l'Arsenal, dans lequel nous
avons dû puiser, mais qui ne renferme que peu de
pièces inédites et dignes d'être tirées de leur poussière, Nevers passe pour avoir, avec Regnier Desmarets et l'abbé Têtu, composé la *Défense du poëme
héroïque avec quelques remarques sur les œuvres satiriques du sieur D...* (Despréaux), Paris, 1674, in-12.;
on lui attribue aussi *le Parfait Cocher*, publié par
La Chesnaye-des-Bois (Paris, 1744), in-8.

[2] Le 1er février 1691, et non le 2 comme le marque
Coulanges.

[3] On raconte une naïveté d'un seigneur allemand,
le neveu d'un électeur de Mayence ou de Trêves, qui
indique bien ce que Rome avait de piquant et de curieux durant ces deuils et ces vacances où tant d'intérêts mondains étaient en jeu sous le couvert des
intérêts de l'Église. Il était à l'audience d'Alexandre VIII, le Pape même dont nous parlons ; interrogé
par Sa Sainteté sur son séjour dans la ville éternelle, il répondit avec une candeur qui, toutefois,
ne dut pas faire rire son interlocuteur, « qu'il ne lui
restoit plus rien à voir dans Rome qu'un conclave,

homme à négliger cette nature d'indemnité;
il assista, en compagnie de M. et de madame
de Nevers, à toutes les cérémonies qui eurent
lieu.

Après le convoi, le Pape fut déposé à
Saint-Pierre, dans la chapelle du Saint-Sa-
crement, revêtu de ses habits pontificaux,
sur un catafalque séparé de l'église par une
grille au travers de laquelle passaient les jambes de Sa Sainteté, de façon à ce que les fidèles pussent lui baiser les pieds. « Je profi-
tai, dit Coulanges, de l'honneur que l'on fit
au duc et à la duchesse de Nevers, de les
faire entrer dans la chapelle par une petite
porte détournée, et je fus surpris de n'y trouver aucun clergé, de n'entendre aucunes priè-
res, de n'y voir pour tout luminaire qu'une
douzaine de cierges dans de grands chande-
liers de bois noirci, et pour seule et unique
personne auprès du corps, un petit garçon
qui, avec un émouchoir, préservoit le visage
des mouches, et donnoit du manche, à travers
les barreaux de la grille, sur les doigts de

et qu'il y séjourneroit encore quelques mois dans
l'espérance d'en voir un. » — Amelot de La Houssaye, *Mémoires historiques, politiques, critiques et littéraires* (Amsterdam, 1737), t. II, p. 403.

ceux qui, non contents de baiser les pieds du mort, auroient voulu lui enlever ses mules [1]. »

Les cérémonies finies, Rome n'allait plus être qu'une ville d'intrigues, livrée aux factions des puissances, de très-peu de ressources pour quiconque n'avait point un intérêt direct à ce qui se machinerait et se dénouerait au sein du Sacré Collége. Le duc et la duchesse de Nevers furent des premiers à battre en retraite. Ils avaient demandé une galère à la république de Gênes, qui la leur accorda, et ils se mirent en chemin aussitôt qu'ils furent informés qu'elle les attendait à Civita-Vecchia. Leur départ eut lieu le dernier jour de mars 1691, au grand désespoir de Coulanges qui exhala sa douleur en triolets :

> Le dernier jour du mois de mars
> Fut le dernier jour de ma vie,
> Diane, à six heures trois quarts,
> Le dernier jour du mois de mars,
> Quitta le séjour des Césars
> Pour retourner en sa patrie.
> Le dernier jour du mois de mars
> Fut le dernier jour de ma vie [2].

C'est là une façon de dire. Coulanges n'en

[1] Coulanges, *Mémoires* (1820), p. 235.
[2] *Ibid.*, p. 248.

mourut pas pour un peu d'ennui et d'isole-
ment. Cette séparation fut d'ailleurs d'assez
courte durée. Le 12 septembre, le duc de
Chaulnes, qui ne se jugeait pas fort utile, faisait ses adieux à Rome et reprenait la route
de France avec toute sa maison. « Je me suis
mis aussi à faire les miens, et pour ne point
paroître ingrat à l'égard de tous les agréments
et de tous les plaisirs que j'avois eus à Rome,
pendant deux ans entiers, et de la bonne
chère que j'y avois faite, je chantai, pour la
dernière fois, ses vignes, ses promenades,
ses mets particuliers, ses fruits de distinction
et ses grottes, dépositaires des vins les plus
délicieux[1]. » Après trois mois et douze jours
de voyage ou de promenade, il rentrait dans
Paris où, comme il le dit, il ne fut pas peu
occupé, les premiers jours, à chercher tous ses
amis de la ville et de la cour. Il ne retrouva
plus M. de Louvois, mort comme chacun sait.
Sa perte devait le toucher médiocrement,
ce ministre n'ayant rien fait, de son vivant,
pour être regretté du couple spirituel. Cela
n'avait pas empêché, pourtant, madame de
Coulanges d'agir comme si elle eût eu lieu de

---

[1] Coulanges, *Mémoires* (1820), p. 289.

se désoler. « J'irai demain, écrivait-elle dans une lettre qui ne devait plus trouver son mari à Rome, passer le jour chez madame de Louvois ; il faut pleurer avec les malheureux, sans avoir ri avec eux pendant leur bonheur [1]. »

Coulanges avait quitté Paris le 27 août 1689, il y rentrait le 24 novembre 1691, après un peu plus de deux ans d'absence. Il n'est souvent pas besoin d'autant pour changer du tout au tout la face de bien des choses. M. de Louvois était aussi complétement oublié que s'il fût décédé depuis mille ans. Sans sortir de chez lui, Coulanges, du reste, put constater certaines transformations auxquelles, il est vrai, on l'avait déjà préparé. Il avait laissé sa femme le boute-en-train de toutes les fêtes, égayant toutes les réunions de son esprit brillant, de sa verve et de sa folie ; il la retrouvait en pleine réforme. Un peu plus tôt, un peu plus tard, il faut bien revenir à Dieu. Les femmes les plus galantes, les hommes les plus dissipés éprouvaient, à la fin, une nécessité de recueillement, un notable

1 Madame de Sévigné, *Lettres* (éd. Monmerqué), t. IX, p. 463. Lettre de madame de Coulanges à M. de Coulanges ; Paris, 23 novembre 1691.

effroi de l'avenir, qui faisaient que l'on quittait le roi et la cour, et les intérêts de la vanité pour se préparer dans quelque retraite au plus solennel évènement de la vie, la mort. Madame de Coulanges n'était plus jeune, quand elle prit le parti de rompre avec le passé. « Pour moi, écrivait-elle à son mari, j'avoue que je crois me peu soucier du monde ; je ne m'y trouve plus propre par mon âge ; je n'y ai point, Dieu merci, de ces engagements qui y retiennent malgré qu'on en ait : j'ai vu tout ce qu'il y a à voir, je n'ai plus qu'une vieille figure à lui présenter [1]. » Mais, ce qui arrive toujours en pareil cas, madame de Coulanges avait apporté dans cet élan vers la vie austère un certain emportement qui parut excessif à bien des gens et particulièrement à madame de Sévigné, qui estimait qu'on pouvait travailler à son salut sans rompre avec ses amis. Les deux époux demeuraient rue du Port-Royal, comme le petit Coulanges a eu le soin de nous l'apprendre :

[1] Madame de Sévigné, *Lettres* (éd. Monmerqué), t. IX, p. 464. Lettre de madame de Coulanges à M. de Coulanges ; Paris, le 23 juillet 1691.

Depuis longtems, dans le Marais,
Ma demeure est connuë;
Ma paroisse a nom Saint-Gervais,
Le Parc-Royal ma ruë [1].....

Il se trouvait là au centre de ses relations,
pas trop loin des hôtels de Chaulnes, de Lamoignon, de Lude, de Villeroi, de Grignan où
il passait sa vie. Il aimait les tableaux, en avait
un grand nombre qu'il avait installés avec ce
soin que l'on met aux choses définitives ; un
caprice de sa femme, en son absence, allait le
reléguer au Temple, « dans ce chien de Temple, » que madame de Sévigné ne peut regarder en face. Celle-ci en avait écrit à son cousin
avec toute la vivacité que lui causait une détermination de cette nature. Plus moyen désormais, en effet, à une telle distance, « de
prendre le matin du café avec elle, de courir
chez elle après la messe et d'y revenir le soir
comme chez soi! » Coulanges se résigna de la
meilleure grâce. Avec son caractère on se fait
des amis partout, et il trouverait bien à qui
parler au Temple comme au Marais ; ce qui
ne semble pas démontré davantage à la fille
qu'à la mère. « J'ai eu une véritable peine, lui

[1] Coulanges, *Recueil de chansons choisies* (Paris,
1694), p. 134.

écrivait madame de Grignan à son tour, de
l'inconstance de madame de Coulanges; vous
m'en consolez en me faisant envisager qu'elle
pourroit vous faire trouver dans le Temple
des sociétés délicieuses ; mais après tout, ni
M. le cardinal de Bouillon, ni MM. de Vendôme, ne sont d'un grand secours dans cette
grande maison, plus faite pour leurs équipa-
ges que pour eux [1].» Quoi qu'en dise madame
de Grignan, l'on s'y amusait fort, à cette date,
et trop même. En définitive, il n'y avait plus
qu'à prendre son parti : madame de Coulanges avait brûlé ses vaisseaux, et le bail qu'elle
avait signé n'allait pas à moins de trente-
cinq années ; ce qui n'empêcha pas, toutefois,
pour un motif ou pour un autre, le contrat
de se rompre, puisqu'on les retrouve tous les
deux, quatre ans après, en 1695, rue des
Tournelles.

Pour peu qu'on se reporte aux efforts auxquels se condamna ce caractère si spontané,
si prime-sautier, d'une gaieté, d'une ironie,
d'un entrain si merveilleux, il faut plaindre
la pauvre femme dont le ferme propos

[1] Madame de Sévigné, *Lettres* (éd. Monmerqué),
t. IX, p. 430. Lettre de madame de Grignan à M. de
Coulanges ; à Grignan, le 17 décembre 1690.

dut, à plus d'une rencontre, avoir à soutenir
de furieux combats. Si elle ne faisait pas de
chansons, comme Coulanges, elle avait pour
le moins autant d'esprit en prose, de cet esprit rare, incisif, redouté à l'égal de celui
des Montespan et des Thianges. L'abbé Gobe-
lin, son confesseur, ne disait-il pas d'elle :
« Chaque péché de cette dame est une épigramme [1] ? » C'était, malgré tout cela, une
de ces natures charmantes dont les coups de
dents et les morsures ne tiraient pas à conséquence. Elle était fille d'un intendant de
Lyon, M. Dugué Bagnoles, et nièce de la
femme du chancelier, ce qui, on l'a dit déjà,
n'aida guère à la fortune et aux affaires de
son mari. Elle avait dix-huit-ans, Coulanges
en avait vingt-huit, lorsqu'on accoupla ces
deux têtes folles. Il y avait bien des chances
pour que cette association ne réussît point;
elle tourna le mieux du monde par les raisons mêmes qui semblaient la rendre impossible. Tout est léger pour les caractères
légers; ce qui froisse les autres les effleure à
peine, et c'est ce qui fait qu'on les recherche,

[1] Madame de Caylus, *Souvenirs* (Michaud et Poujoulat), t. XXXII, p. 492.

sans trop dissimuler l'espèce de dédain qu'inspire cette complète absence de tout sérieux.

Coulanges était perpétuellement sur les grandes routes, tantôt à Grignan chez sa précieuse amie, tantôt aux États de Bretagne à la suite de M. de Chaulnes, tantôt en Italie, aimant sa femme à distance, sans la tourmenter, dans un platonisme sur lequel la malignité s'égaye [1] et qui mettait en tous cas la railleuse très à l'aise. Madame de Sévigné parle d'un voyage à Rome qu'il devait faire en 1680 avec le cardinal d'Estrées ; elle l'avait conseillé et il ne dépendit pas d'elle qu'il n'eût lieu. Elle dit, à ce propos, quelque chose qui peindra d'un trait l'élasticité des rapports entre le mari et la femme : « Madame de Coulanges n'avoit point de raisons particulières pour souhaiter qu'il fît ce voyage ; car il ne l'incommode point du tout [2]. » Il est vrai qu'il ne l'incommodait d'aucune sorte. Quant aux raisons particulières, il y en avait eu et

[1] *Recueil de chansons historiques* (Bibliothèque impériale. Manuscrits), t. XXIV, f. 183.

[2] Madame de Sévigné, *Lettres* (éd. Monmerqué), t. VII, p. 20. Lettre de madame de Sévigné à madame de Grignan ; aux Rochers, dimanche, 13 octobre 1680.

il y en avait, et, si nous ne le savions pas d'autre part, ce serait madame de Sévigné qui nous l'apprendrait çà et là, en jasant. Saint-Simon, dont le tempérament n'est pas l'indulgence, nous dit que madame de Coulanges, qui avait été fort jolie, fut toujours sage et considérée. Qu'entend-il par sage ? Il était impossible, livrée à elle-même comme elle le fut, avec un mari si peu mari, au sein d'un monde où la séduction s'offrait à tous instants, où les succès étaient autant de piéges et de périls; il était bien impossible que l'on ne cédât pas, un jour ou l'autre, à l'entraînement de l'exemple. A un certain moment, c'est un parent, M. de La Trousse [1] qui, tout marié qu'il est, ne se montre que trop épris de la jeune femme et semble être au mieux avec elle. « Madame de Coulanges est toujours obsédée de notre cousin, écrit madame de Sévigné à la date du 6 avril 1680; il ne paroît plus qu'elle l'aime, et cependant c'est l'ombre et le corps [2]. » Elle l'a donc ai-

[1] Philippe le Hardi, marquis de La Trousse, capitaine-lieutenant des gendarmes du Dauphin.

[2] Madame de Sévigné, *Lettres* (éd. Monmerqué), t. VI, p. 228. Lettre de madame de Sévigné à madame de Grignan; Paris, samedi soir, 6 avril 1680.

mé, si elle ne l'aime plus ? Et pourquoi ne
l'aime-t-elle plus ? Hélas ! c'est qu'elle en
aime un autre, cet étrange duc de Brancas,
dont les distractions, les bévues, les rêveries
sont devenues historiques : qui n'a ri aux
larmes de cette grotesque figure du *Ménalque*
de La Bruyère ? qui n'a lu ce que racontent
de ce fantasque personnage et Saint-Simon et
madame de Sévigné ? Tout spirituel qu'il fût,
on sent qu'il ne pouvait être du nombre
des amants qu'on garde ; aussi se vit-il remplacé , remplacé par un terrible homme
sous tous les rapports. Le couplet suivant en
dit plus qu'on n'en voudrait savoir :

> Testu est vainqueur de Brancas,
> La Trousse n'y résiste pas ;
> De lui seul Coulange est contente,
> Son mary chante :
> Testu est vainqueur de Brancas,
> La Trousse n'y résiste pas [1].

[1] *Recueil de chansons historiques* (Bibliothèque
impériale. Manuscrits), t. IV, f. 167. — Deux
ans auparavant, il courait déjà un couplet sur la
trahison de l'abbé Têtu qui passait pour l'amant de
la duchesse de Richelieu, et ses amours avec madame de Coulanges :

> Richelieu, prens bien garde à toy,
> Car Testu n'est qu'un infidelle ;
> Coulanges l'a mis sous sa loy,
> Le beau La Trousse en a dans l'aisle....
> — Même recueil, t. III, f. 496.

Et remarquez que nous trouvons dans le
même recueil une autre chanson qui parle
d'un M. de Chézière que madame de Coulanges eût distingué concurremment avec
M. de La Trousse[1]. Les vers que nous venons
de citer sont accompagnés de cette étrange
note : « La première et la plus singulière chose
qu'il y ait à remarquer dans ce couplet c'est
qu'il a été fait par M. de Coulanges sur sa
femme. »

Nous passerons rapidement sur ces faiblesses que la malignité dut exagérer et qui ne
nuisirent d'aucune façon à la considération de
la jeune femme : elle n'en fut pas moins recherchée du plus grand monde qu'elle illu-
minait de son esprit, de sa belle humeur et
aussi de l'éclat de sa beauté. Il est bon de noter la part et l'influence de l'esprit, à une époque où les conditions et les rangs sont si
tranchés. L'esprit, même alors, est un talis-
man qui ouvre toutes les portes, introduit jusqu'au souverain et obtient des triomphes
qu'il lui faut, il est vrai, expier par quelque côté.

---

[1] *Recueil de chansons historiques* (Bibliothèque impériale. Manuscrits), t. XXIX, f. 72.

« Vous ai-je dit comme madame de Coulanges fut bien reçue à Saint-Germain ? Madame la Dauphine lui dit qu'elle la connoissoit déjà par ses lettres ; que ses dames lui
avoient déjà parlé de son esprit ; qu'elle avoit
fort envie d'en juger par elle-même. Madame de Coulanges soutint très-bien sa réputation, elle brilla dans toutes ses réponses ;
les épigrammes étoient redoublées, et la Dauphine entend tout. Elle fut introduite l'après-
midi dans les cabinets avec ses trois amies :
toutes les dames de la cour étoient enragées
contre elle. Vous comprenez bien que par
ses amies, elle se trouve naturellement dans
la privauté : mais où cela peut-il mener ? et
quels dégoûts quand on ne peut être des
promenades, ni manger. Cela gâte tout le
reste ? elle sent vivement cette humiliation ;
elle a été quatre jours à jouir de ces plaisirs
et de ces déplaisirs [1]. »

Ces trois amies étaient mesdames de Richelieu, de Rochefort et de Maintenon. C'était
par la duchesse de Richelieu que madame de

---

[1] Madame de Sévigné, *Lettres* (éd. Monmerqué),
t. VI, p. 233. Lettre de madame de Sévigné à madame de Grignan ; à Paris, vendredi 12 avril 1680.

Coulanges était parvenue dans l'intimité de madame de Maintenon. Cette dernière, si bon juge en matière d'esprit, avait pour celui de cette folle un faible qu'elle ne cachait pas. Lors des représentations d'*Esther,* elle lui faisait garder une place à côté d'elle ; il est vrai que depuis longtemps madame de Coulanges avait dit adieu aux vanités de ce monde.

C'était un singulier ménage sans doute que le ménage de ce mari et de cette femme si peu l'un à l'autre. Ils s'aimaient pourtant, bien qu'à leur façon. Madame de Coulanges tombe malade, elle est au plus bas. Coulanges de se désoler, de se désespérer. Cette nature insouciante ne sait où donner de la tête, c'est une douleur, un chagrin sérieux et qu'on n'eût pas attendu d'une humeur si peu faite pour les larmes et les grands émois de la vie. « Écrivez au petit Coulanges, dit madame de Sévigné à sa fille ; il est digne de compassion ; il perdoit tout en perdant sa femme. Ce fut une chose fort touchante quand elle fit écrire à M. du Gué pour lui recommander M. de Coulanges, et cela par conscience et par justice, reconnaissant de l'avoir ruiné, et demandant à M. et à madame du Gué cette marque de leur amitié comme la dernière...[1]. »

Coulanges n'était pas riche, et, par ces quelques mots, on voit que sa femme avait fort aidé à ébrécher le peu qu'il avait [2]. Commensal de grands seigneurs enchantés de l'avoir à leur table, il partageait leur opulence : sauf l'argent de poche, sauf un certain confortable de toilette et d'ajustement, il n'avait pas de rai-

---

[1] Madame de Sévigné, *Lettres* (éd. Monmerqué), t. V, p. 15. Lettre de madame de Sévigné à madame de Grignan ; à Livri, mercredi 7 octobre 1676.

[2] Coulanges, tant qu'il espéra de l'avancement, se crut obligé à de grosses dépenses, qui n'eurent d'autre effet que de le ruiner, et le forcèrent à vendre sa charge de maître des requêtes autant peut-être que le dépit de se voir éloigner de tout grand emploi. — *Recueil de chansons historiques* (Bibliothèque impériale. Manuscrits), t. IV, f. 61. — Madame de Coulanges, de son côté, aimait la vie large et vivait comme s'il n'eussent pas dû y regarder. « Je ne suis pas plus avare que vous, écrit madame de Maintenon à son frère ; mais j'aurois cinquante mille livres de rente, que je n'aurois pas le train de grande dame ; ni un lit galonné d'or comme madame de La Fayette, ni un valet de chambre, comme madame de Coulanges. Le plaisir qu'elles en ont vaut-il les railleries qu'elles en essuient ? M. le chancelier son oncle est plein de modération et le roi l'estime... » — *Lettres de madame de Maintenon* (Léopold Collin, 1806), t. I. p. 95 ; le 28 février 1678, Lettre au comte d'Aubigné.

sons de s'apercevoir de sa pauvreté. C'était
par cela seul qu'il eût souffert, s'il n'eût pas
trouvé dans sa belle-mère une sorte de providence dont il n'a garde de ne pas proclamer la bonté et la munificence. Madame Dugué Bagnols avait soin de fournir à ses petites nécessités par des présents qui ne man-
quaient pas d'avoir leur opportunité.

> A mon âge, on a grand besoin
> De calottes et de lunettes ;
> C'est toujours vous qui prenez soin
> De ces nécessaires emplettes,
> Et qui me faites voir encor
> Qu'il est pour moy des louis d'or [1].

Mais madame Dugué n'était pas seule à
songer à garnir le gousset du nécessiteux
Coulanges. Son protecteur et son ami, le duc
de Chaulnes, usant et abusant de ses droits
de vice-roi, avait exigé des États de Bretagne
qu'ils fissent un présent en argent à ce convive
et à ce poëte joyeux qui avait, tout durant,
attisé et entretenu la gaieté parmi eux , « ce
que les gouverneurs étoient les maîtres de
faire en ce temps-là. » Tout inoffensif, tout
aimable et tout aimé que fût Coulanges, ce

[1] Coulanges, *Recueil de chansons choisies* (Paris,
1694), p. 18, 19.

surcroît d'impôt ne fut pas du goût de tout le monde, s'il faut en juger par cette épigramme *ad hominem,* qui ne l'empêcha pas d'empocher l'or des États, sans parler de celui qu'il avait gagné au jeu :

> Vous emportez, Coulanges,
> De nos États bretons,
> Pistoles et louanges,
>   Et nous laissez,
> (Que maudit soit l'échange!)
> De mauvaises chansons [1].

Tout glissait sur cette nature insouciante, intrépidement gaie, très-déterminée à n'envisager les choses que du côté plaisant. On chercherait en vain dans sa très-longue carrière la cause d'un chagrin réel, à moins qu'on ne veuille prendre pour telle la petite contrariété qu'il éprouva à se voir, un beau jour, imprimer tout vif : « M. de Coulanges a trouvé une grande affliction à son retour, écrit madame de Coulanges : il paroît dans le monde un livre imprimé de ses chansons, à la tête de ce livre, un éloge admirable de sa personne : on dit qu'il est né pour les choses

---

[1] *Recueil de chansons historiques* (Bibliothèque impériale. Manuscrits), t. IV, f. 581.

solides et pour les frivoles ; on montre la
preuve des dernières ; il est très-touché de
cette aventure, que j'ai encore aggravée pour
ne la pouvoir prendre sérieusement : à tout
cela je réponds: *chansons, chansons*[1]. »

Malgré sa conversion, madame de Coulanges,
on s'en aperçoit, retombait dans son péché
d'habitude, et son mari n'était pas plus à l'abri
que le commun des mortels de ce débordement
d'épigrammes sur lesquelles il n'y avait qu'à
prendre son parti. Elle avait, en définitive, le
secret de ne point offenser tout en vous rail-

---

[1] Madame de Sévigné, *Lettres* (éd. Monmerqué),
t. X, p. 32. Lettre de madame de Coulanges à madame de Sévigné; à Paris, le 19 novembre 1694.—En
réalité, Coulanges, comme le duc de Nevers, faisait
bon marché de ses poésies et consentait qu'elles fussent mises « au même sac avec les quatrains de Pi-
brac, » ne demandant, pour toute rémunération de
tant de refrains joyeux, qu'une place auprès du cocher de Vertamont, de poétique mémoire.—*Recueil de
chansons historiques* (Bibliothèque impériale. Manuscrits), t. XXV, f. 198; t. XXVII, f. 106.—Au reste, cette
humble place près du cocher de Vertamont qu'il re-
vendique de bonne grâce, lui avait déjà été décer-
née par Gacon qui l'accusait d'avoir intrigué auprès
de Baillet pour se faire mettre parmi les poëtes ly-
riques, dans une méchante épigramme sans sel et
sans esprit.—*Le poëte sans fard* (1701), p. 243.

lant, ce qui n'est pas un mince don chez ceux qui font abus de l'esprit. Madame de Sévigné qui l'aimait à l'adoration, ne tarit pas sur son compte ; elle nous la peint de la tête aux pieds avec ce tour qui lui est propre, la désignant tantôt sous le nom de *la feuille,* tantôt sous celui de *sylphide,* ou bien encore de *la mouche.* Mais l'épisode le plus curieux de cette vie, dont les plus grands événements tiendraient dans un verre d'eau, c'est assurément l'histoire de la maladie qu'elle fit en 1694, ses débats, ses délicatesses, ses retours avec son médecin, et les emportements, la mauvaise humeur, les bouderies ombrageuses de l'abbé Têtu. Elle traînait depuis quelque temps et donnait des inquiétudes à ses amis. Les remèdes n'y faisaient rien, et chaque jour sa situation semblait devenir plus grave. Saint-Donnat, qui la soignait, se montrait impuissant à la soulager ; madame de Coulanges, à bout de patience, se livre, pieds et poings liés, à la discrétion d'un célèbre empirique qui faisait alors la pluie et le beau temps à Paris. La Bruyère a tracé de Carette un portrait qui n'est pas le moins curieux et le moins achevé de sa galerie. C'est à peine s'il se donne le souci de déguiser le nom de la

16.

victime, qu'il peint, d'ailleurs, avec des par-
ticularités telles qu'il n'y avait pas lieu pour
des contemporains de se méprendre.

« *Carro Carri* débarque avec une recette
qu'il appelle un prompt remède, et qui quelquefois est un poison lent : c'est un bien de
famille, mais amélioré en ses mains ; de spé-
cifique qu'il étoit contre la colique, il guérit
de la fièvre quarte, de la pleurésie, de l'hy-
dropisie, de l'apoplexie, de l'épilepsie. Forcez
un peu votre mémoire, nommez une maladie,
la première qui vous viendra en l'esprit: l'hé-
morragie, dites-vous? il la guérit. Il ne ressus-
cite personne, il est vrai; il ne rend pas la
vie aux hommes, mais il les conduit néces-
sairement jusqu'à la décrépitude, et ce n'est
que par hasard que son père et son aïeul,
qui avoient ce secret, sont morts fort jeunes. Les médecins reçoivent pour leurs visites ce qu'on leur donne, quelques-uns se con-
tentent d'un remercîment ; Carro Carri est si
sûr de son remède, et de l'effet qui en doit
suivre, qu'il n'hésite pas de s'en faire payer
d'avance, et de recevoir avant que de donner:
si le mal est incurable, tant mieux, il n'en est
que plus digne de son application et de son
remède : commencez par lui livrer quelques

sacs de mille francs, passez-lui un contrat de constitution, donnez-lui une de vos terres, la plus petite, et ne soyez pas ensuite plus inquiet que lui de votre guérison…[1]. »

Le moraliste poursuit son exécution par une apostrophe à Fagon, le représentant le plus illustre de la médecine de son temps et le plus intraitable adversaire de l'empirisme, bon ou mauvais[2], et il termine de la sorte : « Laissez à *Corinne*, à *Lesbie*, à *Canidie*, à *Trimalcion* et à *Carpus*, la passion ou la fureur des charlatans. » Les clefs ne donnent le secret d'aucun de ces noms ; sont-ce des généralités, ou cachent-ils des partisans et des clients de Carette ? Pourquoi, en effet Trimalcion ne serait-il pas M. de Caderousse qui « désespéré de la poitrine » fut guéri par lui ; Carpus, M. de La Feuillade sauvé dans un cas tout aussi critique[3] ? Carette n'était pas toujours aussi heureux, et, de temps à autre, quelque insuccès venait donner un démenti à son infaillibilité. Un jour, c'est une demoi-

---

[1] La Bruyère, *Caractères* (Jannet, 1854), t. II, p. 227, 228 ; *De quelques Usages.*

[2] Fontenelle, *Œuvres complètes* (éd. Belin, 1818), t. I, p. 273 ; *Éloge de Fagon.*

[3] Saint-Simon, *Mémoires* (Chéruel), t. II, p. 136.

selle de Monluet qu'il s'engageait de guérir et qui lui échappait. En 1690, on le mande de Tournay : la Dauphine étant abandonnée des médecins, on avait recours à l'empirisme. Il arrive, il est introduit ; mais il sentait si fort, qu'on dut l'éloigner. « On le fera baigner, on lui donnera un habit neuf, afin qu'il la puisse voir demain, » lisons-nous dans le *Journal* de Dangeau. Mais il était trop tard. Carette après un essai, reconnut l'inefficacité de ses remèdes, et la princesse fut rendue à Daquin, à Fagon et à Petit qui ne la sauvèrent pas. Cinq ans après, Monsieur, son protecteur, l'appelait au lit du maréchal de Luxembourg que Louis XIV avait de son côté recommandé à Fagon, et les deux adversaires se rencontraient dans une égale impuissance devant la mort. Mais que cela prouve-t-il, en somme, contre Carette [1] ?

Caretti, Carette, comme on l'appelait en francisant son nom [2], malgré l'opposition des médecins, était donc fort couru, fort recherché ;

[1] Dangeau, *Journal*, t. I, p. 152 ; t. III, p. 81, 83 ; t. V, p. 129, 131.
[2] Marquis de Sourches, *Mémoires* (Adhelm Bernier), t. I, p. 314 ; t. II, p. 145.—Le marquis de Sourches l'appelle *Caretto*.

il avait d'ailleurs compris vite comment on réussit parmi nous. Il tranchait de haut, jouait de l'important, était insolent au besoin, demandait des sommes exorbitantes « et faisoit consigner gros, » quite à ne pas vous guérir [1]. Lasse de souffrir et de n'être pas soulagée, madame de Coulanges s'était jetée dans ses bras « avec l'approbation de toutes les bonnes têtes qu'elle a consultées, » dit son mari en se moquant [2]. Pour que l'assentiment eût été unanime, il eût fallu, en définitive, le consentement d'un personnage qui sonnait gros dans la société de la malade, et qui, tout au contraire, à cette nouvelle poussa les hauts cris. Nous voulons parler de cet ami absolu, de ce despote, de ce tyran atrabilaire, quinteux, vaporeux, qui s'appelait l'abbé Têtu. « Madame de Coulan-

[1] « ... Un autre charlatan, a dit ailleurs La Bruyère toujours à propos de Carette, arrive ici de-delà les monts avec une malle ; il n'est pas déchargé, que les pensions courent ; il est près de retourner d'où il arrive avec des mulets et des fourgons. » — La Bruyère, *Caractères* (Jannet, 1854) t. II, p. 120 ; *Des Jugements*.

[2] Madame de Sévigné, *Lettres* (éd. Monmerqué), t. IX, p. 513. Lettre de M. de Coulanges à madame de Sévigné ; à Paris, le 23 juin 1694.

ges vous a mandé de ses nouvelles, qui ne
sont pas encore trop bonnes ; elle eut avant-
hier une très-mauvaise nuit; mais les remèdes qu'elle prend ne peuvent pas la guérir sur-
le-champ, il faut bien se donner quelque patience. Qui en mourra assurément, c'est l'abbé
Têtu, qui ne peut souffrir ni la personne ni
la conversation de Carette, et à tel point qu'il
a déserté la maison de madame de Coulanges
parce que Carette la vient voir tous les jours,
et passer avec elle des temps infinis. Madame
de Coulanges est bien du même goût que
l'abbé, mais quand il y va de la vie, *il sait
bien peu faire, qui cela ne sait faire;* et l'abbé,
qui veut être le maître partout, admire ma-
madame de Coulanges et trouve mauvais, entre cuir et chair, qu'elle ne se défasse pas de
Carette, puisqu'il lui déplaît [1]... » Ce qui dé-
plaisait tant dans Carette, ce n'était pas sa
qualité d'empirique, son vice originel de
charlatan ; mais Carette avait de l'esprit, du
langage, nous dit Saint-Simon, il était impu-
dent, avantageux ; c'était plus qu'il n'en fal-

---

[1] Madame de Sévigné, *Lettres* (éd. Monmerqué),
t. IX, p. 517, 518. Lettre de M. de Coulanges à
madame de Sévigné ; à Paris, lundi 28 juin 1694.

lait pour être odieux à l'abbé Têtu, à ce doyen des abbés *blondins* [1] , qui voulait qu'on ne s'occupât que de lui, qu'on n'écoutât que lui, qui, s'il l'eût pu, eût mis tous les hommes à la porte des maisons où il allait [2].

Ces sortes d'originaux se rencontrent à tout bout de champ, et ce qui n'est pas le moins étonnant c'est l'empire qu'ils ont su s'arroger et la longanimité des gens qui les subissent. Madame de Coulanges, heureuse d'un peu de mieux, donne un dîner au maréchal de Belle-fonds, à madame de Frontenac et à mademoiselle d'Outrelaise, et invite Carette. «Vous croyez bien que l'abbé Têtu n'a pas été de ce repas... » Mais il devait prendre sa revanche. Carette ordonne un bain malencontreux, qui fait perdre tout le terrain qu'on avait gagné et plonge la malade et ses amis dans la désolation et le découragement. « L'abbé triomphe et bat des mains, et ce triomphe ne sert qu'à déplaire et à mettre en colère, car quel

[1] Madame Deshoulières, *Œuvres* (Paris, 1747), t. I, p. 157; *Chanson sur M. l'abbé Testu.*

[2] Madame de Caylus, *Souvenirs* (Michaud et Poujoulat), t. XXXII, p. 492. — *Recueil de chansons historiques* (Bibliothèque impériale. Manuscrits), t. IX, f. 101; *Noël sur les dames de la Cour.* 1696.

autre parti falloit-il prendre [1] ? » Il ne pouvait
plus être question de galanterie entre l'abbé
et madame de Coulanges. Depuis longtemps
l'amant avait dû faire place à l'ami, un terrible ami qui se souvenait de ses anciens droits
et continuait à se regarder chez elle en pays
conquis. Mais il ne fut pas le plus fort cette
fois, et l'impatience de souffrir, l'envie de guérir l'emportèrent sur la crainte de le voir exécuter ses menaces. Ces alternatives de mieux
et de rechutes n'empêchent pas qu'on ne
s'emploie à tuer le temps le plus agréable-
ment possible, et voici une petite aventure
qui nous semble un peu « salée, » bien qu'un
Carette ne tire pas à conséquence :

« Nous avons eu bien des affaires avec Carette ; mais cela seroit bien long à vous ra-
conter; on l'avoit mis d'une partie à Vaugi-
rard avec mesdames de Louvois, de Créqui,
Bernières; et madame de Coulanges y avoit
fourré une petite madame de Séchelles, amie
de madame de Peseux, fort jolie, et dont Carette disoit qu'il étoit amoureux passionné:

[1] Madame de Sévigné, *Lettres* (éd. Monmerqué),
t. IX, p. 523. Lettre de M. de Coulanges à madame de Sévigné; à Paris, le 4 août 1694.

on espéra que cette passion réjouiroit la
compagnie, et tout cela se passa de travers.
La marquise de Créqui outra la pièce; M. de
Barbezieux qui survint parut touché de la petite dame, et le tout pour rendre Carette jaloux; enfin, on en vint si bien à bout, que
Carette s'en retourna furieux à Paris en trai-
tant madame de Coulanges d'infâme, qui n'a-
voit amené cette jeune femme que pour la
vendre à son cousin; et mesdames de Louvois
et de Créqui, de bonnes confidentes. Enfin,
cela fut si plaisant, qu'on n'a parlé d'autre
chose à Paris; mais vous croyez bien que
tous les acteurs de la pièce n'ont fait qu'en
rire, et que tout le ridicule en est tombé sur
le *marquis* de Carette; si on l'avoit mieux
connu, on ne l'auroit point admis en si bonne
compagnie. Il a été longtemps sans venir
voir madame de Coulanges; mais enfin, comme elle en avoit affaire, elle a fait marcher
le père Gaillard pour lui demander pardon;
et le *prince* paroît, à l'heure qu'il est, avoir
mis tout ressentiment sous les pieds du cru-
cifix : mais comme madame de Coulanges est
retombée après cette *pétoffe,* il y a bien des
gens qui la trouvent hardie d'avoir repris les
remèdes de Carette. Voilà grossièrement le

sujet de cette pièce, qui a été fort ridicule.
Eussiez-vous jamais pris votre amie pour une
vendeuse de chair humaine; et de concert
avec elle, de telles confidentes que celles que
je vous ai nommées[1] ? »

Pour amadouer son homme, madame de
Coulanges lui envoya une tabatière d'or pe-
sant deux cents écus et coûtant dix louis de
façon ; Carette ne daigna pas remercier d'un
cadeau aussi mince : n'avait-il pas fourni
pour deux cent cinquante pistoles de son
élixir ? Dans la société de celle-ci, on n'appelait l'empirique que le *marquis*. Il faut dire
que Carette se prétendait homme de qualité
et de la maison de Savoli ; des héritiers plus
puissants avaient dépouillé son père et l'a-
vaient réduit à une misère dont il n'était sorti
qu'en prenant soin de la santé de l'espèce humaine. Sauf quelques crédules, on lui riait
généralement au nez, et, lorsqu'il partit
avec l'intention, disait-il, de revendiquer ses
droits bien fondés, on prit la déclaration pour
ce qu'elle semblait valoir. Il sut, toutefois,
tirer une lettre de recommandation de Mon-

[1] Madame de Sévigné, *Lettres* (éd. Monmerqué),
t. IX, p. 525. Lettre de M. de Coulanges à
madame de Sévigné ; à Paris, le 4 août 1694.

sieur pour le Grand-Duc de Toscane. Au bout de quatre ou cinq ans, on ne pensait guère à Carette, quand on apprit qu'il avait bien réellement gagné son procès à Florence. Le Grand-Duc écrivit à Monsieur que sa naissance et son droit avaient été reconnus, et qu'il lui avait été adjugé cent mille livres de rente dans l'État ecclésiastique [1].

Madame de Coulanges, quelque chancelante que fût sa santé, malgré l'abandon de Carette [2], devait prolonger sa carrière beaucoup plus loin que ne pouvaient le prévoir ses amis et que cela n'a lieu d'ordinaire, et survécut de dix bonnes années à son mari, qui s'éteindra à quatre-vingt-cinq ans [3], presque sans s'être douté qu'il était octogénaire,

[1] Saint-Simon, *Mémoires* (Chéruel), t. II, p. 136, 137. — Dangeau, *Journal*, t. VI, p. 363, 9 juin 1698.

[2] Ce fut Helvetius, le grand-père de l'auteur de *l'Esprit*, qui lui succéda près de madame de Coulanges. — Madame de Sévigné, *Lettres* (éd. Monmerqué) t. VIII, p. 79; t. X, p. 77, 137.

[3] C'est par erreur que Dangeau et Saint-Simon, qui le copie, le font mourir à quatre-vingt-deux ans, et c'est rogner gratuitement à cette vieillesse exceptionnelle trois années qui ne furent ni rudes, ni lourdes à porter à l'aimable Coulanges. Sa femme avait dix ans de moins, et mourut donc également à quatre vingt-cinq ans.

et, jusqu'au dernier moment, ne posant nulle part aussi peu que chez lui. Nous avons vu madame de Coulanges s'associer à l'affliction de la veuve de Louvois et ne pas imiter la Fortune qui tournait le dos ; Coulanges fit encore mieux, il se mit si bien à la discrétion de la marquise qu'il ne bougeait plus de chez elle, qu'il la suivait dans ses voyages et qu'on n'appelait celle-ci, dans leur monde, que sa *seconde femme.* Coulanges n'était pas un parasite. Cette vie lui convenait ; mais l'eût-il moins aimée, qu'il n'eût pu échapper à l'empressement et à l'envahissement de ses nombreux amis. « Je ne doute pas, écrit-il à sa cousine, qu'en ce temps-là quelqu'un ne mette encore la main sur moi, et c'est ainsi que mes jours s'en vont insensiblement, et que je profite d'un regain de jeunesse, qui fait que je m'accommode encore du monde, et que le monde s'accommode encore de moi. Je ne sais plus ce qu'est devenue la goutte, je n'en ai point entendu parler depuis l'année passée.. [1]. » Cette jeunesse invétérée, cette solidité qui défie l'âge, le remplissent d'un juste

[1] Madame de Sévigné, *Lettres* (éd. Monmerqué), t. X, p. 75. Lettre de M. de Coulanges à madame de Sévigné ; à Paris, le 16 avril 1695.

orgueil qui s'exhale en maints couplets : il espère bien aller à la centaine et se voir coucher dans la *Gazette* [1]. Ne lui parlez pas de
s'amender, il vous répondra que «!le morceau de pomme n'est pas digéré. » Il avait
un couteau à lame et à manche d'argent tout
disloqué et dont les parties ne demandaient
qu'à se disjoindre. Ce couteau qui n'en peut
mais, n'est-il pas un symbole ? Coulanges
en déduit la moralité avec une intrépidité
qui indique assez sa confiance dans sa force,
en dépit du temps et des années :

> Enfin, bien loin d'être indigent,
> Je possède un couteau d'argent ;
> Mais, sitost que je veux qu'il tranche,
>   Il branle au manche.
> C'est ainsi que les vieilles gens
> En usent tous sur leurs vieux ans ;
> Tel se flatte encore qu'il tranche,
>   Qu'il branle au manche [2].

Quant à son hygiène, il n'y change rien.
Lorsque les malheurs de la guerre condam-
nent le pays aux plus extrêmes sacrifices, et
qu'il faut se dépouiller de tout, il déclare que

---

[1] *Recueil de chansons historiques* (Bibliothèque impériale. Manuscrits), 1709, t. XI, f. 348.

[2] *Ibid.*, 1702, t. XXVIII, f. 324.

son verre est le dernier objet dont il se défera[1]. Quel convive ! quel philosophe à table ! Aussi est-il de toutes les parties et de toutes les fêtes, à Saint-Martin, à Meudon, à Bâville[2] ; c'est à qui l'aura et le chantera : D'Aguesseau, alors avocat général, savait et fredonnait ses couplets comme s'il n'avait eu autre chose à faire[3]. Nevers, lui-même, ne l'avait pas autant qu'il l'aurait souhaité. « Je bus, écrit Coulanges à madame de Grignan, très-joliment en *Nevers* et il faudra que je revienne exprès de Versailles dimanche prochain pour reprendre avec ce duc du poil de la bête[4]. »

[1] *Recueil de chansons historiques* (Bibliothèque impériale. Manuscrits), 1711, t. XII, f. 87.

[2] *Ibid.*, 1692, t. XXVI, f. 422.

[3] Madame de Sévigné, *Lettres* (éd. Monmerqué), t. X, p. 165. Lettre de Coulanges à madame de Sévigné ; à Paris, le 27 janvier 1696.

[4] *Ibid.*, t. X, p. 248. Lettre de Coulanges à la marquise de Grignan ; à Paris, le 2 février 1700.

V

La société du Temple.—La Fontaine.—Le duc de Vendôme
lui fait une pension de six cents livres.—Prévoyance duBon-
homme.—Étrange emploi des dons de M. de Vendôme. —
Les *Jeannetons*. —Un souper chez le grand prieur.—Le ton
de ces assemblées bachiques. — MM. de Vendôme ne haïs-
sent pas la contradiction.—Pourquoi le duc n'allait pas aux
sermons du père Séraphin.—Régnier musicien et non académicien. — Son talent sur le théorbe. — Est chargé de la
distribution des festins. — Lanjamet. — Son nez de perroquet. — Il se glisse dans le meilleur monde. — Porte par
dénûment un habit de deuil durant quatre ans. — Il finit
par attraper un gouvernement.— Sans naissance.—Affront
qu'il reçut aux États de Bretagne.—Du Boulay.—*Orphée*.
—Tombe à plat.—Défense de siffler.— Rondeau.— Campistron et le *Téléphonte* de La Chapelle.—Tyrannie de la duchesse de Bouillon.—Campistron la désarme en lui dédiant
son *Arminius*. — Épigramme contre la coterie du Temple.
—Palaprat.—Les Ferrières.— Palaprat capitoul.—Lauréat
des Jeux floraux.— Ses prouesses municipales à Toulouse.
—Voyage à Rome.— Retour de Palaprat à Paris.— Il suc-
cède à Du Boulay.—Brueys protestant.—L'abbé Brueys.—
Association littéraire des deux amis. — Bienveillance de
Louis XIV pour Brueys.—Le thé des deux poëtes.—Leurs
petits démêlés. — Palaprat part pour l'armée. — Madame

Bouchu.—Catinat.—Il fait des vers.—Un mot de lui à propos de quilles. — Opinion de madame de Maintenon sur le maréchal. — La Marsaille. — Le grand prieur est blessé.— Retour à Versailles.

Saint-Simon dit de M. de Nevers, duquel il fait un portrait piquant mais sans malveillance, ce qui est rare de sa part : « Il voyoit bonne compagnie, dont il étoit recherché ; il en voyoit aussi de mauvaise et d'obscure avec laquelle il se plaisoit [1]... » En tête de cette mauvaise, il entendait bien celle des Vendôme, qui, si elle était plus qu'osée de ton et de langage et composée de toutes gens, était, sans difficulté, une réunion d'esprits subtils, malins, mais distingués et délicats, redoutables et redoutés, et qui savait, à l'occasion, s'imposer avec un certain despotisme. Chaulieu, La Fare, Chapelle, dont les jours étaient comptés et qui mourait au moment même des fêtes d'Anet, Lulli, condamné lui-même à ne vivre guère au delà [2], La Fontaine, Têtu, l'abbé de Châteauneuf, l'abbé Servien, le chevalier de Sully, Campistron, Palaprat, furent comme les patriarches de cette

[1] Saint-Simon, *Mémoires* (Chéruel), t. V, p. 390.
[2] Chapelle mourut en septembre 1686 ; Lulli un peu plus tard, en mars 1687.

société qui se groupait au Temple autour du grand prieur. Il n'y a pas à s'étonner d'y voir La Fontaine. Il avait rencontré la plupart de ceux-ci chez la duchesse de Bouillon et chez madame de La Sablière, et il n'était pas dans son humeur de repousser les avances de deux princes, jeunes, spirituels, bons vivants, aimant les lettres et pensionnant les poëtes. Peu régulier, sans souci du lendemain, avec des faiblesses qui ne faisaient qu'accroître sa gêne, allégé d'un patrimoine qu'il n'avait pas su conserver, le Bonhomme avait grand besoin qu'on lui vînt en aide. Le duc de Vendôme, pour sa part, lui faisait une pension de six cents livres. C'était Chaulieu qui était chargé de la lui payer et qu'il cajolait pour avoir des à-compte, quand il était à court, ce qui se présentait fréquemment.

> Cependant, d'un soin obligeant,
> L'abbé m'a promis quelque argent.
> Amen, et le Ciel le conserve,
> Apollon, ses chants et sa verve,
> Bacchus, et peut-être l'Amour,
> L'occupent souvent tour à tour,
> Sans compter l'hydre créancière.
> Quelque jour ce sera ma matière [1].

[1] La Fontaine, *Œuvres complètes* (éd. Walkenaër), Septembre 1689, t. VI, p. 601 et suiv ; Épître à M. de Vendôme.

L'hydre créancière dont il s'agit, c'était cette tourbe de créanciers auxquels Chaulieu avait à répondre et qu'il payait par de belles paroles plus qu'autrement. Quoique l'abbé ne fût en réalité qu'un mandataire bienveillant, La Fontaine le considérait comme une Providence en sous-ordre à laquelle il se fût cramponné en cas de malheur. Son plan était arrêté, MM. de Vendôme pouvaient mourir en paix, l'heure venue, sans autrement s'inquiéter de lui, comme il le leur dit ailleurs :

> Tant que Votre Altesse, seigneur,
> Et celle du grand prieur,
> Aurez une santé parfaite,
> Je renonce à toute retraite.
> Mais, dès qu'il vous arrivera
> Le moindre mal, on me verra
> Vite à Saint-Germain-de-la-Truite [1],
> Frère servant d'un autre ermite,
> Qui sera l'abbé de Chaulieu.
> Sur ce, je vous commande à Dieu [2].

Tout cela n'est que badinage ; les deux princes étaient jeunes et vigoureux, et La Fontaine n'était pas d'humeur à prévoir de si loin. Mais voici qui est sérieux. En passe de

[1] Prieuré de l'abbé de Chaulieu.
[2] La Fontaine, *Œuvres complètes* (éd. Walkenaër), 1691, t. VI, p. 157, Épître à M. de Vendôme.

franchise, rien n'arrête le Bonhomme :
c'est bien le moins que ses bienfaiteurs sa-
chent l'emploi de leur argent. Cette épître du
fabuliste à M. de Vendôme nous initie, avec
une candeur mêlée de cynisme, aux secrets
de sa vie et, il faut bien le dire, à ses habitu-
des crapuleuses. D'ordinaire, on motive un
emprunt sur les meilleures raisons, si elles ne
sont pas les vraies. La Fontaine n'a pas de ces
prétextes. S'il est marié, il s'en préoccupe peu ;
s'il est père, les devoirs de la paternité ne lui
donnent guère de soucis. Cette avance de
fonds qu'il implore, et qu'on lui fait espérer,
aura une toute autre destination. Il l'emploie-
ra « en Jeannetons » et en bombances, en galanterie de bas étage et de cabaret [1] ; car, ir-
résistiblement entraîné par son tempéra-

---

[1]   Le reste ira, ne vous déplaise,
     En vins, en joie *et cœtera.*
     Ce mot-ci s'interprétera
     De Jeannetons, car les Clymènes
     Aux vieilles gens sont inhumaines.
     Je ne vous réponds pas qu'encor
     Je n'emploie un peu de votre or
     A payer la brune et la blonde,
     Tout peut arriver en ce monde....

—La Fontaine, *Œuvres complètes* (éd. Walkenaër),
1689, t. VI, p. 575 ; Épître au duc de Vendôme.

ment vers les femmes, malgré la somme des
années, il passe condamnation sur le mérite
de l'idole ; il n'a ni préjugés, ni raffinements,
et voit trop aisément une femme dans la première venue[1]. L'aveu, en tous cas, est étrange
de la part d'un solliciteur ; mais M. de Vendôme, pour n'avoir pas de ces faiblesses, n'en
devait pas être moins disposé à l'indulgence
par un retour sur ses propres infirmités, et La
Fontaine savait bien qu'il ne ferait que rire
de cette confession qu'on ne lui demandait
pas.

Cette épître à M. de Vendôme est précieuse,
elle nous introduit dans le Temple et nous
apprend comment on y passait les heures. Le
tableau a un cachet de sincérité extrême, on
voit que le peintre sait autrement que par
ouï-dire, qu'il a été spectateur et, qui mieux
est, acteur, et que rien n'a été accordé à l'or-
nement parasite. C'est du La Fontaine enfin,
débraillé, mais avec ce tour et ce coloris qui
ne sont qu'à lui :

[1] Duclos, qui était naïf à sa façon, n'était guère
plus délicat en amour que La Fontaine. « Pour
vous, Duclos, lui disait un jour la comtesse de Rochefort, il ne vous faut que du vin, du fromage et
la première venue. »

Nous faisons au Temple merveilles.
L'autre jour on but vingt bouteilles,
Régnier en fut l'architriclin [1];
La nuit étoit sur son déclin,
Lorsque j'eus vuidé mainte coupe,
Lanjamet, aussi de la troupe,
Me ramena dans mon manoir ;
Je lui donnay, non le bonsoir,
Mais le bonjour : la jeune Aurore,
En quittant le rivage more,
Nous avoit à table trouvez,
Nos verres nets et bien lavez,
Nos yeux étant un peu troubles,
Sans pourtant voir les objets doubles.
Jusqu'au point du jour on chanta,
On rit, on but, on disputa,
On raisonna sur les nouvelles,
Chacun en dit, et des plus belles ;
Le grand prieur eut plus d'esprit
Qu'aucun de nous, sans contredit.
J'admiray son sens, il fit rage,
Mais, malgré tout son beau langage,
Qu'on étoit ravy d'écouter,
Nul ne s'abstint de contester.
Je dois tout respect aux Vendosmes ;
Mais j'irois dans d'autres royaumes,
S'il leur falloit en ce moment,
Céder un ciron seulement....

On reconnaît bien La Fontaine à ce dernier trait. Mais les deux frères ne trouvaient pas mauvais qu'on ne fût point de leur avis ; c'é-

---

[1] Les Romains appelaient *Triclinium* le lieu où ils mangeaient ; de là le mot *architriclin* pour désigner l'intendant, l'ordonnateur d'un repas.

taient de grands souteneurs de thèses, et souvent des plus étranges. Non-seulement la discussion était admise, mais elle était dans leur tempérament, lors même qu'elle dégénérait, ce qui était inévitable, en cette opposition trop accentuée de discoureurs surexcités par les fumées du vin et dans toutes les exaltations de l'orgie. Louis XIV reprochait un jour au duc de Vendôme et à M. de La Rochefoucauld de n'aller point au sermon, pas même à ceux du père Séraphin[1]. Le prince répondit qu'il ne saurait aller entendre un homme dire tout ce qui lui plaisait, sans que personne eût la liberté de risposter[2]. Si c'é-

[1] C'était un capucin qui prêcha le carême de 1696, à la cour. « Ses sermons, dont il répétoit deux fois de suite les mêmes phrases, et qui étoient fort à la capucine, plurent fort au roi, et il devint à la mode de s'y empresser et de l'admirer ; et c'est de lui, pour le dire en passant, qu'est venu ce mot si répété depuis, *sans Dieu* point de cervelle. »—Saint-Simon, *Mémoires* (Chéruel), t. I, p. 322.—« Le roi alla à la paroisse pour son jubilé, dit de son côté Dangeau. L'après-dînée il entendit le sermon du père Séraphin, et trouve ces sermons-là plus de son goût qu'aucun qu'il ait jamais entendus. »—Dangeau, *Journal*, t. V, p. 376, 11 mars 1696.

[2] La réponse de La Rochefoucauld fut celle d'un courtisan retors qui sait tirer parti de tout; il dit au

tait là une défaite, elle n'en avait pas moins son côté de vérité.

M. Walkenaër pense que l'ordonnateur de l'orgie si sincèrement décrite par le Bonhomme pourrait bien êtreRégnier Desmarets[1]. Il se trompe. Ce Régnier était un élève de Lulli, et c'est par Lulli sans doute qu'il fut introduit dans la société de MM. de Vendôme. Il avait été page de la Musique du roi, puis il

roi que s'il ne venait pas au sermon, c'est qu'il n'y avait pas de place. Le roi lui donna alors une quatrième place derrière lui et qui fut attribuée à sa charge. Jusque-là M. d'Orléans, premier aumônier, s'était toujours tenu, sans opposition mais sans droits, auprès du grand-chambellan ; il se trouva dépossédé par ce nouvel arrangement qui ne se fût pas fait sans doute s'il eût été là. Il jeta feu et flammes à son retour, ameuta ses parents et ses amis, remua ciel et terre pour être réintégré dans son banc. Mais M. de La Rochefoucauld n'était pas homme à lâcher ce qu'il tenait une fois, et le prélat n'eut d'autre ressource que d'aller bouder dans son diocèse.—Saint-Simon, *Mémoires*, (Chéruel), t. V, p. 196, 197. — Sandras de Courtilz, *Annales de la cour et de Paris, pour les années 1697 et 1698* (Cologne, 1701), t. II, p. 410, 411. — La Bruyère, *Caractères* (Jannet 1854), t. II, p. 241, 242.

[1] La Fontaine, *Œuvres complètes* (éd. Walkenaër), t. VI, p. 575.

s'était mis à donner des leçons dans Paris. Il
chantait et s'accompagnait du théorbe avec
beaucoup de goût. Il joignait à ces agréments
ceux d'un convive aussi aimable qu'intrépide, et c'était lui qui était chargé d'office
de l'arrangement et de la distribution du festin, comme on en a une nouvelle preuve dans
ce passage d'une lettre de Chaulieu à Son-
ning :

> Régnier aux vins présidera,
> Cet élève altéré d'Orphée
> Avec les Grâces chantera....

Le grand prieur, qui l'affectionnait singulièrement, lui donnait un logement au Temple,
avec sa table, un carrosse entretenu, et mille
francs de pension[1]. Regnier n'était pas, après
tout, le seul musicien qui eût carrosse. Cham-
bonnière, le meilleur claveciniste de son
temps, joli cavalier, et homme agréable mais
d'une vanité intolérable, courait les leçons
en équipage à deux chevaux, avec un page

---

[1] *Recueil de chansons historiques* (Bibliothèque
impériale. Manuscrits); *Épître de La Fontaine au duc
de Vendosme servant alors en Allemagne sous le maréchal
de Duras*, 1689, t. VI, f. 318. — Chaulieu, *Œuvres*
(La Haye, 1777), t. I, p. 164, 165. Note de l'édition
de 1733.

derrière la voiture. Il est vrai que les chevaux étaient de singuliers chevaux et le page
un singulier page [1].

Quant à Lanjamet qui se chargea de re-
conduire le fabuliste légèrement aviné, il
était fils d'un conseiller au Parlement de
Bretagne, sans naissance, et qui avait su se
glisser dans le meilleur et le plus grand
monde. « C'étoit, dit Saint-Simon, un fort
petit homme, vieillot, avec un grand nez de

---

[1] Ces chevaux étaient étiques; quant au page,
c'était un faux page, bourré de foin, mis là pour
simuler un vrai page en chair et en os. « Étant au
Cours, raconte Segrais, avec ce carosse, où les ca-
rosses se suivoient en marchant lentement, suivant
la coûtume, les chevaux du carosse qui suivoient le
sien, sentant le foin devant eux se mirent à prendre
le page par les jambes. Quelqu'un qui s'en aperçut,
cria au cocher: « *Prenez garde à vos chevaux, ils man-
« gent le page de Monsieur.* » On dit aussi, qu'allant faire
leçon d'instrument à une dame dans la rue de Vau-
girard, son cocher menoit cependant ses chevaux
paître dans la plaine de Grenelle; et qu'un écor-
cheur qui étoit venu écorcher un cheval, en voyant
un extrêmement maigre, l'égorgea et l'écorcha aussi,
croyant qu'on l'avoit amené dans cet endroit-là
parce qu'on ne vouloit plus s'en servir; quand le
cocher retourna pour prendre les deux chevaux il
n'en trouva qu'un, l'autre avoit été écorché. » — *Œuvres de Monsieur Segrais* (Paris, 1755), t. II, p. 59, 60.

18.

perroquet, étrangement élevé et recourbé
qui lui tenoit tout le visage[1] ; qui parloit,
s'intriguoit, décidoit et se fourroit partout où
il trouvoit des maisons ouvertes... [2].» A part
MM. de Vendôme qui ne demandaient aux
gens que de la bonne humeur et de l'esprit
et s'inquiétaient médiocrement du reste, Lanjamet était sur le meilleur pied chez M. de
Seignelay « où pourtant la compagnie étoit
fort triée ; » chez madame de Ventadour, la
duchesse de Lude et chez M. le Grand. Cette
existence de parasite qu'il mena toute sa vie,
n'était pas , à l'origine, purement faculta-
tive et, si tout était à croire des satires du
temps, il eût été tellement dénué qu'il porta

---

[1] Ce nez de perroquet était célèbre; il figure dans
un Noël du temps :

> Dans la divine estable
> Apparut Lanjamet,
> Ayant un air capable
> Et nez de perroquet...

—*Recueil de chansons historiques* (Bibliothèque impériale. Manuscrits), 1696, t. IX, f. 167, 168; *Noël sur les
dames de la Cour*.

[2] Saint-Simon, *Mémoires* (Chéruel), t. VI, p. 264,
265. — Dangeau, *Journal* (addition de Saint-Simon),
t. IV, p. 70, 71.

pendant quatre années un habit de deuil pour
s'éviter la dépense d'un habit de drap rayé[1].
Ses affaires s'améliorèrent par la suite, il
avait obtenu d'abord un petit gouvernement
en Bretagne, le gouvernement de Guérande,
et on le vit en 1692, figurer, comme aide de
camp du roi, en compagnie du comte de Toulouse, du prince d'Elbœuf, du prince de Turenne, du comte de Fiesque et de Lassay.
Lanjamet n'était pas même gentilhomme, et
son obscurité lui fut rappelée plus que bru-
talement aux États par la noblesse bretonne,
qui ne voulut entrer en séance qu'après qu'il
se serait retiré, ce qu'il dut effectuer assez pi-
teusement. Au reste, il oublia bien vite ce petit
dégoût. La Bretagne était si loin de Versailles qu'on ignora l'aventure, et Lanjamet n'en
devint ni plus modeste, ni plus retenu. C'était
après tout, un honnête homme plein de pro-
bité et de valeur, d'un commerce aimable
et qui tenait solidement sa place à table. Était-
il besoin d'autres qualités pour figurer aux
orgies d'Anet et du Temple ?

Le Temple formait une petite académie de

---

[1] *Recueil de chansons historiques* (Bibliothèque impériale. Manuscrits), 1689, t. XXVl, f. 92.

lettrés fort unis, se donnant la main et se faisant craindre par leur entente. MM. de Vendôme étaient d'ailleurs des amis chauds, très-disposés à soutenir énergiquement leurs protégés. Du Boulay, secrétaire du grand prieur, faisait des opéras qui avaient bon besoin, souvent, de cette sorte d'aide. Le prince, quand venait le jour de la représentation ne négligeait rien pour préparer un succès et éviter, par contre, une disgrâce au poëte. Monseigneur et la Dauphine assistaient à la première représentation de *Zéphire et Flore,* à la sollicitation sans doute du grand prieur[1]; le Dauphin se trouvait également, deux ans après, avec la princesse de Conti, à celle d'*Orphée* [2] « qu'on ne jouera plus », écrivait Dangeau dont le laconisme ici est significatif.

---

[1] *Flore,* Musique de Louis et Jean-Louis Lully. —Dangeau, *Journal,* t. II, p. 122. Lundi, 22 mars 1688.

[2] Musique des mêmes.—Dangeau, *Journal,* t. III, p. 69. Mardi, 21 février 1690. — Ce qui nous fait penser que le grand prieur obtint du Dauphin d'assister à *Orphée,* c'est que Monseigneur était allé passer les trois jours précédents à Anet et qu'*Orphée* fut représenté le lendemain même de son retour à Versailles.

L'opéra tomba à plat, sans sifflets pourtant.
Une ordonnance de police y avait mis bon
ordre. Mais une telle défense, on le conçoit,
ne devait pas prédisposer à l'indulgence; elle
ne fit qu'attirer une nuée d'épigrammes et
de couplets sur l'auteur des paroles, les deux
compositeurs, voire les ballets piteux qui
traversaient l'ouvrage. Nous citerons ce
rondeau, parce que c'est lui qui nous a
révélé la pression dont le Temple usait à
l'occasion, au profit, si ce n'était au détriment, de ses membres :

Le sifflet défendu ! quelle horrible injustice !
Quoi donc ? Impunément un poëte novice,
Un musicien fade, un danseur éclopé,
Attraperont l'argent de tout Paris dupé ;
Et je ne pourrai pas contenter mon caprice !
Ah ! si je siffle à tort, je veux qu'on me punisse ;
Mais siffler à propos ne fut jamais un vice.
Non, non, je sifflerai : l'on ne m'a pas coupé
   Le sifflet.

Un garde à mes côtés, planté comme un jocrisse,
M'empêche-t-il de voir ces danses d'écrevisse ;
D'ouïr ces sots couplets et ces airs de jubé ?
Dussé-je être, ma foi, sur le fait attrapé,
Je le ferai jouer à la barbe du suisse,
   Le sifflet [1].

1 Castil Blaze, *l'Académie impériale de Musique*,
t. I, p. 58, 59.

Et cette même société, si alerte sur la défensive, ne l'était guère moins dans la censure des œuvres qui, à tort ou à raison, n'avaient pas trouvé grâce devant elle. On l'accusait un peu de ne reconnaître et de n'admettre comme bonnes que les productions des gens qu'elle patronnait. « Les auteurs étoient obligés, pour réussir, dit un chroniqueur anonyme, de ménager leurs suffrages [1]. » Cette prétention à tout exclure, en dehors de leur giron, a été de tout temps le caractère des cénacles littéraires. Ce fut le cachet propre du salon de madame de Bouillon qui, en proscrivant Racine au profit de Pradon, avait donné la mesure de sa passion et de sa violence. Campistron, qui avait le tort déjà de débuter sous les auspices de l'auteur de *Phèdre,* avait encore à se reprocher d'avoir, quoique bien innocemment, aidé à la chute d'une pièce jouée peu de jours avant la sienne et vivement appuyée par la coterie du quai Malaquais, le *Téléphonte* de La Chapelle [2]. Aussi

[1] *Recueil de Chansons historiques* (Bibliothèque impériale. Manuscrits), 1690, t. VII, f. 37, 38.

[2] *Téléphonte* fut représenté pour la première fois, le samedi 26 décembre 1682; *Virginie* ne fut jouée que quinze jours après, le vendredi 12 février 1683.

se vit-il le but d'une guerre sourde dont sa
Virginie sortit pourtant saine et sauve. Il avai
eu une peur effroyable de succomber dans la
lutte ; le danger passé, il ne trouva rien de
plus urgent que de mettre son second ouvrage à l'abri des mêmes assauts. Il supplia la
duchesse de Bouillon de vouloir bien accepter
la dédicace d'*Arminius* . « Comme il suffisoit,
dit d'Alembert, pour qu'un ouvrage fût bon
aux yeux de cette orgueilleuse protectrice,
qu'on lui en fît le respectueux hommage, elle
prit la pièce sous sa sauvegarde, et ne fut pas
fâchée que l'auteur parût lui avoir obligation
d'un succès qu'il auroit peut-être encore obtenu sans elle et malgré elle[2]. » Cette école
apprenait la vie à Campistron qui, à partir de
ce moment, s'entoura d'amis puissants
qu'il intéressa à ses succès, comme cela
ressort de cette épigramme lancée contre le
duc de Vendôme, le grand prieur, le comte

---

[1] Les frères Parfaict, *Histoire du Théâtre-François*,
t. XII, p. 424.—*Observations sur les écrits modernes*
(1736), t. II, p. 306, 307.—Campistron, *Œuvres* (Paris, 1750), t. I, p. 105, 106, 107.

[2] D'Alembert, *Œuvres complètes* (éd. Belin, 1821),
t. II, p. 371, 372.

de Fiesque, La Fare, l'abbé de Chaulieu « et autres protecteurs de Campistron : »

> Critiques redoutez, bien plus que redoutables,
>   Des auteurs les plus misérables
>   Incorrigibles défenseurs,
> Vous que Racine ennuye et que Pradon enchante,
>   Pour qui Voiture est sans douceur
>   Et l'*Eneïde* languissante,
> Vous espérez en vain des siècles ignorans
> Où vos fades écrits pourront servir d'exemple.
> Chez nos derniers neveux les poëtes du Temple
>   Vaudront moins que ses diamans [1].

Pour en finir avec Du Boulay, il est à croire

[1] *Recueil de Chansons historiques* (Bibliothèque impériale. Manuscrits), 1690, t. VII, f. 37, 38. — On n'a pas oublié que la principale industrie du Temple était la fabrication de pierres fausses. Les bijoux du Temple étaient passés à l'état de proverbe. Boileau écrivait à Brossette : « Voilà, monsieur, deux diamans du Temple que je vous envoye pour un livre plein de solidité et de richesse. » Il s'agissait du livre sur les *Titres du droit civil et du droit canonique,* en échange duquel il lui envoyait deux épigrammes de sa façon. — Boileau, *Œuvres* (éd. Saint-Surin), t. IV; *Correspondance,* p. 530. — En outre, dans le *Fragment du dialogue entre l'abbé Renaudot, Racine et V....* (Valincour), nous lisons : «... C'est, lui dis-je, comme si vous me demandiez si je préfère les diamans de la couronne à ceux que l'on fait au Temple... » — T. I, p. 90.

qu'il succomba à la peine et qu'il mourut de quelque opéra rentré. Nous le perdons tout à fait de vue en 1691, époque où Palaprat lui succéda en qualité de secrétaire des commandements du grand prieur. Autant le premier compte peu dans cette société joyeuse, autant son successeur y marquera par sa belle humeur, son franc-parler, ses petits vers, une verve de tous les moments. C'est un second volume de Chaulieu, avec moins d'élégance, de goût, d'atticisme sans doute dans la forme, mais avec la même gaieté imperturbable, la même philosophie païenne, esprit sympathique, cœur honnête qui avait su par sa droiture conquérir l'amitié et l'estime générales. Palaprat est un personnage important à Anet et au Temple; il entre si avant dans l'intimité des deux frères que notre galerie ne serait pas complète s'il ne nous arrêtait pas un instant. Et puis, c'est tout un type de l'homme de lettres dans ce que cette condition avait à la fois de précaire et d'honoré, au xviie siècle. Son goût seul, et non la nécessité, avait fait de lui un poëte aux gages de MM. de Vendôme; Palaprat appartenait, par ses ancêtres paternels, à une ancienne famille toulousaine parmi laquelle l'antique cité

avait recruté plus d'un capitoul. Son grand-
père, après la prise de la Rochelle, avait été
député en cette qualité vers le Roi Louis XIII.

L'aïeul maternel de ce Palaprat était Jac-
ques de Ferrières, si célèbre alors par ses im-
menses travaux sur le droit civil, un de ces
rares savants que l'étude n'assombrit ni
ne dessèche et qui, hors du cabinet, ne son-
gent qu'à bien vivre. Presque tous les jours
de l'année il donnait le bal chez lui et il ne
craignait pas de compromettre sa toge en
dansant la première courante avec l'aînée de
ses filles [1]. Anne de Ferrières, son fils, qui fut
chef du Consistoire toulousain en 1659, n'était
ni moins mondain, ni moins aimable : c'était
un homme de plaisir que l'on trouvait partout où il y avait ballets, joutes, courses de
bagues, carrousels ; il ne manquait à aucune
des fêtes dont le duc de Montmorency régalait
les dames de Toulouse. De père en fils, cette
famille réunissait trois choses qui marchent
si rarement de front : une fortune médiocre
mais suffisante, un trésor de savoir, et un
penchant prononcé pour les plaisirs: « Je suis

[1] *Recueil de pièces en vers adressées à S. A. S. Monseigneur le duc de Vendosme*, p. 179, 180.

la dernière goutte du sang de ces Ferrières, »
s'écrie Palaprat avec orgueil.

Sa carrière semblait toute tracée : il appartenait à la robe par ses ancêtres, il prit, en
conséquence, le parti du barreau et se fit
avocat, sans trop se demander s'il était né
pour le prétoire et si ses destinées ne l'appelaient pas ailleurs. Mais la chicane le rebuta
vite, et l'horreur qu'elle lui inspira s'aug-
menta encore de son amour pour les lettres.
Il laissa là les dossiers pour la poésie, comme
l'avaient fait Boileau et Coulanges, persuadé
qu'il était poëte, parce qu'il aimait avec passion les vers. Plusieurs prix remportés aux
Jeux floraux ne firent, on le pense bien, que
l'engager plus avant dans une voie qui, tout
ardue qu'elle soit, mène plus aisément à la
gloire qu'à la fortune. A peine est-il majeur,
que nous le trouvons à Paris, recherchant les
gens de lettres et de théâtre, vers lesquels
son instinct le poussait , sans l'éloigner de
la meilleure compagnie. Sa famille avait de
tout temps été attachée à la maison d'Albret;
il fut reçu par le maréchal et par son gendre
et neveu, le marquis d'Albret , comme un
fils. Cet accueil paternel, joint au charme
de leur société, l'apprivoisa tellement qu'il

ne bougea bientôt plus de chez ces grands
seigneurs hospitaliers. Le maréchal et le
marquis aimaient également le théâtre,
dont ils connaissaient, en véritables érudits,
les origines et l'histoire. Ils en parlaient avec
complaisance et se piquaient d'en savoir sur
ces matières plus que personne. Il était rare
que la conversation ne roulât pas sur les spec-
tacles, et, qu'une fois sur ce chapitre, il ne se
débitât bien des anecdotes curieuses dont
Palaprat, fort attentif, faisait son profit, et
qui lui eussent inspiré la passion de l'art
dramatique, lors même que sa nature s'y fût
moins prêtée.

Ce n'était pas la seule maison où il ren-
contrât une société selon son goût, et où
il pût s'instruire à fond des choses du théâtre. Il avait connu à Bonrepos, maison de
campagne du fameux Riquet, le créateur du
canal du Languedoc, un peintre florentin,
du nom de Vario, attelé à des peintures
qui l'y retinrent deux ou trois ans ; il le
retrouvait à Paris, fort bien installé et donnant tous les samedis à souper à très-bonne
compagnie. Là encore, le théâtre, la comédie
étaient le thème favori des entretiens, et le
jeune poëte n'eut qu'à ouvrir les oreilles

pour faire sa moisson de faits intéressants [1].

Nous ne saurions assigner de durée précise à ce premier séjour à Paris et déterminer davantage l'époque de son retour dans sa patrie. Nous le revoyons en 1675, à Toulouse, ses vingt-cinq ans honorés de la dignité de capitoul [2]. Au reste, de cette magistrature collective, s'attribua-t-il la part la plus appropriée à son âge, à son tempérament, à ses goûts. C'était lui qui était l'organisateur officiel de toutes les fêtes, un organisateur ardent, inépuisable en ressources comme en zèle. « Le roy nous donna, dit-il, de fréquentes occasions de faire de ces fêtes publiques. J'en étois chargé, c'étoit où je triomphois. Autant de combats ou de siéges, autant de *Te Deum*, et partout des feux de joye, des repas, et des réjouissances dans l'hôtel de ville.

---

[1] Palaprat, *Œuvres* (Paris, 1712), t. I; *Préface*.

[2] « Ce que l'on appelle *échevin* à Paris, *jurat* à Bordeaux, se nomme à Toulouse *capitoul*. Cette charge donne la noblesse, de sorte que ceux qui le sont se peuvent dire gentilshommes à juste titre, d'où vient que l'on dit communément :

> Cil de noblesse a grand titoul
> Qui de Toulouse est capitoul. »

—*Menagiana* (Paris, 1729), t. II, p. 241.

19.

Jamais le roy n'a eu un sujet plus zélé que moy, pour se réjouir de ses conquêtes [1].» Il est à supposer que personne ne trouva à redire à ce régime ; du moins, en 1684, le voyons nous revêtu de la magistrature suprême dont il n'usa que pour le plus grand plaisir et au plus grand contentement de ses administrés. « J'eus l'honneur à mon tour, dit-il, d'occuper à Toulouse cette charge, que je ne puis mieux désigner que par celle de prévôt des marchands [2]. Je fus plus le maître et je me trouvai le chef et le *préfet de sept édiles,* qui eurent pour moi la bonté et la confiance de ne s'opposer jamais à aucun de mes sentimens. » Mais la considération dont il jouissait dans sa ville, ces honneurs municipaux qui étaient venus par deux fois le chercher, ne purent rien contre un besoin de locomotion et d'imprévu auquel il ne fut pas longtemps sans céder. En 1686, il entreprit le voyage de Rome. La reine de Suède, qui y était alors, ne négligea rien pour le fixer près d'elle. Il ne se laissa pas tenter. Palaprat était essentiellement Parisien d'instinct et de

[1] Palaprat, *Œuvres,* t. II, p. 66; Discours sur *les Empiriques.*

[2] Le chef du Consistoire.

goût, c'était à Paris seulement qu'il serait
chez lui, dans l'unique atmosphère qui lui
convînt. Une fois de retour, il y fréquenta
le meilleur monde, mais recherchant de
préférence les gens de théâtre, à la vie desquels il se trouva mêlé de plus en plus.
MM. de Vendôme l'avaient pris en amitié ;
le grand prieur lui avait donné un appartement au Temple, qu'il occupait déjà quand il
succéda à Du Boulay et qu'il appelle pom-
peusement son hôtel.

Tout hyperbolique que fût cette fastueuse
désignation, il y avait au moins place pour
deux dans cette modeste demeure. Peu de
gens connaissent les œuvres de Palaprat et de
Brueys ; mais le nom de ces deux poëtes vi-
vra éternellement dans les annales de l'A-
mitié ainsi que le souvenir d'une association
qui, sans enfanter des merveilles, produisit
quelques bagatelles aimables qui eurent leur
éclair de faveur. C'était un étrange homme
que cet abbé Brueys, une sorte de Janus à deux
faces, capable de beaucoup de raison et de
beaucoup de folie, tour à tour calviniste
fougueux et non moins zélé catholique, théo-
logien retors et écrivain dramatique des plus
profanes. Il embrassa d'abord le barreau qu'il

laissa là pour les luttes religieuses. Bossuet
venait de publier *l'Exposition de la doctrine
catholique*[1] ; il se fait fort de répliquer à ce
colosse : mais, au lieu de répondre à l'attente
du Consistoire de Montpellier qui l'avait
choisi comme le plus habile et le plus ardent
d'entre eux, il se laisse réfuter, convaincre
et convertir, et va recevoir des mains de son
adversaire la tonsure dans le séminaire de
Meaux, tout père de famille qu'il était[2]. Il devait bien une explication à ses anciens coreli-
gionnaires, il la leur donne [3], mais il ne s'en
tient pas là, et il ne dépendra pas de lui qu'il
n'y ait plus que des catholiques; il entasse
livres sur livres : *Traité de la Messe; Défense
du Culte extérieur de l'Église catholique; Réponse aux plaintes des protestants; Traité de l'Eu-
charistie; Traité de l'Église.* En un mot, il était
foudroyé de la grâce. Il entre dans les ordres, se fait prêtre, obtient une pension du
clergé et une autre du roi, dont ce n'était

[1] A la fin de 1671.

[2] 1685. Sa femme était morte en 1682 ou 1683. —
*Œuvres de théâtre de Messieurs de Brueys et de Pala-
prat* (Paris, 1755), t. I, p. LIII; *Vie de Brueys.*

[3] Dans son *Examen des raisons qui ont donné lieu à
sa séparation des protestants* (Paris, 1682).

pas le moins bon moyen d'encourager les conversions. Dieu nous garde de suspecter la sincérité du pauvre Brueys qui, comme tous les enthousiastes, se passionnait aisément, quitte à ne pas se maintenir aussi longtemps qu'il l'eût fallu à ces hauteurs. Il s'était fait catholique par conviction et il le demeura ; mais ce fut, par la suite, force est bien d'en convenir, un prêtre passablement profane, trop adonné aux frivolités et au libertinage de l'esprit, pour avoir été un exemple à citer aux obstinés de la confession proscrite.

Mêmes instincts, même entraînement pour les lettres et le théâtre lièrent Brueys et Palaprat. Ils passaient leur soirée à la Comédie à laquelle ils payaient de la sorte une rente quelque peu lourde pour des gens dont le gousset n'était pas trop garni. Le rêve eût été de voir les portes s'ouvrir devant eux sans mettre la main à la poche. Palaprat se trouvait au feu de la Saint-Jean, à l'Hôtel de Ville, avec une compagnie fort enjouée; l'on badina sur l'absence des officiers, plaisanterie alors très à la mode ; ce fut le premier germe du *Concert ridicule*. Il écrivit son canevas à la hâte et alla porter l'embryon à son ami qui se chargea de lui donner forme humaine. La comédie, reçue avec acclamation par les acteurs, ne le fut pas avec moins de faveur par le public. « *Le Concert ridicule* [1], dit Palaprat, fut l'origine de la société comique et théâtrale que nous fîmes dès lors ensemble, ce sçavant ami et moy : nous n'eûmes d'abord d'autre objet que l'entrée du théâtre [2], chose très-commode à des gens qui l'aiment et qui y vont tous les jours comme nous y allions en ce temps-là ; en effet nous n'y étions guère moins assidus que les acteurs mêmes, et le spectacle fini, nous passions une bonne partie de nos jours avec quelques-uns de ces messieurs qui étoient d'une très-enjouée compagnie, et dont les maisons

---

[1] *Le Concert ridicule* fut représenté le 14 septembre 1689.

[2] C'était alors le plus net des profits de l'auteur dramatique. Les comédiens avaient mille moyens de diminuer la part de l'écrivain, lorsqu'ils ne l'escamotaient pas complétement ; mais n'eût-on conquis que le privilége des entrées, c'était un privilége dont on appréciait la valeur, et plus d'un homme de lettres n'aborda point le théâtre dans un autre but, à commencer par Duclos, qui ne trouva pas d'autre moyen de les conquérir à l'Académie royale de Musique que d'écrire un ballet en trois actes, *les Caractères de la folie*, dont Bury fit la musique.

avoient des agréments que je regrette encore
tous les jours [1]. » Palaprat entend parler
des deux Raisin et de leur camarade Villiers,
qu'il ne quittait point et qu'il amenait à
Anet avec lui.

Les protecteurs de Brueys ne le cédaient
pas à ceux de son ami, et, si Palaprat était le
familier de la maison de Vendôme, l'abbé,
à part des patrons comme les ducs de
Noailles et de Roquelaure et M. de Bâville[2],
était au mieux avec Louis XIV, qui ne manquait pas, à l'occasion, de lui adresser un
mot affectueux. Il avait la vue fort basse et
n'y voyait guère sans ses lunettes, aussi ne
les quittait-il pas, même pour se mettre à
table ; le Roi, le rencontrant un jour, lui
demanda comment allaient ses yeux : « Sire,
répondit-il, Sidobre, mon neveu, dit que
je vois un peu mieux[3]. » Palaprat n'était
pas nanti d'un meilleur instrument et
eût eu besoin lui-même qu'on vînt à son

---

[1] Palaprat, Œuvres (Paris, 1712), t. I, p. 6,7 ; Discours sur le Concert ridicule.—Vergier, Œuvres (Lausanne, 1750), t. II, p. 13.

[2] Brueys, Œuvres (Paris, 1755), t. I, p. LXJ.

[3] Titon du Tillet, le Parnasse françois (1732),
p. 593.—Sidobre était un médecin de réputation.

aide dans une foule de cas [1]. Si le duc
de Vendôme le surprit une fois rossant son
valet de la belle manière, il ne s'ensuit pas
que Palaprat eût toujours un valet. Lors
de cette vie en commun , Brueys et son
ami n'avaient à compter sur autres qu'eux.
Ils prenaient du thé tous les matins,
qu'ils faisaient eux-mêmes, non pas sans
mal : quand ils en étaient là, ils se tenaient
aux écoutes sur l'escalier, attendant que
le hasard leur dépêchât quelqu'un qui
pût leur dire si leur eau bouillait, afin
d'y jeter la plante [2]. Ces petites misères n'in-
fluaient en rien sur leur gaieté, leur insouciance naturelle. N'y pas voir, après tout,
n'est qu'une gêne ; le stoïcisme de Palaprat
passa par l'épreuve d'une maladie autrement
cruelle et dont il sortit victorieux , comme
il nous l'apprend, avec un badinage où l'atticisme est loin d'égaler la belle humeur [3].

[1] « Il y a quarante ans que mes amis ne m'appe-
loient que l'aveugle à cause de ma mauvaise vue. »
—Palaprat, *Œuvres* (Paris, 1712), t. II, p. 305; Discours
sur la coméde de *l'Important*.

[2] Titon du Tillet, *le Parnasse françois* (1732), p. 194.

[3] « On ne peut guères supporter avec plus de
constance le martyre d'être intérieurement lapidé
que je l'ai supporté pendant douze années. Et que

Si la meilleure entente ne cessa jamais de
régner entre les deux amis, il ne faudrait
pas en conclure qu'ils eussent toujours la
même façon de voir, et que la divergence d'o-
pinions n'amenât pas, parfois, des discus-
sions plus qu'animées : « ... Pour nous, dit
Palaprat, nous disputions souvent, à la vérité
avec beaucoup de véhémence, avant de nous
accorder, parce que nous sommes d'un pays de
même degré de chaleur à peu près l'un et
l'autre[1]; nous en venions souvent jusqu'à de
violentes prises poétiques ; et plus d'une fois,
sans nous en apercevoir, nous avons donné
sur cela des scènes à nos amis, qui y prenoient
tant de plaisir, que si celles de nos comédies
avoient pu produire le même effet sur le public, nous aurions surpassé la réputation
d'*Aristophane* et de *Plaute*; mais le lendemain

croyez-vous, monsieur, qui me fit rouler une pierre
si longtemps et avec si peu d'abattement, en Flan-
dres, en Piémont, et dans les montagnes du Dauphiné? La gayeté qui ne m'abandonna jamais... »
—Palaprat, *Œuvres* (Paris, 1712), t. II, p. 33; *Discours
sur les Empiriques.*—Chaulieu, *Œuvres* (La Haye, 1777),
t. II, p. 298; *Vers de Palaprat à l'abbé de Chaulieu.*

[1] Palaprat, nous l'avons dit, était de Toulouse;
Brueys était natif de la ville d'Aix.

de ces scènes, bien loin d'en garder la moindre impression, c'étoit à nous dire souvent : *je crois que le jeu, le tour de cette scène, cette imagination, ce portrait, cette idée ou cette situation est à vous* [1]. » Les choses, en réalité, ne se passaient pas tout à fait de la sorte : sous l'ami, il y avait bien l'homme de lettres, et Brueys écrivait à propos du *Grondeur :* « Le premier acte est entièrement de moi, et il est excellent ; le second a été gâté par quelques scènes de farces de Palaprat, et il est médiocre ; le troisième est entièrement de lui, et il est détestable. » Quant à Palaprat, il se laissait, bien qu'il s'en défende, attribuer volontiers par ses amis plus de part qu'il n'en avait souvent à l'œuvre commune, et, à plusieurs reprises, Brueys eut à réclamer sur une dépossession qui ne lui était nullement indifférente [2]. Mais ces petits nuages, ces légers ti-

[1] Palaprat, *Œuvres* (Paris, 1712), t. I, p. 6; Discours sur *le Concert ridicule.*

[2] « Il m'est revenu, lui écrit-il de Montpellier, que M. Campistron publie hautement aux beaux esprits de Toulouse, chez madame la présidente Drouïllet, que vous et lui avez la meilleure part à la composition de la comédie du *Grondeur ;* que je n'y ai que la moindre, et tout au plus un cinquième. En vé-

raillements ne purent rien sur l'estime et l'a-
mitié qu'ils ressentaient l'un pour l'autre ,
et les circonstances seules interrompirent
une association si honorable pour tous les
deux.

Les fonctions de Palaprat auprès du grand
prieur l'obligeaient à le suivre, même sur
le champ de bataille, sans une bien grande
vocation pour la vie des camps et les coups
de fusil. « On a beau dire, s'écrie-t-il plaisamment, pour faire peur à ceux qui s'y ha-
sardent sans génie (sur le Parnasse) que les
Muses les attendent à mi-côte [1], armées de
fourches, pour les en précipiter rudement ;
belle comparaison ! Ce ne sont que des chutes
légères, et l'on en est quitte pour quelque contusion tout au plus à la réputation du poëte.
Or, j'aimerois mieux avoir reçu trente pareilles contusions que de m'être cassé la tête une
seule fois [2]. » Avec de tels principes, on four-

rité, j'ai de la peine à le croire...» — *Œuvres de théâtre
de Messieurs de Brueys et de Palaprat* (Paris 1755), t. II,
p. XJ.

[1]   *Musæ furcillis præcipitem ejiciunt.*

(CATULLE.)

[2] Palaprat, *Œuvres* (Paris, 1712), t. II, p. 306 ; Discours sur *l'Important.*

nira une longue carrière, mais on ne sera jamais un héros. En 1693, nous le voyons avec Campistron et trois officiers attachés au service de MM. de Vendôme [1], s'entasser dans la diligence de Lyon, que l'on prenait au quartier Saint-Paul, à l'hôtel de Sens [2], et rejoindre l'armée de Catinat dont la position en Savoie n'était pas des meilleures. Palaprat a décrit à sa façon et ce voyage et son séjour au camp. A Lyon où les princes sont reçus avec enthousiasme, ce qui attire surtout son attention et son admiration, c'est un traiteur où il passe avec ses compagnons de route une bonne partie du jour, « l'immortel Fenerot, » et le soir, à l'Opéra, dans *Zephire et*

[1] C'étaient Cotteron, capitaine des gardes du duc de Vendôme, et les frères Skelton, Anglais, aides de camp des deux princes.

[2] L'hôtel de Sens, qui existe encore, fut élevé par le cardinal Duprat, archevêque de Sens. Longtemps Paris fut un simple évêché suffragant de Sens, et où les archevêques de Sens eurent une sorte de juridiction. Cette maison était restée en propre aux anciens métropolitains, même après l'érection de Paris en archevêché, et ils en tiraient un loyer considérable de celui qui tenait la diligence de Lyon. —Germain Brice, *Description nouvelle de la ville de Paris* (1698), t. I, p. 385.

Flore, de son prédécesseur Du Boulay, mademoiselle Journet, alors à son aurore et qui devait, plus tard, être l'une des gloires du Palais-Royal [1]. Mais les instants sont comptés, on se remet en route de plus belle pour ne s'arrêter qu'à Grenoble. Les voyageurs y sont fêtés splendidement par madame Bouchu, en l'absence de son mari, intendant de l'armée de Dauphiné, de Savoie et d'Italie où il faisait les affaires du roi et tout autant les siennes propres, car, au dire de Saint-Simon, il s'y enrichit « cruellement [2]. » Ces haltes faisaient oublier les fatigues passées, mais forcé était bien de reprendre le collier de misère, pour parler comme Palaprat, et de courir à de nouveaux hasards, si ce n'était à de nouveaux dangers.

Il y eut jusqu'à des dangers. Nous ne parlerons pas de ceux auxquels s'expose le touriste qui franchit le mont de Lan et les neiges du Lotharet ; ce sont là les chances communes de toutes les excursions. Mais à ces émotions finit par se mêler le sifflement des

---

[1] Elle débuta en 1706 dans le prologue d'*Alceste*.

[2] Palaprat, *Œuvres* (Paris, 1712), t. II, p. 304 ; Discours sur *l'Important.*—Saint-Simon, *Mémoires* (Chéruel), t. IV, p. 438, 439.

20.

balles que leur décochaient les barbets. Cette
musique peu agréable les escorta de Fenes-
trelle au Villar. Par bonheur, ils touchaient
au terme; car c'était au Villar qu'était campé
Catinat qui dépêcha aux deux poëtes son
secrétaire pour les engager à souper le soir
même avec leurs princes et les officiers généraux de son armée.

Les poëtes ne sont pas de merveilleux his-
toriographes; ce sont des témoins distraits
qui ne voient rien ou voient mal ce qu'ils
voient. Palaprat, que la peur seule intéressait
à ce qui se passait autour de lui, n'était guère
occupé que de ses comédies, il ne faut donc
pas attendre de lui de grands renseignements sur la campagne. En revanche, l'on
trouve dans les quelques pages décousues
qu'il met en tête d'une des pièces de son
recueil, deux ou trois traits de caractère
qui peignent Catinat, quelque insignifiants
qu'ils puissent paraître, mieux que de longs
mémoires où l'individu s'efface devant le
personnage. Le maréchal, très-lettré, très-
érudit même, aimait les vers avec passion
et trouvait le temps d'en faire jusque sous la
tente. En sa qualité de poëte, Palaprat avait
ses grandes et ses petites entrées, et rencon-

trait toujours un accueil bienveillant en dépit du plus ou moins d'opportunité de ses visites. Un jour il se présente chez le général,
de la part du grand prieur ; Catinat était en
train de faire sa dépêche au roi, il avait alors
plus d'un souci : l'infériorité des troupes, la
multiplicité des points d'occupation avaient
exigé une retraite qui, malgré son urgence,
humiliait le soldat aussi bien que le chef : de
pareilles situations exigent plus d'énergie,
de grandeur, de ressources et de génie que
n'en demande souvent une bataille. Palaprat,
après s'être acquitté de sa mission, s'était
levé ; le maréchal l'accompagna jusqu'à la
porte, lui laissa faire quelques pas, puis se
ravisant : « Vous ne croiriez pas une chose ?
lui dit-il en lui serrant la main, il y a plus
de huit jours que je n'ai pas songé à faire un
vers[1]. » Et il se retira sans donner le temps à
ce dernier de lui répondre quelque chose. On
sent par quelles angoisses il avait dû passer ;
et, si c'est une plaisanterie, comme le veut
Palaprat, elle est de celles qui ne font pas rire.

Voici un mot d'un genre tout différent et qui
vaut bien l'autre, quoiqu'il ne soit point re-

---

[1] Palaprat, *Œuvres* (Paris, 1712), t. II, p. 311, 312.

levé par la gravité d'une position réellement
critique. Palaprat revenait de Paris, il devait
être en fonds de nouvelles, et on s'imagine
aisément quelle valeur avait un homme tout
fraîchement arrivé, au sein d'un camp à quelques cents lieues de la capitale. Catinat l'avait
fait asseoir à sa table et à ses côtés. Il fallut
bien s'exécuter et vider son sac, ce qui con-
duisit jusqu'au fruit. La conversation changea alors d'objet. On parla des qualités dis-
tinctives des grands généraux, chacun ha-
sarda son mot; quand vint le tour de Palaprat, il déclara que la simplicité était ce qu'il
admirait le plus chez l'homme fait pour com-
mander aux autres. Il savait bien que l'allusion ne serait pas perdue et que personne ne
se méprendrait sur l'original d'un tel portrait.
« Et je dis enfin que je connoissois un général
qui possédoit cette vertu à un si haut point,
que sortant de gagner une bataille, il joüe-
roit tranquillement une partie aux quilles. A
peine avois-je achevé que M. de Catinat me
répondit froidement : *Je ne l'estimerois pas
moins, si c'étoit sortant de la perdre* [1]. »

Ce trait est charmant. Nous n'aimons

[1] Palaprat, *Œuvres* (Paris, 1712), t. II, p. 313.—M. de
Créqui rapporte cette anecdote différemment. Après

guère moins ce billet, à M. de Tessé, la veille
du combat de la Marsaille : « Préparez
de l'oseille pour nous faire des soupes ver-
tes [1], » quoique rien ne fût moins sûr qu'il
les dût manger. De tous les généraux de
la bataille de Staffarde, Catinat venant féliciter ses
troupes, trouva quelques soldats du régiment de
Grancey jouant aux quilles à la tête du camp : il les
engagea avec bonté de continuer leur partie, les
officiers lui proposèrent alors d'en faire une, ce qu'il
accepta avec une admirable bonhomie. Un officier
général présent eût dit alors qu'il étoit extraordinaire de voir un général jouer aux quilles après une
bataille gagnée : «Vous vous trompez, eût répondu
Catinat, cela seroit étonnant s'il l'avoit perdue. » —
Créqui, *Mémoires*, p. 70, 71. Créqui ne raconte que
d'après une tradition, tandis que Palaprat avait été
interlocuteur dans ce petit dialogue. — Les quilles
alors étaient un jeu très-répandu. Boileau s'amusait
souvent, à sa maison d'Auteuil, à jouer aux quilles,
et y excellait. « Il faut avouer, disait-il, que j'ai
deux grands talents, aussi utiles l'un que l'autre à la
société et à un État, l'un de bien jouer aux quilles,
l'autre de bien faire des vers. »—Boileau, *Œuvres
complètes* (éd. Saint-Surin); Notice biographique,
t. I, p. LXXVIII. Mais ce mot de Boileau semble être
une réminiscence de celui de Malherbe: « Un bon
poëte n'est pas plus utile à l'État qu'un bon joueur
de quilles. » — *Œuvres de monsieur Segrais* (Paris,
1755), t. II, p. 161.

[1] Créqui, *Mémoires pour servir à la Vie de Nicolas
de Catinat* (Paris, 1775), p. 166.

Louis XIV, Catinat est celui qui fait le plus souvent des héros de l'antiquité, non par l'éclat des faits d'armes, mais par l'austérité, le désintéressement, le sang-froid, la modération, la vertu, la vertu d'un stoïcien (malheureusement pour la France et pour lui) bien plus que celle d'un dévot. « Que vous dirai-je de M. de Catinat, écrit madame de Maintenon à madame de Saint-Géran, il fait son métier, mais il ne connoît pas Dieu : le roi n'aime pas à confier ses affaires à des gens sans dévotion. M. de Catinat croit que son orgueilleuse philosophie suffit à tout : c'est bien dommage qu'il n'aime pas Dieu [1] ! » Ce fut là, en effet, l'écueil de sa fortune, la cause d'un éloignement que Louis XIV ne put vaincre et qui, plus que les insuccès et les revers, le fit écarter des armées.

Ce n'est pas une vie de Catinat que nous écrivons, ce n'est pas davantage la relation d'une campagne que la victoire de la Marsaille [2] vint si glorieusement clore pour nous;

[1] *Lettres de madame de Maintenon* (Léopold Collin), t. II, p. 191, 192. Lettre de madame de Maintenon à la comtesse de Saint-Géran.

[2] Marsaglia, bourg des États sardes; la bataille fut livrée le 4 octobre 1693.

et pour peu que l'on veuille entrer dans le
détail de ce beau fait d'armes, nous renverrons
à la lettre adressée au roi par le maréchal, récit net, sans phrase, il est vrai, que Fénelon
trouvait « trop dépourvu d'ornements [1], »
mais où ce grand homme n'oublie que lui.
MM. de Vendôme, l'année précédente, sous
Luxembourg, à Fleurus et à Steinkerke, s'é-
taient conduits en héros [2] ; ils eurent à faire
face, cette fois, à des charges terribles qui eussent pu entamer la gauche et compromettre la
fortune de cette journée. Le grand prieur fut
atteint sans pour cela quitter la partie. « M. le
grand prieur, constate le rapport du général
en chef, y fut blessé d'un coup qui luy tra-
verse la cuisse à une de ces charges, ce qui ne
l'a point empesché de continuër d'agir, et ne
s'est retiré qu'après que toute l'affaire a esté
consommée. Il me vint trouver, il me parut
abatu par la perte du sang et la fatigue ; je le
suppliay de se retirer absolument, la battaille
estant entièrement gagnée [3]... » Louis XIV

[1] Créqui, *Mémoires pour servir à la Vie de Nicolas
de Calinat* (Paris, 1775), p. 166.

[2] La Fare, *Mémoires* (Michaud et Poujoulat),
t. XXXII, p. 296, 299.

[5] Collection dite : des *Transcrits*, conservée au Dé-

écrivit aux deux princes pour les féliciter. Cette démarche était d'autant plus significative, ainsi que le remarque Dangeau, qu'il n'avait point écrit à M. le Duc et au prince de Conti après la bataille de Nerwinde, livrée trois mois auparavant, où ces deux princes, du consentement public, avaient fait des prodiges [1]. Le grand prieur, bien qu'il ne pût se soutenir sur sa cuisse, ne voulut pas attendre la guérison à Pignerol, et, voyant Catinat disposé à ne s'en pas tenir là, il se fit porter à l'armée et partit sans son secrétaire alors fort malade [2]. La saison avancée, et plus encore le manque d'argent et de vivres ne permirent pas, toutefois, de pousser les avantages aussi loin qu'on le croyait possible à Versailles. Les troupes durent prendre leurs quartiers d'hiver, et MM. de Vendôme purent sans inconvénient retourner à la cour où ils arrivèrent le 26 décembre 1693.

pôt de la guerre (vol. n° 1224, pièce 6e), extrait du neuvième volume du recueil des *Lettres écrites au Roy* par M. le maréchal de Catinat.

[1] Dangeau, *Journal*, t. IV, p. 381; 20 octobre 1693.

[2] Palaprat, *Œuvres* (Paris, 1712), t. II, p. 315; Discours sur *l'Important*.

VI

Chaulieu, en sa qualité d'intendant des
biens de M. de Vendôme, était dispensé de le

21

suivre à l'armée, et il était trop sybarite pour
envier cette bonne fortune à Campistron et à
Palaprat[1]. Il avait vécu de la vie des camps
tout comme un autre, et son séjour, quoique
rapide, près de Sobieski, lui semblait sans
doute plus que suffisant pour un homme de
son état. Il avait, d'ailleurs, cinquante-six
ans, ce qui n'est pas trop l'âge des aventures
et des prouesses. Il n'avait, néanmoins, renoncé à nulle des vanités de ce monde : la
vieillesse n'était, en quelque sorte, que la
maturité pour ces organisations de fer, que
le plaisir et les excès affermissaient encore.
Chaulieu qui devait pousser si loin sa carrière,
dans une note à la suite d'un rondeau épi-
grammatique contre la traduction en ron-

[1] Chaulieu était, après tout, représenté à l'armée
d'Italie par l'un de ses neveux, mestre de camp de
cavalerie qui y était plus utile que lui et qui paya
si bien de sa personne à la Marsaille, qu'il y fut
blessé et fait prisonnier. M. de Savoie, en considération de l'oncle, lui envoya ses propres chirurgiens
et vint le voir. Après sa guérison, il lui permit de
retourner en France à la seule condition de revenir
passer l'hiver à sa cour « puisqu'elle n'avait jamais
eu assez de charmes pour attirer l'abbé de Chaulieu
lui-même. »—Desessarts, *Les Siècles littéraires* (1800),
t. II, p. 95.

deaux des *Métamorphoses d'Ovide*, dit très-
sérieusement : « Comme je fis ce rondeau-là
fort jeune, on trouva fort mauvais à la cour
où je ne faisois qu'arriver, qu'un poëte naissant osât attaquer un homme aussi accrédité
qu'étoit M. de Benserade ; mais la justesse du
rondeau me fit plus d'honneur que la censure
des vieux courtisans ne me fit de tort [1]. »
Chaulieu avait alors près de quarante ans. S'il
se croyait très-jeune à quarante ans, seize ans
plus tard il se sentait aussi vert par le cœur
et les idées ; son corps robuste supportait
fort lestement un poids qui ne fait pourtant
avec le temps que s'appesantir. Loin d'avoir
pris le parti de la réforme et d'avoir rompu
avec l'amour, il aimait, au contraire, et de
toute son âme et avec toute l'ardeur du premier âge. Il avait rencontré une maîtresse
faite à son humeur, une épicurienne aux
yeux de laquelle la vie n'avait d'autre raison d'être que la volupté, une païenne enfin,
taillée à son image et qui se livra pleinement
à cet amoureux plus que quinquagénaire.

Nous l'avons vu très-épris de mademoiselle
Le Rochois, brûlant son encens aux pieds de

---

[1] Chaulieu, *Œuvres* (La Haye, 1777), t. I, p. 87.

la cantatrice ; mais depuis longtemps, apparemment, l'Armide de l'Académie royale de
Musique avait volé à d'autres amours. Des
liens aussi fragiles se rompent d'eux-mêmes,
sans blessure comme sans regrets pour ceux
qui se séparent. Quel fut le successeur im-
médiat de Chaulieu, c'est ce que nous ne saurions trop dire. Ce que nous savons, c'est que
Marthe fut la maîtresse du chevalier de
Sully. Le chevalier était un habitué du Temple, dans l'enclos même duquel il demeurait ;
il était l'ami de l'abbé comme du grand
prieur, et avait toutes les commodités pour
leur prendre leurs maîtresses, ce qu'il n'a-
vait garde de ne pas faire. Cette fois, ce n'é-
tait pas à l'Opéra que Chaulieu était allé chercher une recrue pour son cœur. Si lui seul
nous eût édifiés sur les qualités de sa nouvelle
idole, l'on n'ignore pas ce qu'il y a à rabattre
d'éloges provenant de source pareille : mais
nous avons de celle-ci un portrait tracé par
une tout autre plume, par un moraliste austère, impitoyable d'ordinaire, et près duquel
les femmes n'ont pas trouvé grâce, un portrait ciselé, travaillé avec une complaisance
d'artiste, pour ne pas dire d'amoureux, et
que sa longueur nous eût fait hésiter à re-

produire, si le peintre ne s'appelait pas La Bruyère. Cette pièce est intitulée : « Fragment, » et semble avoir été détachée d'un tout plus considérable qu'on aura voulu laisser dans l'ombre :

« ...Il disoit que l'esprit de cette belle personne étoit un diamant bien mis en œuvre. Et continuant de parler d'elle : C'est, ajouta-t-il, comme une nuance de raison et d'agrément qui occupe les yeux et les cœurs de ceux qui lui parlent ; on ne sait si on l'aime ou si on l'admire ; il y a en elle de quoi faire une parfaite amie, il y a aussi de quoi vous mener plus loin que l'amitié ; trop jeune et trop fleurie pour ne pas plaire, mais trop modeste pour songer à plaire, elle ne tient compte aux hommes que de leur mérite, et ne croit avoir que des amis. Pleine de vivacités et capable de sentimens, elle surprend et elle intéresse ; et, sans rien ignorer de ce qui peut entrer de plus délicat et de plus fin dans les conversations, elle a encore ces saillies heureuses qui, entre autres plaisirs qu'elles font, dispensent toujours de la réplique ; elle vous parle comme celle qui n'est pas savante, qui doute et qui cherche à s'éclaircir ; et elle vous écoute comme celle qui sait beaucoup,

qui connoît le prix de ce que vous lui dites,
et auprès de qui vous ne perdez rien de ce qui
vous échappe. Loin de s'appliquer à vous
contredire avec esprit et d'imiter *Elvire*, qui
aime mieux passer pour une femme vive que
marquer du bon sens et de la justesse, elle
s'approprie vos sentimens, elles les croit
siens, elle les étend, elle les embellit; vous
êtes content de vous d'avoir pensé si bien, et
d'avoir mieux dit encore que vous n'aviez cru.
Elle est toujours au-dessus de la vanité, soit
qu'elle parle, soit qu'elle écrive ; elle oublie
les traits, où il lui faut des raisons ; elle a déjà
compris que la simplicité est éloquente. S'il
s'agit de servir quelqu'un et de vous jeter dans
les mêmes intérêts, laissant à Elvire les jolis
discours et les belles lettres qu'elle met à tous
usages, *Arténice* n'emploie auprès de vous
que la sincérité, l'ardeur, l'empressement et
la persuasion. Ce qui domine en elle, c'est le
plaisir de la lecture, avec le goût des personnes de nom et de réputation, moins pour
en être connue que pour les connoître. On
peut la louer d'avance de toute la sagesse
qu'elle aura un jour et de tout le mérite
qu'elle se prépare par les années, puisque
avec une bonne conduite elle a de meilleures

intentions, des principes sûrs, utiles à celles qui sont comme elle exposées aux soins et à la flatterie ; et qu'étant assez particulière sans pourtant être farouche, ayant même un peu de penchant pour la retraite, il ne lui sauroit peut-être manquer que les occasions, ou ce qu'on appelle un grand théâtre, pour y faire briller toutes ses vertus [1]. »

Quoiqu'un pareil portrait, s'il est ressemblant, ne doive pas aller à beaucoup de visages, on s'était demandé vainement quel en était l'original, et l'on avait renoncé depuis longtemps à découvrir le mot de l'énigme. Ce mot, pourtant, était quelque part, et l'on avait passé bien des fois sur le renseignement sans s'y arrêter. Il se trouve dans une note de Chaulieu placée au bas d'une lettre de La Faye qui ne laisse aucun doute à cet égard: « Cette lettre, dit-il, est adressée à madame d'Aligre, femme en premières noces du petit-fils du chancelier de ce nom, et en secondes noces de M. de Chevilly, capitaine aux gardes [2]. Elle étoit fille de M. de Saint-Clair

---

[1] La Bruyère, *Caractères* (Jannet, 1854); *Des Jugements*, t. II, p. 124, 125, 126.

[2] Charles-Claude Hatte de Chevilly; elle l'épousa en 1721.

Turgot, doyen du Conseil. M. de La Bruyère
l'a célébrée dans ses Caractères sous le nom
d'Arténice, et c'est pour elle que l'amour
m'a dicté une infinité de vers que j'ai faits.
C'étoit en effet une des plus jolies femmes
que j'ai connues, qui joignoit à une figure
très-aimable la douceur de l'humeur et tout
le brillant de l'esprit. Personne n'a jamais
écrit mieux qu'elle et peu aussi bien [1]. »
Ces quelques lignes d'éloges ne font que sanc-
tionner le long panégyrique de La Bruyère. A
n'en pas douter, nous sommes tombés sur un
de ces rares esprits sans faiblesses, d'une maturité qui a devancé le temps, où la raison règne en souveraine exclusive, une de ces natures d'élite auxquelles les plus illustres eussent voulu ressembler.

Catherine Turgot avait épousé en 1686 Gil-
les d'Aligre, seigneur de Boislandry, le frère
cadet du président d'Aligre. Cette alliance
fut loin d'être heureuse. M. de Boislandry
n'envisagea pas avec le même enthousiasme
les rares qualités de sa femme ; et, lorsqu'il
aura à initier le public à ses affaires, il la

[1] Chaulieu, *Œuvres* (La Haye, 1777), t. I, p. 35, 36;
Lettre de M. de La Faye à Madame D*** sur *la
Retraite et la Goutte.*

produira sous un jour si différent qu'il nous sera difficile, pour ne pas dire impossible, de la reconnaître. D'où vinrent les premiers torts ? C'est ce qui importe peu devant un pareil mari. Quelles qu'aient été les faiblesses de madame d'Aligre, la conduite de celui-ci est tellement odieuse qu'on se sent disposé à une excessive indulgence, à une immense pitié pour la pauvre femme. Un procès en séparation a lieu après une communauté de sept années [1] ; Boislandry, à moins de preuves flagrantes de l'indignité de Catherine, devra rendre la dot, et c'est ce qu'il ne veut ni ne peut faire : Mademoiselle de Saint-Clair avait apporté en mariage quatre cent vingt mille francs [2], qui avaient été employés à l'acquisition d'une maison qu'il occupait et d'où il n'entendait pas déloger. Que résout-il ? C'eût été trop peu d'accuser sa femme d'adultère ; il l'accuse encore de tels désordres que sa santé à lui-même en est compromise. M. de Turgot, devant la nécessité de démontrer l'infamie d'une telle inculpation, ne se laisse pas arrêter par ce que la de-

---

[1] La Chesnaye-des-Bois, *Dictionnaire de la noblesse* (2e édit.), t. 1, p. 173.

[2] Dangeau, *Journal*, t. I, p. 368. Mardi 6 août 1686.

mande aura d'outrageant et d'humiliant pour sa fille, il adresse à Jean Lecamus, lieutenant civil au Châtelet, une requête pour que la justice fît informer. Il n'y avait, on le sent, qu'un moyen pour acquérir une conviction quelconque. La malheureuse fut obligée de se soumettre à la plus avilissante des investigations; elle dut subir, au mois de mai 1693, la visite de Bessière et de Passerat, deux chirurgiens du temps, dont les déclarations tournèrent, du reste, au triomphe de Catherine. Le chancelier Boucherat s'interposa entre les deux époux. La séparation fut prononcée, et Boislandry garda la maison, à la condition de faire une pension de huit mille francs à sa femme. Ils n'avaient pas d'enfants, heureusement : deux ans avant cet éclat, madame d'Aligre avait bien mis au monde une fille, mais cette dernière avait à peine vécu sept mois [1].

La malignité s'exerça de plus d'une sorte, en vers comme en prose, sur ces scandaleux débats ; sans un vaudeville qui courut par toute la ville, nous en serions même à savoir

[1] Jeanne-Élisabeth d'Aligre, née le 21 septembre 1691, morte le 2 avril 1692.

le premier mot de cette triste histoire à laquelle La Bruyère et Chaulieu se gardent bien de faire la moindre allusion :

> Pauvre petite Boislandry,
> Ne pleurez pas votre aventure;
> Grâce aux soins de votre mary,
> Pauvre petite Boislandry,
> La Faculté vous en assure,
> Pauvre petite Boislandry,
> Selon Bessière et Passerat,
> Rien n'est plus net que votre affaire...[1].

Madame d'Aligre redevenait sa maîtresse, mais elle achetait cher sa liberté ; car la considération d'une femme ne survit pas à de pareilles atteintes. Malgré l'assertion formelle de Chaulieu, l'on doute que ce soit elle qu'ait eu en vue l'auteur des *Caractères*. Bien que ce portrait ait été publié pour la première fois en 1694, dans la huitième édition, il est impossible que La Bruyère ne l'ait pas tracé avant ces déplorables débats, en admettant même, comme c'est l'avis de M. Walckenaër, qu'il eût été « mené plus loin que l'amitié. » A la fin de 1694, Chaulieu était l'amant déjà de madame d'Aligre, et l'austère mo-

[1] *Recueil de Chansons historiques* (Bibliothèque impériale. Manuscrits), t. VII, p. 427.

raliste, fort probablement, ne se fût pas constitué le champion d'une femme déconsidérée
et qui avait donné pleine raison à la médisance en prenant un de ces hommes dont
les amours ne sauraient être secrètes. Si La
Bruyère l'aima, c'est jeune fille, ou durant les
premiers temps de son mariage, alors qu'aux
yeux d'un observateur prévenu elle pouvait
plus ou moins ressembler à l'image séduisante
qu'il nous a tracée d'elle. Nous l'avons vu, le
grand faible de cette jeune femme, c'était le
talent, c'était l'esprit. Son père, pour être un
« ministre de Thémis, » n'en était pas moins
poëte ; il l'était si bien que, durant même un
procès qui n'eût pas dû lui laisser cette liberté
si nécessaire à l'inspiration, il échangeait des
madrigaux avec madame Deshoulières[1]. Catherine près de lui, au milieu de ses amis, prit
le goût des choses intelligentes, vers lesquelles du reste la poussait son propre penchant,
et sans doute, plus tard, les lauriers du poëte
préparèrent l'accès à Chaulieu dont les emportements furent ceux d'un jeune homme.

La défiance qu'inspirait sa légèreté ne fut

[1] Madame Deshoulières, *Œuvres* (Paris, 1764), t. I,
p. 167; t. II, p. 62, 63 ; Madrigal de M. Turgot de
Saint-Clair *Sur les réflexions morales;* Novembre 1693.

pas le moindre obstacle qu'il eut à vaincre; c'est du moins ce que semble indiquer la première pièce de vers qu'il lui adresse, la première en tous cas qui soit tombée dans nos mains. Ce petit morceau est intitulé : *Voyage de l'Amour et de l'Amitié*. L'Amour, qui a peur d'être mis à la porte, se fait escorter de l'Amitié, et grâce à cet incomparable auxiliaire, on lui ouvre, on lui fait accueil, on accepte le cœur que Vénus envoie. L'allégorie est transparente et l'on voit par quelle rhétorique Chaulieu réussit à vaincre les hésitations de sa maîtresse. Les derniers vers de l'envoi qui accompagne cette jolie pièce ont un accent sincère qui émeut comme tout ce qui est naturel et vrai :

> Puisse la nouvelle année
> Passer comme une journée,
> Ses jours comme des momens !
> Que du reste de nos ans,
> La course soit fortunée !
> Et que notre destinée
> Nous fasse, avec ces beaux jours
> Si doux, si dignes d'envie,
> Trouver la fin de la vie
> Dans la fin de nos amours[1] !

[1] Chaulieu, *Œuvres* (La Haye, 1777), t. II, p. 73; *Voyage de l'Amour et de l'Amitié envoyé pour étrennes à Madame****, *le premier jour de l'* 1695.

Ce dernier souhait ne devait pas être
exaucé, comme la plupart de ces souhaits de
l'amour auxquels la fragilité humaine vient
donner de si tristes démentis. Nous avons
dit quel âge avait Chaulieu. Jusqu'ici il ne
s'était pas aperçu du poids des années, il
pouvait se croire jeune : cette illusion n'allait pas tarder à lui être enlevée. Il était lié
depuis l'enfance avec le duc de La Rochefoucauld et l'abbé de Marsillac, son frère; il les
avait rencontrés au même collège, il s'était
fait aimer d'eux par l'agrément et la sou-
plesse de son humeur, et ceux-ci, non-
seulement lui ouvrirent leur maison, mais
encore furent ses introducteurs dans la
meilleure compagnie. Souvent Chaulieu allait
passer quelques jours de la belle saison, à
Liancourt, chez l'aîné. Au mois de juin de
cette même année 1695, il avait pu quitter
Versailles et accompagner son ami. Ce fut
durant ce séjour qu'il ressentit sa première
atteinte de goutte. La secousse fut rude; la
pièce de vers qu'il a composée sur cette première visite d'un mal qui devait de temps à
autre lui rappeler que nous sommes, avant
tout, le lot de la souffrance, nous initie à la
mélancolie passagère dont cette nature si

insouciante ne sut pas se garantir complète-
ment [1]. Ce moment d'abattement, il est vrai,
ne survécut pas à la douleur, et on le voit retrouver, avec la santé et l'usage de ses jambes, sa riante humeur, sa gaieté, sa folie et sa
maîtresse.

Rien n'indique cette transition entre l'*Ar-*
thénice de La Bruyère et la *Catin* de Chaulieu [2].

---

[1] Chaulieu, *Œuvres* (La Haye, 1777), t. I, p. 28 à 31;
Sur la première attaque de goutte que j'eus, en 1695.

[2] Dans le XVIe, au commencement même du
XVIIe siècle, les noms des plus hauts personnages
avaient un cachet de simplicité naïve qui dut singulièrement choquer l'afféterie de l'âge suivant:
ainsi Henri II s'appelait *Henriot*, Charles IX *Carlin*,
Catherine de Médicis *Catin*. Mais, après les violences de la Fronde, viennent les élégances de
l'hôtel de Rambouillet et des Précieuses. Madame de
Rambouillet avait pour prénom Catherine; le moyen
d'introduire un pareil nom dans un vers? Le vieux
Malherbe et Racan s'évertuèrent à lui chercher un
anagramme plus poétique et trouvèrent: *Arthénice*,
Eracinthe et *Carinthée*. Ce fut *Arthénice* qui eut la
préférence, et c'est sous ce nom qu'elle fut chantée
par tous les poëtes de son temps: il n'est pas jusqu'à
Fléchier qui ne l'appelle *Arthénice* dans l'oraison
funèbre de sa fille, Madame de Montausier (*Œuvres
complètes*, 1728, t. I, p. 9); et c'est pour réagir contre
cette manie devenue générale que Molière dans *les
Précieuses ridicules* (scène V), fait échanger à ses

Il y a pourtant un abîme entre elles. Mais
une heure suffit parfois aux femmes pour
franchir de telles distances. Madame de Boislandry, quant à elle, ne pouvait mettre un
intervalle plus grand entre ce passé si ré-
cent et sa vie présente. Cette femme « trop
modeste pour songer à plaire, » cette nature exceptionnelle qu'on pouvait « louer à
l'avance de toute la sagesse qu'elle auroit un
jour, » cette humeur réservée, « particulière
sans pourtant être farouche, » à laquelle il
ne saurait manquer que « ce qu'on appelle
un grand théâtre, pour y faire briller toutes
ses vertus, » cette femme enfin si sage, si

deux héroïnes leur nom de Cathos et de Madelon
contre ceux d'*Aminte* et de *Polixène*. Catin n'était
donc que le diminutif habituel et naturel de Catherine; ce mot n'était pas, comme aujourd'hui, pris
en mauvaise part, et Chaulieu pouvait désigner madame de Boislandry sous le nom de Catin ou de Cateau aussi bien que sous ceux d'Iris, de Lesbie, de
Cloris qu'il lui donne tour à tour. C'était en user
comme Ronsard et Marot, ses maîtres, dans leurs
« idylles gothiques. »—Boileau, *Œuvres* (édit. Saint-
Surin), t. II, p. 193.—Ménage, *Observations sur Malherbe* (2ᵉ édit.), p. 511. — Furetière, *Roman Bourgeois*
(Paris, 1666), p. 220.—Taschereau, *Histoire de la vie
et des ouvrages de Molière* (3ᵉ édit., 1844), p. 26, 220.

voisine de la perfection, est devenue mécon-
naissable dans les mains de Chaulieu : c'est
une prêtresse de Vénus et de l'amour, une
franche épicurienne, qui aime en toute audace, la coupe aux lèvres, et qui se plaindra, à
l'occasion, que le vin envoyé par l'abbé ne
mousse pas suffisamment [1]. Celui-ci ne saurait être heureux si ses amis ne partagent
pas son ivresse : le voluptueux La Fare se trou-
ve-t-il à Saint-Cloud avec Monsieur ; Chaulieu le supplie d'accourir et de lui donner le
plaisir d'être à table entre l'amour et l'amitié [2]. Il y a un ressouvenir charmant et tout
mélancolique de ces instants délicieux passés
entre sa maîtresse et ses amis, dans une sorte
d'élégie adressée à madame de Boislandry
au nom de mademoiselle de La Force (une
étrange personne encore), qui est selon nous
un petit chef-d'œuvre de sentiment, de grâce
et de naturel :

> Rappelle-toi tant de délicatesse ;
> De ses transports la piquante tendresse ;
> Ces repas si délicieux,
> Où le divin pouvoir qui partoit de tes yeux

[1] Chaulieu, *Œuvres* (La Haye, 1777), t. II, p. 99.
[2] *Ibid.* t. II, p. 98 ; *A M. le marquis de La Fare, pour
le prier de venir souper avec madame D*** et moi.*

Joignoit l'amoureuse ivresse
A celle de ce poison,
Qui, sans bannir la sagesse,
Sait étourdir la raison.
De nos amis, une agréable troupe,
Parmi les mets exquis et les vins délicats,
Du sel de leurs propos relevoit ces repas.
Le vin et les fleurs dans la coupe,
Ainsi qu'Horace, ainsi qu'Anacréon,
Il s'expliquoit sur plus d'un ton,
Passant subitement d'une aimable folie
Aux sublimes leçons de la philosophie [1].

Ces amours durèrent quatre années sans le moindre nuage [2]; mais ce devait être la limite extrême de la félicité de Chaulieu comme de la fidélité de sa maitresse. A dater de 1695, l'abbé, à chaque premier de l'an, envoie un bouquet poétique à madame d'Aligre; en janvier 1699, il n'y a rien de changé dans leurs sentiments, au moins dans les sentiments du poëte : il est toujours sous le charme et se croit toujours aimé. Mais l'année d'après, tout a bien changé de face, et le souci se mêle aux roses du bouquet :

Autrefois l'Amour vainqueur
Dans mon cœur,

[1] Chaulieu, *Œuvres* (La Haye, 1777), t. II, p. 225, 226.
[2] *Ibid.*, t. II, p. 88.

Aujourd'hui t'eût étrennée;
Mais il est mort l'autre année
De douleur [1]....

Au fond, la blessure fut saignante. Mais Chaulieu, le chantre de la volupté, de l'inconstance
et des amours faciles, jugea qu'il était un peu
tard pour prendre au sérieux ce qu'il avait
envisagé jusque-là d'une façon si frivole. La
peur du ridicule le retint sans doute, et il finit par se dire qu'il y avait autre chose à
faire qu'à endosser des vêtements lugubres
et se couvrir de cendre. Nous touchons à
la Régence et à ses roués ; il ne faut pas trop
s'étonner ni s'indigner si ce vieillard accueille
avec transport un expédient qui, tout en le
vengeant d'un rival, lui conserve un fantôme
de son bonheur passé. Malgré sa trahison,
madame d'Aligre était demeurée sous le
charme de cet esprit constamment aimable ; si ses sens l'avaient rendue infidèle,
son cœur était resté à Chaulieu et c'était
encore celui, des deux, qui était le plus
aimé. Ils se revirent, en cachette : le mystère, la nécessité de cacher la trahison, donnèrent à ce retour tout l'imprévu, tout le

[1] Chaulieu, *Œuvres* (La Haye, 1777), t. II, p. 74, 75, 76.

piquant, tout l'attrait de la première rencontre. C'était d'ailleurs une rare fortune
pour un vieillard de plus de soixante ans,
après une possession de cinq années, de triompher d'un adolescent de dix-sept ans à peine,
et il n'a garde de ne la pas célébrer avec une
ivresse débordante : ce n'est, en effet, que
dans les vers de l'abbé que nous trouvons
trace de cette très-peu édifiante aventure.
Madame d'Aligre aura été le grand amour de
sa vie, pas une phase, pas un incident petit
ou grand, heureux ou funeste, qui n'ait sa
mention poétique; aussi ce dernier succès est-
il raconté tout au long dans un petit conte en
style marotique : *Sur mon Rival qui me croyoit
brouillé avec ma Maîtresse pendant que j'étois
raccommodé avec elle* [1]. Chaulieu se fait aisément à sa nouvelle situation ; tout lui semble même pour le mieux, et il va jusqu'à
dire qu'il aimerait bien moins sa maîtresse
si elle lui était fidèle : moins de conformité
les unirait tous les deux [2]. Il trouvait d'ailleurs

[1] Chaulieu, *Œuvres* (La Haye, 1777), t. II, p. 118, 119.

[2] *Ibid.*, t. II. p. 82; *A madame D*** pour la prier de venir passer la soirée avec lui.*

le ragoût le plus vif à ces stratagèmes qu'il
fallait chercher pour donner le change au
jouvenceau. Ainsi, le jour de la fête de
madame de Boislandry, il lui envoie un bouquet qui devait tomber dans les mains de
celui-ci et où il proteste qu'il a renoncé à
l'amour et qu'il se contente désormais de
l'amitié. Mais, dès le lendemain il en dépêche
un autre où il déclare que sa résignation est
une feinte, qu'il l'aime autant que le premier
jour, et que, pourvu qu'il ait toujours une
place dans son cœur, « point ne lui chaut[1] ce
que le monde en pense[2]. » Ses amis eux-mêmes n'en pensaient pas trop de bien et
avaient essayé de l'enlever à une chaîne qui
sous tous les rapports était avilissante, et La

---

[1] Vieux mot qui signifiait autrefois *importer, avoir
soin.* (*Dictionnaire de Trévoux.*) C'est dans un pastiche
du style marotique que Chaulieu l'emploie. Cette
expression n'était plus de son temps et avait dis-
paru du langage écrit depuis plus d'un demi-siècle ;
nous la retrouvons encore à la date de 1649 dans une
lettre de Gui Patin : « Pour mon particulier, il ne
m'en chaut, celui-là ou tout autre.... » — *Lettres de
Gui Patin,* t. I, p. 147 (éd. de 1846). — Nous ne pen-
sons pas qu'on s'en soit servi beaucoup après.

[2] Chaulieu, *Œuvres* (La Haye, 1777), t. II, p. 122, 123.

Fare à leur tête, mais sans y réussir [1]. Ce qui
peut excuser Chaulieu, c'est qu'il chérit sa
maîtresse en dépit de tout, et lorsqu'il dit
que, s'il la garde, c'est qu'il ne l'aime plus
assez pour la quitter, il ment fort heureusement, sans donner le change à personne.

Nous avons eu déjà occasion de le faire remarquer, Chaulieu néglige les dates et met
ainsi fort en peine, quand il s'agit de la chronologie de certains faits. Ses bouquets, ses
madrigaux sont, grâce aux commentaires
dont il les accompagne, munis parfois d'une
date qui peut servir de fanal. Nous savons,
de la sorte, que ces étranges amours du-
raient encore en 1703 : il a la goutte et supplie sa maîtresse de le venir voir par pitié et
pour faire « une friponnerie [2]; » donc madame
de Boislandry menait, depuis près de quatre
années, cette double intrigue, sans que l'a-
mant dupé se doutât d'un cumul fort humiliant pour ses vingt ans. Celui-ci finit, toutefois,
par s'ombrager de ce commerce persévérant et
exiger, à ce qu'il semble, la cessation de leurs
rapports. Madame d'Aligre avait au bord de

[1] Chaulieu, *Œuvres* (La Haye, 1777), t. II,
p. 102.
[2] *Ibid.* t. II, p. 100, 101.

la Seine, au riant village d'Athis, une charmante maison de plaisance où il la confina
et la tint en charte privée. A mesure que
Chaulieu descendait l'échelle de la vie, son
rival la montait et devait finir par avoir le
dessus. Le jouvenceau avait grandi, il était
devenu un beau cavalier qui, s'il n'était pas
poëte, avait toutes les qualités qui font qu'on
arrive auprès des femmes, comme il le prouva bien dans la suite. Ces arrangements ne
pouvaient se faire, après tout, que du plein
gré de madame d'Aligre qui, par sa fortune,
était indépendante et n'avait à céder qu'à
son propre entraînement. Fût-ce alors que
Chaulieu, au comble du dépit, blessé au vif
par cette seconde défection, laissa déborder
l'amertume qu'il avait sur le cœur avec un
excès qui lui aliéna la coupable ? L'outrage
eût-il lieu après la découverte d'une première
trahison ou après ce dernier abandon ? C'est
ce qu'il serait assez malaisé de préciser. Quelques incidents de la lettre qu'il adressa à l'offensée nous feraient croire, toutefois, que ce
fut lors de la retraite de madame d'Aligre à
Athis.

« .....Je ne puis relire, lui écrit-il, le *Voyage
de l'Amour et de l'Amitié,* qui rendra votre nom

et le mien immortels, sans que tous les torts
que nous avons tous les deux sur l'Amitié,
ne s'élèvent contre nous. Convenez des vô-
tres, je conviendrai des miens ; mais pourquoi les mettre au pluriel ? Je n'en eus de
de mes jours qu'un avec vous. Je suis fort
colère, vous le savez ; j'étois encore fort
amoureux, vous le méritez : ma bouche laissa aller quelques paroles aux Tuilleries l'été
passé, que l'on vous rapporta, dont mon cœur
ne fut jamais complice. Quoiqu'il en soit, je
suis prêt de vous en demander pardon à genoux. Rendez-moi votre amitié, je vous re-
donne toute la mienne.... Malgré toutes nos
fantaisies, pouvons-nous jamais avoir le cœur
fait pour nous haïr ? Ou la bonté du vôtre est
bien changée, ou vous serez touchée de mes
sentimens et de mon repentir... Bien loin
d'insulter au chagrin et aux déplaisirs que
vous avez si cruellement essuyés, et que
vous méritiez si peu, j'ai partagé vos ennuis,
je vous ai plainte, et j'ai condamné les mou-
vemens secrets de vengeance, qui pouvoient
bien me faire quelque plaisir ; mon cœur
s'est trouvé trop vengé, parce que je vous ai
trouvée trop malheureuse. *Soyons amis, Cinna,
c'est moi qui t'en convie.* Je n'ai pu refuser à

cette sensibilité, qui fait toute ma gloire, de faire les premiers pas. Répondez-y, je vous en conjure : quelques sentimens que vous ayez, cela ne les blessera en rien. Vous me devez une amitié éternelle, avant qu'aucun autre sentiment vous ait pu engager dans d'autres liens[1]. »

Nous restons dans une certaine incertitude sur l'incident qui dicta cette lettre comme sur l'époque précise où elle fut écrite. Chaulieu fait allusion à des malheurs récents, dont M. Walkenaër croit avoir découvert le secret. « Il paraît, nous dit-il, d'après la suite de cette lettre, que pour la lui écrire, Chaulieu avait choisi le moment où madame d'Aligre était dans le chagrin, parce que Lassay épousait mademoiselle Julie, une fille naturelle du prince de Condé. Il y avait déjà quelques années que le marquis de Lassay s'était fait aimer de madame d'Aligre, car l'intitulé de l'épitre que Chaulieu a écrite au nom de mademoiselle de La Force est adressé à madame d'Aligre de Boislandry, *qui avoit quitté l'abbé de Chaulieu pour le marquis de Las-*

---

[1] Chaulieu, *Œuvres* (La Haye, 1777), t. II, p. 195. 196, 197.

say alors fort jeune... [1]. » Mais c'est précisément l'intitulé de cette pièce qui eût dû éclairer M. Walkenaër, et qui rend l'erreur plus flagrante. Sans doute, c'est pour M. de Lassay que madame de Boislandry trompa Chaulieu ; sans doute, Lassay fut le rival avec lequel l'abbé se vit contraint de partager une conquête si longtemps son bien exclusif ; mais il ne fallait pas confondre le père avec le fils. Le marquis de Lassay dont nous avons raconté les poétiques amours et le mariage romanesque, avait en 1700 quarante-huit ans, et l'on n'est plus alors un enfant. Quant à son fils, né en 1683, il méritait à juste titre une pareille qualification, puisqu'au commencement du xviiie siècle, il avait au plus dix-sept ans [2]. M. Walkenaër n'hésite pas davantage lorsqu'il s'agit de trouver la cause mystérieuse des chagrins de madame d'Aligre. En supposant qu'il n'eût pas fait confusion à l'égard de l'amant, cette explication n'en serait pas moins inadmissible ; car ce ne fut que dans le courant de 1699 que

[1] La Bruyère, *Caractères* (édit. Walkenaër), p. 725; *Remarques et éclaircissements.*

[2] La Chesnaye-des-Bois, *Dictionnaire de la Noblesse,* t. VIII, p. 497; t. IX, p. 291.

madame de Boislandry commença à se détacher de Chaulieu : la jeune femme n'aurait donc pas eu à pleurer la perte d'un galant dont le mariage eut lieu en 1696, trois ans avant de le connaître. Si la vraie cause des ennuis de l'inconstante Catherine fut le mariage de Lassay, mais de Lassay fils, il faut faire remonter la lettre que nous avons citée à l'année 1711, époque où son amant épousa Reine de Médaillan de Lesparre, sa tante, une tante fort jeune, il est vrai, et dont il était, toutefois, l'aîné d'une année [1].

L'amant de madame d'Aligre était le fils de cette Marianne dont l'honnêteté, le désintéressement avaient enfin trouvé leur récompense dans une union bien au-dessus de sa condition, si elle était au-dessous de celle qui, un instant, lui avait été offerte. L'on est déjà loin de ces temps, et bien des années et des événements se sont écoulés depuis lors. Nous avons vu les deux époux quittant la cour, et allant s'enterrer dans une terre où ils se firent vite oublier. Lassay, tout épris qu'il fût, finit pourtant par rougir de son in-

---

[1] Sa mère, Thérèse de Rabutin, était fille du fameux Bussy.

action ; sa place n'était pas honorablement
là quand on se battait de tous côtés, et, d'a-
près ce que nous connaissons de l'élévation
de Marianne, celle-ci l'en fit ressouvenir plutôt qu'elle n'essaya de le retenir près d'elle.
Il partit, et il nous apprend lui-même qu'il
assista à la prise de Valenciennes [1]. Il figura
également au siége de Cambrai, et ne regagna
ses foyers, comme les autres, qu'à la paix
qu'assura, en 1678, le traité de Nimègue. Loin
de nuire à leur affection, cette séparation n'a-
vait fait que grandir les sentiments de tendresse et d'estime que ces deux êtres s'inspi-
raient mutuellement. Tout concourait donc
à rendre plus terrible le coup qui frappa Lassay peu d'années après. Ce fut de sa part un
désespoir, un emportement de douleur, un
dégoût de l'existence inexprimables. « Dieu
a rompu, s'écrie-t-il, la seule chaîne qui m'at-
tachoit au monde ; je n'ai plus rien à faire
qu'à mourir [2]... » Toute sa vie était dans cet
amour, cet amour lui échappe , sa vie est
sans but comme sans avenir possible. « J'a-

---

[1] Lassay, *Recueil de différentes choses*, 1re partie, p.
49; 19 mars 1677.
[2] *Ibid.*, 1re partie, p. 51.

vois plus d'amour-propre que personne, dit-
il encore; après mille combats cruels, je l'a-
vois sacrifié à une passion fondée sur une
longue connoissance et une estime parfaite ;
enfin j'avois épousé cette chère femme ; depuis elle m'avoit fait sentir que le bonheur
de vivre avec elle étoit bien préférable au
bien, à la fortune, et qui plus est, aux juge-
mens que le monde pouvoit faire de moi, et
le seul repentir que j'avois connu depuis notre mariage étoit celui de ne l'avoir pas épousée assez tôt : enfin je menois une vie mille
fois plus heureuse qu'une plus éclatante,
quand cette personne jeune, pleine de santé
en apparence, ne vivant que pour moi, m'est
arrachée ; elle meurt entre mes bras, et en
mourant elle ne songe pas seulement à la vie
qu'elle perd, elle n'est occupée que de mon
affliction et ne regrette que moi. Les hommes ne se consolent point de douleurs comme
la mienne.... [1]. »

Lassay n'est plus qu'un corps sans âme
et sans ressort. Il repousse tout soulage-
ment, il appelle la mort. A vingt-six ans,
c'est devancer l'heure de beaucoup, et l'é-

[1] Lassay, *Recueil de différentes choses*, 1re partie,
p. 55, 56, 57.

23.

poux de Marianne, qui mourra à plus de
quatre-vingts ans, aura le temps de se consu-
mer dans la tristesse et dans les larmes. Il
y avait beaucoup d'exaltation au fond de ce
chagrin très-sincère. Lassay s'installe à la
porte des Incurables, se confine dans une
retraite « charmante, » dit Saint-Simon, où il
mène la vie la plus édifiante. Quand on n'at-
tend plus rien de la terre, l'on se retourne
vers le ciel ; il se fait dévot sans penser qu'il
pût, un jour où l'autre, regarder en dehors
de cet étroit et mystique horizon. Que l'on
prenne de tels partis avec la persuasion de
tenir ferme, l'amour-propre, le dépit de
donner un démenti à des résolutions décla-
rées à la face de tout le monde et avec
cet éclat, peut un moment faire persister
dans un genre de vie en si grande opposition
avec ces besoins d'activité dévorante de la
jeunesse ; mais enfin, l'ennui finit par être
le plus fort, et, toute honte bue, l'on reprend
sa part du soleil et de l'espace. Il n'y avait
qu'une façon de faire excuser cette sorte de
parjure, c'était de s'élancer chevaleresque-
ment dans ces hasards qui vous sauvent du
dédain, s'ils ne sont pas faits pour vous conquérir le renom d'homme sensé. La guerre

s'était rallumée de nouveau entre l'Empereur
et le Turc, et le jeune marquis pensa, non
sans raison, que ce qu'il avait encore de mieux
à faire c'était de grossir le nombre de ceux
qui allaient guerroyer contre ces implacables
ennemis du nom chrétien. C'est, au surplus,
ce qu'il expose avec beaucoup de sens et de
logique, à son départ, dans une lettre à la
maréchale de Schomberg. « Ecoutez-moi, s'il
vous plaît, madame, avant que de me condamner ; voici mes raisons : demeurer aux *Incura-*
bles sans dévotion, être à *Paris* sans voir le roi,
porter une épée à mon côté, sans aller à la
guerre, passer ma vie avec des femmes, sans
être amoureux d'aucune, étoit une vie qui
me rendoit trop ridicule à mes yeux, pour
que je la pusse supporter plus longtems. De
plus si vous sçaviez combien je suis malheureux, je crois que vous me pardonneriez d'aller chercher, ou la fin de mes maux, ou du
moins quelque distraction à ma douleur ;
la personne que j'ai perdue est aussi présente à mes yeux que le premier jour, et la
vie aussi insupportable sans elle ; j'ai vécu
longtems seul ; j'ai connu depuis que c'étoit
une chimère d'espérer d'y pouvoir vivre toujours : j'ai cherché quelque amusement, et

j'ai vu du monde ; j'ai été désapprouvé et je
n'ai pas été moins malheureux : on traitera
encore ce voyage ici de folie, je le sçai, on dira
qu'il ressemble au reste de ma vie; mais ayant
été blâmé, ce dernier blâme blesse moins
mon amour-propre... » Pour cette fois, Lassay était dans le vrai, et cette lettre où se
trouve l'accent d'un ennui et d'un chagrin
navrants, fait comprendre et excuser un parti
qui, à le bien prendre, était son seul refuge.
« A l'égard du roi, ajoute-t-il, je ne me fais
pas l'honneur de croire qu'il fasse aucune
attention à moi, et si par hasard il y songe
un moment, il ne sçauroit trouver ni mauvais, ni extraordinaire qu'un homme qui est
assez malheureux pour lui avoir déplu, aille
en *Pologne,* en *Hongrie,* à la mort[1]. » Le seul
crime de Lassay, c'était de s'être démis de sa
place d'enseigne des gardes. Mais Louis XIV,
qui ne comprenait point qu'un gentilhomme
rêvât un plus grand avenir qu'un emploi auprès de sa personne, était implacable pour
ceux qui avaient quitté son service, comme
nous l'avons dit déjà à l'égard de La Fare.

---

[1] Lassay, *Recueil de différentes choses,* 1re partie,
p. 69 à 72.

Lassay ne fut pas le seul que tentèrent les hasards de cette expédition lointaine. Les deux jeunes princes de Conti, entre autres, tourmentés du démon des aventures, ne virent là qu'une occasion de se signaler et de conquérir de la gloire. Ils arrivèrent en fugitifs à l'armée de l'Empereur commandée par l'électeur de Bavière et le duc de Lorraine, le neveu de ce duc de Lorraine qui avait failli épouser Marianne. Lassay rejoignit les deux princes français à Augsbourg, au mois de mai 1685. Ce n'est pas le lieu d'entrer dans les détails de cette campagne, d'ailleurs fort courte, puisque MM. de Conti repartaient pour la France à la fin d'août. Le marquis, pour sa part, a laissé une relation raisonnée de cette expédition de Hongrie dans une suite de lettres au maréchal de Bellefonds, dont un historien devra tenir compte [1]. Nous y renverrons le lecteur. Il était encore au camp devant Presbourg, le 30 septembre; mais il ne tarda pas à le quitter et se trouvait, dès le 15 du mois suivant, à Vienne, où il fut reçu avec distinction par l'Empereur.

[1] Lassay, *Recueil de différentes choses*, 1re partie, p. 100 et suiv.

Rien ne le pressait de retourner en France où il était désormais déclassé, il était complétement libre d'un temps qu'il n'enlevait à aucune charge, à aucun devoir; il prit son vol vers l'Italie. Les aventures ne lui manquèrent pas. Nous le voyons s'installer un moment à Bagnaia près Viterbe, dans une villa enchantée qu'avait mise à sa disposition une princesse romaine avec laquelle il nous semble au mieux [1].

Mais cette intrigue, si elle alla plus loin qu'un certain commerce sentimental, ne dura guère, et ne devait être que le prélude d'un roman plus sérieux et qui, vu le caractère et l'importance des acteurs mis en scène, eût pu tourner au tragique. Il faut croire qu'une main invisible nous place, chacun, dans le milieu le plus propre à mettre en relief nos instincts caractéristiques. Lassay était né pour être singulier; aussi les circonstances les plus singulières viennent-elles se poser d'elles-mêmes sur sa route, non celles qui font les héros, il n'était pas taillé pour en être un, mais celles qui constituent

[1] Lassay, *Recueil de différentes choses,* 1re partie, p. 257.

les personnages romanesques. Il va en Italie,
quoi de plus simple qu'il s'éprenne d'une
Italienne ? Mais, au rebours de la vraisemblance, si le théâtre est italien, c'est tout ce
qu'il y aura d'italien dans cette bergerie pé-
rilleuse. L'amoureux est un marquis de la
cour de Louis XIV ; la maîtresse, une fille de
la blonde et rêveuse Germanie, une Alle-
mande, pour tout dire. Il est vrai qu'au sang
germain se mêlait le sang français et que, de
ce mélange, devait résulter un être séduisant
dans ses disparates, mais que son humeur
originelle, l'indépendance de son éducation
allaient jeter dans toutes les infortunes d'une
vie dévoyée. A part ce qui regarde Lassay, il
y a là quelque chose qui appartient trop à
l'histoire de la société française de ce temps
pour que, l'occasion se présentant, nous n'en-
trions pas dans de certains détails d'un incontestable intérêt.

VII

Le prince Georges-Guillaume de Brunswick,
duc de Zell et de Lunebourg , voyageant en

24

Hollande, rencontra à la Haye[1], chez la princesse de Tarente[2], une jeune fille dont la
beauté, la décence, l'esprit doublé d'une in-
struction qui allait jusqu'à l'érudition, firent
sur lui une vive impression. Eléonore d'Olbreuse, issue d'une famille de gentilshommes
protestants du Poitou, naquit, en 1638, au
château d'Olbreuse, près d'Usseau, entre Niort
et la Rochelle[3]; la princesse l'avait recueillie
et lui servait de mère. Sans beaucoup de fortune, elle paraissait destinée à vivre et à
mourir dans cette domesticité des grands seigneurs qui était alors l'asile de la noblesse
pauvre. En tout cas, rien ne pouvait lui faire
pressentir l'avenir brillant qui fut le sien.
« Elle aurait regardé comme un bien grand

[1] Pomponne, *Mémoires* (Paris, 1860), p. 339.—*L'Histoire secrette de la duchesse d'Hanover* (Londres, 1732)
veut que ce soit à Bréda. En définitive, il est peu
vraisemblable que ce soit en France, comme l'ont
prétendu quelques historiens.—*Biographie Michaud*
(supplément), t. LXXVI, p. 60.

[2] Émilie de Hesse, fille de Guillaume V, land-
grave de Hesse-Cassel, femme de Henri-Charles de
La Trémouille, prince de Tarente et duc de Thouars.

[3] Elle était fille d'Alexandre Desmiers et de Jac-
quette Poussart du Vigean, dame des Forts.— La
Chesnaye-des-Bois, *Dictionnaire de la Noblesse*, t. V,
p. 582.

bonheur, disait la seconde duchesse d'Orléans,
si intraitable en fait de mésalliances, d'épouser le père d'un des premiers valets de chambre de Monsieur, qui remplissait alors cette
charge. Dans cette position, on peut apprendre
à être charitable, mais non à s'associer avec
des familles princières[1]... » Le duc de Zell,
charmé des grâces modestes, de l'esprit
orné, du savoir, et tout autant de la beauté
de la jeune fille, la demanda à madame de
Tarente pour la placer auprès de ses enfants;
le prince était marié et sa femme ne mourut
que plus tard. Ce fut alors qu'il l'épousa de
la main gauche, ce moyen tout allemand
de satisfaire aux exigences du cœur en même
temps que de la morale, sans avilir par un
mariage inégal la majesté de la souveraineté[2].

---

[1] La duchesse d'Orléans, *Correspondance complète*
(Charpentier, 1855), t. II, p. 57, 58, 246. — Au moins
Éléonore sortait-elle d'une des plus anciennes familles de la province et était-elle nièce d'Alexandre
de Soubise, si fameux dans les guerres religieuses
sous Louis XIII. — Le père Buffier, *Introduction à
l'Histoire des maisons souveraines de l'Europe* (Paris,
1717), t. II, p. 257, 258.

[2] Le duc de Zell avait, à une autre époque, voulu
épouser de la main gauche une des sœurs du comte
de Warfusée, qui avait refusé d'être sa femme à

Il n'en était arrivé là sans doute que pour
n'avoir pu obtenir des conditions moins rudes.
Pour vaincre les scrupules, il avait fait briller
l'or aux yeux de mademoiselle d'Olbreuse,
qui repoussa les cent mille écus dont on eût
payé son déshonneur[1]. Que ce fût honnêteté

une condition humiliante pour une fille qui tenait
à la maison de Bavière.—Amelot de La Houssaie,
Mémoires historiques, politiques, critiques et littéraires
(Amsterdam, 1737), t. III, p. 208.

[1] Nous avons dans toute cette histoire à choisir
entre les versions les plus contradictoires. M. de Malesherbes, qui a laissé quelques pages sur l'épisode
tragique de Sophie-Dorothée, raconte les choses
bien autrement. Subjugué par la beauté et les charmes d'Eléonore, le duc de Zell se fût déterminé à
lui proposer de l'épouser. « Depuis son départ, mademoiselle d'Olbreuse avait eu la petite vérole et en
était marquée, elle répondit au prince que les agréments qui avaient pu le séduire n'existant plus,
elle se croyait obligée à renoncer à un si grand honneur. Cette réponse ne fit qu'enflammer le duc de
Zell ; il lui manda que ce qui l'avait touché en elle
était moins sa figure que son caractère, son esprit,
ses vertus ; qu'un sentiment tel que celui qu'elle lui
avait inspiré ne pouvait être affaibli par les ravages
de la petite vérole ; enfin il lui peignait sa passion
dans des termes assez touchants pour dissiper tous
les scrupules. Elle partit pour Zell, où le mariage
fut célébré. »—*France littéraire* (2ᵉ série, 1837), t. II,

ou manége (comme le pense peu charitable-
ment le marquis de Pomponne), cette résistance, qu'il ne fallait pas espérer de vaincre,
eut l'effet qu'on en devait attendre sur une
nature ardente et passionnée : le duc se décida à un parti auquel le poussèrent, dans
leur propre intérêt, son frère, l'évêque d'Osnabruck, et la princesse sa femme, « car, dit à
ce propos un grand seigneur allemand qui a
écrit des mémoires dans notre langue, les lois
de l'Allemagne sont, qu'un prince de maison
souveraine ne peut épouser qu'une princesse
ou comtesse. S'il épouse une simple demoiselle, il se mésallie, sa femme ne porte point
son nom, et les enfants qui naissent d'un tel
mariage ne sauroient succéder, à moins que
l'Empereur ne déclare la mère princesse,
comme il le fait ordinairement en faveur des
princes d'ancienne maison[1]. » La fortune

p. 71.—Malesherbes tenait ces renseignements de
M. Blondel, résident à Hanovre, qui les tenait lui-
même de la comtesse de Platen, belle-fille de la
fameuse comtesse de Platen. Mais bien des années
déjà s'étaient écoulées depuis lors, et l'on sent que
le romanesque a envahi la tradition.

[1] Le baron de Pollnitz, *Mémoires* (Amsterdam,
1735), t. I, p. 72.

d'Eléonore se fût bornée, en effet, à cette situation mixte, mais parfaitement acceptée, si les enfants du premier lit ne fussent point venus à mourir. L'envie de faire souche et, probablement, tout autant le désir d'élever jusqu'à lui une femme digne, par ses qualités et son attachement, d'une telle faveur, amenèrent le duc de Zell à convertir cette union toute intime en un mariage de la main droite[1]. Mademoiselle d'Olbreuse prit le titre de madame d'Harbourg, une petite ville sur l'Elbe, vis-à-vis de Hambourg, dans le duché de Lunebourg, jusqu'au moment où l'empereur Léopold, malgré les brigues et les oppositions de la famille, en reconnaissance des services que lui avait rendus le duc dans la guerre contre les Turcs, reconnut celle-ci princesse par un diplôme de l'empire qui donnait du même coup un état aux enfants nés et à naître de ce mariage longtemps clandestin[2].

Le XVIIe siècle a été, avant tout, le siècle

[1] 1665.—La Chesnaye-des-Bois, *Dictionnaire de la Noblesse*, t. V, p. 582.—Saint-Simon, *Mémoires* (Chéruel), t. XIX, p. 309.

[2] *Lettres inédites des Feuquières* (Paris, 1845), t. IV,

des femmes. Si la grandeur de madame de Maintenon est celle qui vient la première à la pensée, si elle fait oublier les autres, l'élévation de mademoiselle d'Olbreuse, quoique plus modeste quant au théâtre, eut de bien autres résultats, et laissa loin derrière elle la condition de cette épouse d'un roi qui ne fut reine qu'à Saint-Cyr et ne réussit jamais à faire avouer ce mariage de conscience. Il est vrai qu'elle n'en régna pas moins despotiquement sur le premier roi du monde, tandis que celle que nous ne voulons d'aucune sorte lui opposer ne fit subir son influence que dans une petite cour d'Allemagne. Mais les descendants de cette fille de pauvres gentilshommes poitevins devaient occuper deux des plus beaux trônes de l'Europe (le grand Frédéric n'est autre que l'arrière-petit-fils d'Eléonore d'Olbreuse), et, loin de donner le change sur leur origine, nous voyons ces princes se faire adjuger le médiocre héritage : hâtons-nous d'ajouter que les revenus en étaient intégralement distribués à leurs parents du Poitou. Cela dura jusqu'en 1728. Alors les deux cohéritiers,

p. 3. Lettre de M. Rousseau à M. le marquis Isaac de Feuquières ; à Hanovre, le 28 avril 1676.

Georges II, roi d'Angleterre, duc de Brunswick et de Lunebourg, et la reine de Prusse, Sophie-Dorothée, autorisée du roi son mari, Frédéric-Guillaume Ier, s'entendirent pour abandonner à leur plus proche cousin une terre qu'il possédait déjà de fait[1].

Georges-Guillaume s'était pris d'une belle passion pour notre langue, nos mœurs faciles, notre politesse. Disons aussi que sa tendresse pour Eléonore n'avait fait qu'accroître un goût qui alla jusqu'à l'engouement. Sa cour était peuplée de Français à l'égard desquels

[1] Ce cousin avait nom Prévost, chevalier, seigneur de Huguemont, et était ancien capitaine de dragons. Il fallait le consentement du roi de France, qui, d'ailleurs, n'avait nulle raison de s'opposer à la donation ; M. de Huguemont, cette formalité remplie, retenu par l'âge et les infirmités sans doute, remit ses pleins pouvoirs à son parent Louis-Armand Prévost d'Olbreuse, mestre de camp d'infanterie, connu sous le nom du beau Œloriet, et le contrat fut passé devant un notaire de Paris, le 21 mai 1729. Les actes de donation des deux rois étaient, l'un du 23 novembre, l'autre du 14 décembre 1728. Il n'était pas sans intérêt de rappeler la romanesque origine des deux familles qui, à l'heure qu'il est, tiennent le sceptre de la Grande-Bretagne et de la Prusse. Et nous oubliions encore de mentionner le Hanovre gouverné par un descendant aussi d'Éléonore Desmiers.

il en usait avec une rare munificence ; le crédit, la considération et les emplois étaient
pour eux au détriment et un peu, conséquemment, à la désapprobation des sujets du
prince. « On m'a conté, écrit le baron de
Pollnitz, que ces François se croyoient si bien
chez eux, qu'il y en eut un qui, se trouvant à
dîner avec le duc, remarqua que de douze
qu'ils étoient à table, il n'y avoit que le prince
qui ne fût point François : *En vérité, monseigneur,* dit-il, adressant la parole à son maître,
*ceci est assez plaisant : il n'y a ici que vous
d'étranger*[1]. » Chevreau, qui séjourna un
instant à Zell, en 1665, se loue de la liberté
et des égards dont on y jouissait[2]. Gourville,
durant son exil, avait eu occasion de se lier
avec le prince, bien avant que la principauté
lui fût échue, et il connaissait à fond les aventures et les intrigues de cette petite cour où
les protestants, on le comprend, étaient en
majorité. La noblesse du Poitou y était venue
chercher un abri contre la persécution, près de

[1] Le baron de Pollnitz, *Mémoires* (Amsterdam,
1735), t. I, p. 74, 75.
[2] Chevreau, *Œuvres mêlées* (La Haye, 1697), p. 92 ;
Lettre à M. Mirosini, 29 avril 1665. — *Chevræana*
(Paris, 1697), 1re partie, p. 125, 126.

cette nouvelle Esther, et Gourville nous parle, entre autres, d'une beauté poitevine, mademoiselle de La Marseillère, fort au gré de M. de Waldeck ; il nous apprend qu'il y avait à Zell une troupe de comédiens français qui fut mise à la disposition de la reine de Suède tout le temps qu'elle passa à Hambourg [1]. L'on était pour eux plein de soins et d'égards ; aussi Montfleury dédiait-il *le Gentilhomme de Beauce* aux princes de Brunswick pour la protection et les bienfaits dont ils avaient honoré une partie de sa famille [2]. Les fêtes données par

[1] Gourville, *Mémoires* (Michaud et Poujoulat), t. XXIX, p. 549.—Cette troupe n'était pas, comme on pourrait le croire, composée de comédiens de campagne ; elle avait été recrutée parmi nos meilleurs artistes. Ainsi la Beauchamp, surnommée la *belle brune*, qui avait créé le rôle de *Rodogune*, et pour laquelle le cardinal de Richelieu avait fait les frais « d'un habit magnifique à la romaine, » faisait partie de la troupe des comédiens du duc et mourut même à Zell. Son mari, très-amusant dans les travestissements, avait dû l'y accompagner ; ce qui est d'autant plus probable que la Beauchamp n'avait refusé d'entrer à l'hôtel de Bourgogne que parce qu'on ne voulait donner à celui-ci que demi-part. — *Mercure de France*, mai 1740, p. 815.

[2] Montfleury fils, *le Gentilhomme de Beauce* (Christophe David, Paris, 1705), t. II. p. 371, 372, 373.

ces princes étaient copiées sur les nôtres, et nous trouvons dans la *Gazette* de Robinet le récit fort étendu de l'une d'elles, d'une somptuosité, d'une magnificence que l'on s'étonne de rencontrer dans ces petites cours d'Allemagne [1].

Cet amour du plaisir semblait annoncer plus de politesse que de vertus militaires, et le baron de Ridal pouvait écrire avec beaucoup d'apparence : « M. le duc de Zell est un prince qui aime ses aises, pacifique, et qui a fait plus de campagnes aux carnavals de Venise qu'à la guerre [2]... » Il en avait fait une déjà en Alsace contre Turenne, qui l'avait taillé en pièces, il est vrai [3]; et, quelques mois après ce jugement de M. de Ridal, il en faisait une seconde, non plus, malheureusement, contre Turenne qui l'eût battu derechef, mais contre le maréchal de Créqui qu'il battit à Consarbruck, comme on n'avait guère accoutumé de nous battre alors [4]. L'humiliation était

[1] *Gazette* de Robinet, 23 mars 1669.

[2] *Lettres inédites des Feuquières* (Paris, 1845), t. III, p. 176. Lettre de M. le baron de Ridal à M. le marquis Isaac de Feuquières; à Haremberg, le 22 février 1675.

[3] A Ensisheim, en 1674.

[4] « Voici la nouvelle du jour : Le roi vient de

double de s'être laissé mener de la sorte par des gens qui, comme le disait Louis XIV, n'avaient jamais joué qu'à la bassette[1]. Au reste, le duc de Zell et l'évêque d'Osnabruck n'étaient pas tellement les ennemis de la France que celle-ci ne pût entrer en arrangement, moyennant finances, avec ces petits princes toujours endettés, et la paix se fit plus tard, grâce à l'intervention sympathique de la duchesse qui n'avait pas oublié qu'elle était Française[2]. Elle était mère, elle avait une

dire que le duc de Zell ayant assiégé Trèves, et le maréchal de Créqui s'étant acheminé pour y aller, ce duc avoit quitté le siége, brûlé son propre camp, passé la rivière sur trois ponts, chargé en flanc et battu le maréchal de Créqui, pris son canon et son bagage, l'infanterie défaite et la cavalerie dans un désordre incroyable.... » — Madame de Sévigné, *Lettres* (éd. Monmerqué), t. III, p. 395. Lettre de madame de Sévigné à madame de Grignan ; à Versailles, mardi 13 août 1675, à minuit.

Ibid., t. III, p. 405. Lettre de madame de Sévigné à madame de Grignan ; à Paris, le lundi 19 août 1675.

[2] Le comte de Rebenac écrivait à M. de Pomponne : « Oserois-je vous faire ressouvenir, monseigneur, du présend que Sa Majesté a promis à madame la duchesse de Zell? S'il estoit prest, je crois qu'il seroit plus à propos présentement que jamais. » A Zell, le 7 avril 1679.) Cette bienveillance de la

fille à laquelle l'héritage paternel pourrait
être contesté, et notre protection ne laissait
pas d'être pour l'avenir un grand motif de
sécurité. Des ouvertures furent faites pour
l'établissement de cette enfant en France :
on se fût accommodé du prince de La Ro-
che-sur-Yon qui fut, après la mort de son
aîné, le prince de Conti; on se rabattit
sur le duc de Vendôme, et enfin sur un
prince de la maison de Lorraine [1]. La diffé-
rence de religion était un obstacle naturel, à

cour pour la duchesse se manifesta dans l'indulgence dont sa famille du Poitou fut l'objet lors des
persécutions religieuses. La maison des d'Olbreuse
devint pour le parti un asile que l'on respecta longtemps. « Le roi, mentionne Nicolas Foucault dans
ses Mémoires inédits, n'a pas voulu qu'on envoyât
de gens de guerre chez M. d'Olbreuse, frère de madame la duchesse de Lul.... » (Novembre 1685.) Mais
la révocation de l'édit de Nantes ne permit pas
davantage une tolérance d'un exemple dangereux.
M. et madame d'Olbreuse, appelés à Paris, obtinrent, ce qui était déjà un acte de rare clémence, de
quitter le royaume, et ils allèrent à Zell, où ils furent reçus par leur beau-frère, les bras ouverts.
—*Journal de Jean Migault* (Paris, 1825), p. 60, 83 et
suiv., 106.

[1] Marquis de Pomponne, *Mémoires* (Paris, 1860),
p. 355, 356.

moins de l'abjuration de la jeune princesse, et Louis XIV ne répondit à ces avances qu'en offrant ses bons offices pour ménager un établissement avec le roi de Suède. Le duc de Zell ne se montra pas lui-même très-empressé de donner suite à des propositions qui tendaient pourtant à poser une couronne sur la tête de sa fille ; il est vrai qu'il était fort question alors du mariage du prince scandinave avec la princesse de Danemark, et que la négociation avait peu de chance d'aboutir.

Ce n'étaient pas aussi les seuls obstacles à une union à laquelle la France n'attachait d'ailleurs aucune sérieuse importance. « On dit fort, écrit M. de Rebenac (celui-là même qui avait mission de sonder le duc à cet égard), que le mariage de la princesse de Zell est résolu avec le fils du prince Antoine de Wolfenbuttel, qui est à Paris. M. de Zell m'a dit présentement que ce n'étoit point encore une affaire faite, mais qu'il y avoit de l'apparence ; ce qui fait, Sire, que si on continue d'avoir en Suède quelque pensée pour ce mariage, il seroit temps de se déterminer[1]... » Ce prince n'était que le se-

---

[1] *Lettres inédites des Feuquières* (Paris, 1845), t. IV, p. 357. Lettre de M. le comte de Rebenac à Louis XIV ; à Zell, le 3 avril 1679.

cond fils du duc de Wolfenbuttel. Déjà, trois
ans avant cette lettre de M. de Rebenac,
l'aîné, Auguste-Frédéric, jeune homme de
grande espérance, avait été fiancé avec sa
cousine Sophie-Dorothée [1]. Par malheur,
blessé à la tête d'un régiment de l'Empereur, au siége de Philippsbourg, le 19 août
1676, il succomba trois jours après[2]. Sa fiancée n'avait guère plus de dix ans alors, étant
née le 15 février 1666; elle n'en avait donc
que treize, lorsqu'on songea à lui donner
son autre cousin, qui en avait dix-sept. Ces
projets, en tout état de cause, devaient
èn demeurer là : Auguste-Guillaume épousa,
le 24 juin 1681, une fille de son oncle Ro-
dolphe-Auguste, et, un peu plus d'un an
après, Sophie-Dorothée épousait elle-même
son cousin germain Georges-Louis de Hanovre, contre le gré de sa mère et le sien
propre. Celle-ci avait remarqué un jeune seigneur, dont les qualités et les défauts étaient
de nature à produire la plus vive impression
sur une imagination romanesque. Philippe de

[1] Le 2 septembre 1675.
[2] La Chesnaye-des-Bois, *Dictionnaire de la Noblesse*
(2ᵉ édit.), t. V, p. 582.—Moreri, *Dictionnaire historique* (Paris, 1759), t. II, p. 339.

Kœnigsmarck, suffisamment autorisé par le penchant de la jeune fille, n'était pas sans espérances, assure-t-on, et, pour les détacher l'un de l'autre, l'on eût eu recours à une supercherie infernale, de l'invention de Bernstorff, le ministre du prince de Zell. Cette contrainte faite à des sentiments, très-vifs déjà, eût occasionné même une maladie grave qui, durant six semaines, mit les jours de Sophie en danger [1]. Le prince Georges avait naturellement l'air froid et réservé; il cédait, de son côté, à des considérations de famille et n'apportait que sa main et son nom à sa fiancée : son cœur depuis longtemps appartenait à une madame de Busch, sœur de la trop fameuse comtesse de Platen (la propre maîtresse de son père), qui, toutefois, avait reçu l'ordre de s'éloigner. Cette union se nouait donc sous de funestes auspices, et il était peu probable que cet époux, tout encore à un autre amour, songeât et réussît à conquérir une âme qu'il était urgent d'occuper et de fixer pourtant.

---

[1] Blaze de Bury, *Épisode de l'histoire de Hanovre* (Paris, 1855), p. 165, 348. — *Histoire secrète de la duchesse d'Hanover* (Londres, 1732), p. 18.—*France littéraire* (2e série), t. II, p. 72.

C'est en 1686 que Lassay dut rencontrer l'illustre couple en Italie. Sophie-Dorothée avait vingt ans alors. Si elle était bien jeune, elle comptait quatre années de mariage, et c'est beaucoup, lorsque l'affection a fait défaut dès les premiers instants. Lassay ne nomme pas la princesse, du moins à la place qu'il consacre dans son recueil à cet épisode de sa vie; mais, s'il est discret à l'égard du lecteur simple, il ne fut pas sans être plus explicite en faveur d'une autre femme qui avait des droits à sa confiance, et c'est dans une lettre à ce nouvel objet de ses tendresses que le nom de la princesse lui est échappé. Toute cette famille de Brunswick aimait singulièrement l'Italie. Chevreau se rencontre à Venise avec l'évêque d'Osnabruck, qui courtisait les dames italiennes sous le nez même de sa femme, sans que celle-ci s'en inquiétât fort[1]. Le père

---

[1] *Chevræana* (Paris, 1697), 1re partie, p. 170 : « Étant à Venize, dit-il, sur un balcon avec madame la duchesse d'Osnabrugh, aujourd'hui duchesse de Hanovre, je lui montrai M. le duc, son mari, qui parloit à une noble Vénitienne qui étoit fort belle : *Il m'importe peu*, dit-elle en riant, *que M. le duc promeine son cœur toute la journée pourveu que le soir il me le rapporte.* »

25.

de Sophie-Dorothée, dans sa jeunesse, ne
manquait pas un carnaval de Venise, le baron de Ridal ne le calomniait pas à cet égard ;
Gourville nous en dit autant et ajoute même
qu'il y faisait une dépense qui allait fort à la
ruine de son pays[1]. Il était joueur et gros
joueur, et hasardait des sommes folles à la
bassette avec les personnages de distinction
attirés là comme lui par le désir de se divertir. S'il perdait, il avait aussi ses jours de
bonheur. En 1664, il s'était rencontré dans la
ville des doges avec le duc de Mantoue, le
connétable Colonne et l'ardente Marie. Il
se lia surtout avec le connétable, qui lui fit
promettre de le venir voir à Rome, ce qui se
réalisa au détriment de la bourse de ce dernier, dont la femme, en une séance, perdit
contre lui presque un demi-million[2].

[1] Gourville, *Mémoires* (Michaud et Poujoulat),
t. XXIX, p. 541.—Il y fit connaissance d'une Vénitienne, appelée Zénobia Buccolini, dont il eut un
fils qui, plus tard, sous le nom de Buccow, devint
son grand-écuyer.—Philarète Chasles, *Drame-journal
de Sophie-Dorothée*. (*Revue des Deux-Mondes*, 15 juillet, 1845, p. 335).

[2] *Les Mémoires de M. L. P. M. M. Colonne, grande
connétable du royaume de Naples* (Cologne, chez

Comment se virent Sophie-Dorothée et le marquis de Lassay ? cela importe peu ; Lassay était assez grand seigneur pour avoir son accès tout naturel chez le futur roi d'Angleterre. Une figure avantageuse, de belles manières, la tournure romanesque de son esprit, ne manquèrent pas de produire tout d'abord une vive impression sur la sentimentale Sophie-Dorothée. La première lettre qu'il hasarde, évidemment il a trouvé l'autorisation de l'écrire dans les yeux de l'imprudente ; il n'en affiche pas moins de grandes frayeurs sur les conséquences d'une audace qu'un penchant sans limite peut seul excuser. « Il n'y a qu'une seule personne si fort au-dessus des autres, qu'il n'est pas permis aux hommes de lever les yeux jusqu'à elle , et c'est cette personne que mon cœur choisit pour aimer ; j'en serai bientôt puni, madame, car il est impossible que je résiste à l'extrême agitation que je sens ; tous mes sentimens se combattent : je

Pierre Marteau, 1676), p. 50, 51.— *Apologie ou les véritables mémoires de madame Marie Mancini, connétable de Colonne, écrits par elle-même* (à Leyde, 1678), dédiés à S. A. S. Mgr le duc de Zell-Brunswick-Lunebourg, p. 55, 56, 58.

veux et je crains en même temps que vous
voyiez la passion qui m'entraîne malgré moi
et malgré la raison... Si je suis assez malheureux, madame, pour que la plus ardente et la
plus respectueuse passion qu'on ait jamais
ressentie vous offense, contez-la au prince ;
montrez-lui cette lettre, et par pitié perdez-
moi tout d'un coup ; car vous ayant déplu, je
ne veux plus de la vie, elle me seroit insupportable, et je n'ai plus rien à souhaiter
qu'une mort prompte, elle finira ma malheureuse destinée ; et ne pouvant vivre en vous
aimant, j'aurai le plaisir d'y mourir[1]. » Tout
sincère que ce soit, il y a dans ces phrases-là
une exagération qui sent le lieu commun et
la rhétorique. Lassay savait bien que l'on ne
se plaindrait pas de ses témérités et qu'on ne
montrerait pas ses lettres au mari, et, dans
cette hypothèse encore, sa pensée n'allait pas
sans doute jusqu'à redouter sérieusement
un dénoûment tragique. Le péril était pourtant réel, bien qu'il fût loin d'y croire, et,
quelques années après, lorsqu'il entendit ra-
conter la funèbre fin de Kœnigsmarck, massa-

---

[1] Lassay, *Recueil de différentes choses,* 1re partie,
p. 266, 269, 270.

cré pour un crime qui avait été le sien, Lassay dut éprouver une certaine épouvante rétro-spective[1].

Une fille de la princesse était l'intermédiaire de tous les deux, et c'était par elle que le marquis apprenait l'heure où il pourrait être reçu et où il pénétrerait chez Sophie. Made-moiselle de Knesebeck[2] continua plus tard ce rôle de complaisante et de confidente, et assista à toutes les phases de la passion de sa maîtresse pour Kœnigsmarck. La vertueuse fille prétend, il est vrai, que rien n'était moins criminel que les entrevues de ce dernier avec la princesse. « J'y assistais toujours, dit-elle. M. de Kœnigsmarck nous racontait la plupart du temps ses voyages et ses aventures. Il avait l'esprit amusant, railleur, anecdotique; la princesse trouvait à l'entendre beaucoup d'a-grément[3]. » Elle en eût pu dire autant de

---

[1] Ce meurtre eut lieu le samedi soir 1er juillet 1694. Mais alors Lassay avait l'esprit et le cœur envahis par une passion nouvelle qui ne devait avoir sa conclusion et sa récompense que deux ans après.

[2] Lassay écrit Cunisbec.

[3] *Nachrichten von der Chennaligen chur-prinzessin Sophie Dorothea von Hannover,* Sogenannten prin-zessin von Ahlden, Gemahlin des chur-prinzen

Lassay, qui avait l'esprit orné, qui avait voyagé, avait eu des aventures et avait sans doute aussi dans son sac plus d'une anecdote amusante. Il est tout à croire que l'appui qu'elle donna, dans des temps différents, à ces deux hommes, se ressembla fort, et que Lassay ne fut ni plus ni moins réservé que Kœnigsmarck. Des lettres, retrouvées il y a quelques années, nous donnent surabondamment la mesure des relations de la princesse avec ce dernier amant, ainsi que de la moralité et de la sincérité de mademoiselle de Knesebeck[1].

Le repos et le bonheur des deux amants dépendaient du mystère absolu dans lequel ils

Georg Ludwig, nachherigen kœnig George I, von Grossbritannien. Beschrieben von der Hofdame der chur-prinzessin dem frœulein von dem Knesebeck.

[1] La correspondance des deux amants a été retrouvée récemment par le docteur Palmblad, et fait partie aujourd'hui des archives de la bibliothèque de La Gardie, à Lœberod, en Suède. L'adultère y est manifeste· (voir les lettres 19, 23, 39 de Kœnigsmarck et la lettre 2 de la princesse), quoique Sophie-Dorothée eût pris Dieu à témoin de son innocence et se fût approchée de la sainte table avec une sérénité qui persuada bien des témoins.—Blaze de Bury, *Episode de l'histoire de Hanovre* (Paris, 1855), p. 281.

sauraient envelopper leurs rapports. Quelque passionnée que soit la jeune femme, elle sent la nécessité de se contraindre et de donner le change. Elle envoie Lassay se morfondre à Tivoli en compagnie d'une Éminence avec laquelle il s'ennuie à mourir. Cet éloignement momentané avait dû coûter à Sophie, qui crut dès lors avoir acheté ainsi le droit d'aimer en toute sécurité[1]. Ils étaient observés pourtant, et ils ne tardèrent pas à s'apercevoir qu'on les épiait. « Vous êtes bien heureuse, écrit Lassay à sa maîtresse, de n'être pas plus inquiète que vous ne le paroissez de cet espion que nous avons découvert[2].... » Les deux amants comprirent qu'une separation au moins momentanée était inévitable, et celui-ci s'y résolut, non sans déplorer la cruauté de sa destinée : « Il faut donc que je vous quitte, puisque je vous causerois mille malheurs si je demeurois plus longtemps ici ; hélas! que vais-je devenir? Je sens l'amour le plus ardent qu'on ait jamais senti ; voilà ce que j'emporte avec moi, et je vous quitte sans pou-

---

[1] Lassay, *Recueil de différentes choses*, 1re partie, p. 273, 276.

[2] *Ibid.*, 1re partie, p. 280.

voir vous parler, et sans sçavoir quand je pourrai vous revoir; je ne sçai pas même si vous sçavez bien aimer, et je vous laisse avec un mari jaloux et avec une cour qui pour lui plaire va mettre tout en usage afin d'effacer de votre cœur les impressions que j'ai pu y faire[1]... » L'heure de la séparation sonna. Lassay vint prendre congé de Georges et de la princesse devant un cercle intime qui avait pénétré leur commerce et qui les examinait avec une avide curiosité. Ce fut à peine si, de peur de se trahir, ils osèrent se regarder, encore moins se parler.

Tout en constatant, dans la façon de dire de cet amoureux, un ton tant soit peu emphatique, nous n'avons pas voulu prétendre qu'il se battît les flancs pour feindre des sentiments qu'il n'avait pas, et nous le croyons très-sincère dans les lignes qui suivent : « Quelque plaisir que j'aie à être aimé de vous, je vous aime trop pour souhaiter que vous souffriez autant que j'ai souffert depuis que je vous ai quittée; mais je souhaite que vous soyez sans cesse occupée vivement de

---

[1] Lassay, *Recueil de différentes choses*, Ire partie, p. 283.

moi, et que rien ne vous divertisse dans un lieu
où je ne suis pas : tout y est contre moi hors
vous et l'amour ; puis-je espérer qu'une jeune
princesse aura assez de constance pour ré-
sister à une si longue absence et aux mauvais
offices qu'on me rendra de tous côtés ? Si je
ne le croyois pas, je mourrois de douleur [1]…»

Lassay comptait, en partant, retrouver
Sophie-Dorothée à Venise, où il s'établit.
Mais cet espoir lui fut vite enlevé ; ils s'étaient
promis de s'écrire, Sophie avait dit à son amant
d'adresser sa correspondance à un homme dont
elle pensait être sûre. Lassay écrit une lettre, il
en écrit deux sans obtenir de réponse ; dans
la troisième, il manifeste ses inquiétudes : ce
confident est-il aussi fidèle qu'elle l'a supposé
d'abord ? si c'était un traître ? s'il les avait
vendus au prince ? Ces craintes n'étaient que
trop bien fondées, et il ne tarda pas à être
tiré d'incertitude sinon d'angoisse : « L'état
où je suis depuis le moment que j'ai reçu la
lettre par laquelle vous m'apprenez tout le
désordre qui est arrivé ne se peut exprimer :
je ne comprends pas comment j'y peux ré-

---

[1] Lassay, *Recueil de différentes choses*, 1re partie,
p. 286.

sister, et je suis un exemple qu'on ne meurt pas de douleur, puisque je ne suis pas mort... c'est le malheur qui me poursuit depuis que je suis né, qui a fait tout découvrir, et qui nous a empêchés de voir qu'il falloit prendre plus de précautions; si on vous a donné ma lettre du 13, vous avez vu que j'avois prévu ce qui est arrivé... » La princesse le suppliait d'en rester là et de tâcher de l'oublier. Etait-ce sérieusement qu'on lui proposait de cesser d'aimer? Mais autant lui parler de cesser de vivre. La seule chose qu'il redoute, c'est que la lassitude, l'obsession, les influences ennemies ne le tuent dans ce cœur encore si plein de lui. « Assurez-moi surtout, s'écrie-t-il, qu'une longue absence et l'envie de retrouver de la tranquillité dans votre maison ne vous feront point changer, et répondez-moi que vous m'aimerez toujours[1]... »

Cette lettre devait être remise par une personne à laquelle la jeune femme pouvait se fier. Le messager officieux part en effet, il est introduit près de Sophie-Dorothée et a de longues entrevues avec mademoiselle

---

[1] Lassay, *Recueil de différentes choses*, 1re partie, p. 290, 293, 294.

de Knesebeck. Ces conférences, un examen sérieux de leur situation, l'impossibilité manifeste de continuer davantage cette intrigue sans catastrophe, amenèrent logiquement et inexorablement la seule détermination qui les sauvait d'une perte inévitable. « Je ne veux pas, écrit Lassay dans sa dernière lettre à sa maîtresse, que vous hasardiez à vous perdre en continuant un commerce avec moi : il vaut mieux que je meure et que vous viviez moins malheureuse : cessez donc d'écrire à un homme qui traîne tous les malheurs après lui, et dont l'étoile est empoisonnée : j'ai presque perdu l'usage de dormir et j'ai à peine la force de me soutenir. Pourquoi suis-je né avec un cœur si sensible, puisque j'étois destiné à être toujours malheureux ? Il semble que je ne suis dans le monde que pour y souffrir : la vie m'est à charge ; et je voudrois en mourant pouvoir vous rendre votre repos et votre bonheur : adieu, ma chère princesse, je ne peux plus supporter l'excès de la douleur que je souffre[1]. »

Il fut pris au mot, et les relations des deux

[1] Lassay, *Recueil de différentes choses*, 1re partie, p. 297, 298.

amants en restèrent là. Plus vaillante ou plus
subjuguée, soumise aussi à une organisation
d'une énergie sauvage et impétueuse, Sophie-
Dorothée, dans la suite, écrira à Kœnigsmarck :
« Si vous croyez que la crainte de m'exposer et
de perdre ma réputation m'empêche de vous
voir, vous me faites une injustice bien cruelle;
il y a longtemps que je vous l'ai sacrifiée, et
mon amour me donne plus de courage... Soyez
persuadé que tous les périls les plus terribles
et la mort même, si je la voyais devant mes
yeux, ne me feraient jamais venir la pensée de
m'éloigner de vous... » Et encore : « Je me
moque de toute la terre, pourvu que nous
nous aimions tous deux. Je vous le ferai connaître et je ne balancerai jamais à tout abandonner pour vous[1].... »

Nous allons rentrer avec Lassay en
France, où certaines affaires d'ailleurs ré-
clamaient sa présence. Si l'on aime deux
et plusieurs fois dans la vie, il est des
exagérations qui ne se répètent point : quelque
accablé, quelque désespéré que sera Lassay,
il ne retournera pas à sa retraite des Incu-

[1] Blaze de Bury, *Épisode de l'histoire de Hanovre*
(Paris, 1855), p. 244, 251.

rables. Certains tracas vinrent aussi le distraire
de sa douleur ; il avait confié la fille qu'il avait
eue de sa première femme à madame de
La Fayette, qui, la jugeant un parti avantageux pour son fils, manœuvra de manière à
forcer la main au père. Bien des choses se
pouvaient alors avec du crédit. Madame de
La Fayette eut celui d'obtenir une lettre de
cachet dont l'effet, un moment, fut d'isoler la
fille de l'autorité et du contrôle paternels ; elle
était en faveur auprès de Louvois, qui lui
prêta volontiers son appui. Peut-être crut-elle
avoir aisément le dessus contre un homme
médiocrement en cour, le compagnon d'aventure des princes de Conti. Lassay, pour parer
à l'orage, s'adressa à madame de Maintenon,
qui ne fut pas fâchée, sans sortir du juste, de
rendre un mauvais service à une femme avec
laquelle elle avait cessé d'être bien. Ce ne fut
pas, au reste, le seul bon office dont il fut redevable à la toute-puissante marquise. La guerre
avait recommencé en 1688 ; Lassay fit ce qu'il
avait déjà fait de l'existence de Marianne : il alla
en Allemagne et en Flandre comme volontaire.
Il assista aussi deux ans après au siége de Mons
et plus tard au siége de Namur, mais alors il
y était avec le grade d'aide de camp du roi,

faveur dont il était redevable à sa protectrice,
qui eut sans doute à combattre chez Louis XIV
une répugnance dont il ne revenait guère.

Lassay était de retour d'Italie depuis la fin
de 1686, le siége de Namur eut lieu en 1692 ;
ce cœur tendre, si facile à s'éprendre, aurait-
il donc gardé intact et toujours brûlant le souvenir de sa princesse, et cette passion sans
issue aurait-elle résisté à ce dissolvant des
sentiments les plus profonds, le manque de
tout espoir ? Dans son dernier billet il déclare
qu'il ne survivra pas à son malheur, et c'est
presque une trahison de n'avoir pas succombé
à tant de maux. Mais, tout sincère qu'il est,
il lui arrivera souvent de promettre plus qu'il
ne saurait tenir, et l'on aurait tort de le
prendre trop à la lettre. Il se lamente à tout
instant sur ses infortunes et la méchanceté
de son étoile : il faut le laisser gémir sans être
sa dupe. « Lassay, dit un écrivain à l'analyse
duquel rien n'échappe, fera toute sa vie grand
usage de cette *étoile* pour lui imputer tout ce
qui sera faute ou légèreté de sa part : et quant
à vouloir mourir sans cesse, cette manière de
dire le mènera jusqu'à quatre-vingt-six ans[1]. »

[1] Sainte Beuve, *Causeries du lundi*, t. IX p. 149.—

Lassay finit par se consoler, par oublier et
par aimer ailleurs ; et c'est avec le même enthousiasme, le même emportement, le même
lyrisme qu'il traduit ses sentiments pour
l'objet nouveau. Qui l'en pourrait blâmer? Ce
qui est moins excusable , ce qui choque chez
cet expert en métaphysique amoureuse, c'est
l'emploi d'un moyen oratoire que semblait lui
interdire la délicatesse la plus vulgaire et la
plus sommaire. On sait combien il a aimé tendrement cette pauvre Marianne , et combien
sincèrement. Le temps , sans effacer un souvenir adoré, a rouvert à l'amour ce cœur qui
avait juré de ne plus aimer : il n'y a rien là
que de naturel. Mais au moins ne prostituez
pas ces chères cendres et laissez dormir les
morts en paix. Lassay écrivait à sa nouvelle
conquête : « La mort et bien des années ne
pouvoient, sans vous, effacer de mon cœur le
seul amour qu'il ait jamais senti avant de vous
aimer ; il dureroit encore si je ne vous avois
point connue : je ne scais pas même si tout
celui que j'ai pour vous l'a bien éteint ; et, si
vous avez à être jalouse, c'est de cet amour

Ne dirait-on pas fait pour Lassay ce vers d'une satire
de Boileau (satire IX) :

Et toujours bien mangeant, mourir par métaphore?

que vous devez l'être. » Etait-ce respecter cette
Marianne, cette noble femme, à laquelle on
avait tout immolé, mais qui méritait ce qu'on
avait sacrifié pour elle, que la faire inter-
venir en pareille matière? Ce n'est pas tout :
l'intrigue d'Italie a pénétré jusqu'en France,
et elle n'est pas de date si reculée qu'elle
n'inspire de l'inquiétude et ne fasse naître
quelque hésitation, sincère ou jouée. Lassay
a bientôt fait de rassurer son monde. « Ne soyez
plus jalouse de la princesse de Hanovre, se
hâte-t-il de répondre, je n'ai jamais rien senti
pour elle qui approche de ce que je sens pour
vous[1]. » Ce procédé n'est pas honnête, il
désillusionne tout à fait sur ces lettres si
passionnées et si émues ; et, pour peu que
réfléchisse la femme à laquelle on fait de
semblables sacrifices, elle doit être médiocrement rassurée à l'égard d'elle-même : heureusement l'amour-propre est là qui écarte
ces sortes d'appréhensions. Si cette dernière
maîtresse compta sur plus de générosité, elle
s'abusa étrangement. Lassay, trois ou quatre
ans après, se défendait de l'avoir aimée,

---

[1] Lassay, *Recueil de différentes choses*, 2e partie,
p. 426.

comme il se défend présentement d'avoir
aimé un peu solidement Sophie-Dorothée.
« Vous ne sçauriez croire, écrit-il à mademoiselle de Châteaubriant, que j'aye dit à madame
de *Nesle* et à mademoiselle de *Pirou* les mêmes
choses que je vous dis, ni que je les aye aimées
comme je vous aime [1]. »

Nous apprenons par lui-même que, depuis
son retour d'Italie jusqu'en 1694, il a aimé
deux femmes, sans parler d'une demoiselle
de Benouville avec laquelle madame de La
Fayette prétendait qu'il avait un engagement
de mariage. Quoi qu'il en soit, nous n'avons
qu'à choisir entre madame de Nesle et mademoiselle de Pirou ; c'est à l'une d'elles que
l'on livre l'héritage d'un cœur demeuré libre
depuis Marianne, et fort probablement, c'est
de la première qu'il est question ici. La marquise de Nesle avait vingt-trois ou vingt-quatre
ans, elle était dans tout l'éblouissement de
la jeunesse et de la beauté, et personne ne
pouvait prévoir sa fin prochaine [2]. Si la diffé-

---

[1] Lassay, *Recueil de différentes choses*, 2e partie,
p. 85.

[2] Elle mourut en 1693. Elle était fille de Jean de
Coligny, qui commandait les six mille volontaires
français que la France envoya, en 1664, au secours

rence d'âge n'est pas un inconvénient aussi grave dans les liaisons destinées à avoir une durée limitée que dans le mariage, elle ne finit pas moins par être sentie et amener le désenchantement; fût-ce ce qui rendit la marquise infidèle, ou simplement l'absence et le besoin du changement? Lassay avait précisément quarante ans alors et il était au siége de Mons, deux raisons pour être oublié et remplacé. Sa lettre de rupture est digne et touchante. Il était sous le charme et peu préparé à un dénoûment aussi brusque. La volage jeune femme dut être émue de cet adieu où l'amertume est adoucie et ne se traduit que par un reproche qui est encore un rapprochement flatteur et peu mérité : « La vivacité de vos sentimens, des manières simples et naturelles, et un air de vérité, m'avoient fait croire que vous ne ressembliez point aux

de l'Empereur. Le comte de Coligny n'eut que deux enfants, Marie de Coligny, la jeune femme dont il est question, et qui fut mariée au marquis de Nesle, en 1687; et son aîné, Gaspard-Alexandre, comte de Coligny, qui épousa la fille que Lassay avait eue de sa première femme. Ainsi Lassay se trouvait être l'amant de la sœur de son gendre, de la belle-sœur de sa fille.

autres femmes, et je me flattois de retrouver
en vous cette personne que j'ai tant aimée, et
qui, toute morte qu'elle est depuis longtems,
n'a rien à me reprocher que la passion que
j'ai eue pour vous ; je vois que je me suis
trompé. »

Nous touchons à la dernière étape de la vie
conjugale de Lassay. Mais, avant d'aborder
l'histoire de ses tribulations amoureuses,
nous avons à entrer dans quelques détails
sur la famille de la troisième madame de
Lassay. Quels étaient ses auteurs, et à quelles
faiblesses mademoiselle de Châteaubriant dut
le jour, voilà d'abord ce qu'il faut dire. Fran-
çoise-Charlotte de Montalais, veuve de Jean
de Beuil, comte de Marans, grand échanson,
était sœur de cette fameuse mademoiselle de
Montalais, fille d'honneur d'Henriette d'Angleterre, que ses intrigues firent chasser. Avec
la figure la plus séduisante, c'était la créature
la plus inconséquente, la plus extravagante
qui fut jamais. Aima-t-elle ou n'aima-t-elle
pas M. le Duc ? Si on prenait ses théories à la
lettre, on devrait répondre par la négative.
« Voici ce qu'elle disoit l'autre jour : vous
savez que ses dits sont remarquables : que
pour elle, elle aimeroit mieux mourir que de

faire des faveurs à un homme qu'elle aimeroit ; que si elle en trouvoit jamais un qui
l'aimeroit et qui ne fût point haïssable,
pourvu qu'elle ne l'aimât point, elle se met-
troit en œuvre[1]. » C'est madame de Sévigné
qui raconte cela avec une charité doublée de
la haine la plus active. Madame de Sévigné est
la meilleure âme du monde, à part un pauvre
petit filet de malice charmante. Mais aussitôt
que l'on touche à sa fille, ce n'est plus une
femme, c'est une lionne. Madame de Marans, à
l'occasion d'une fausse couche que madame de
Grignan avait faite à Livry, s'était permis des
plaisanteries déplacées qui revinrent aux
oreilles de la mère. La pauvre folle ne fut
plus bonne à être jetée aux bêtes. Madame
de Sévigné la traque de salon en salon ; elle
ameute contre elle toute la terre, et M. de La
Rochefoucauld, et madame de La Fayette, et
M. de Hacqueville, et Langlade qui se trans-
porte, ce dernier, chez l'imprudente, sans
autre nécessité « que d'avoir le plaisir, de lui
laver sa cornette[2]. » Elle n'appelle madame de

---

[1] Madame de Sévigné, *Lettres* (éd. Monmerqué),
t. II, p. 414. Lettre de madame de Sévigné à madame de Grignan ; à Paris, le 29 avril 1673.

[2] *Ibid.*

Marans que *Mellusine :* la fée Mélusine, on le
sait, ne brillait pas par la douceur et l'agrément de la voix, et ce sobriquet semble indiquer chez la comtesse un accent quelque peu
criard. Le hasard les met l'une et l'autre par
deux fois en présence : il faut voir avec quelle
dureté, quelle hauteur, quel dédain la coupable est accueillie[1]. Elle voudrait bien rentrer en grâce, mais c'est ce qui ne sera jamais,
à moins d'un miracle. Ce miracle arriva pourtant, amené par un autre plus prodigieux
encore.

Mellusine, pour nous exprimer comme madame de Sévigné, n'occupait plus guère M. le
Duc, qui, depuis 1688, était M. le Prince. Elle
tâchait de s'en consoler de son mieux. Elle s'é-
tait retournée du côté de M. de Longueville et
s'était mise dans la tête qu'elle l'épouserait.
Madame de Sévigné parle de ce projet comme
de la chose la plus ridicule[2]. Ce qu'il y a de sûr,

t. I, p. 269. Lettre de madame de Sévigné à madame
de Grignan ; à Paris, le 27 avril 1671.

[1] Madame de Sévigné, *Lettres* (éd. Monmerqué),
t. I, p. 297, 317, 318. Lettres de madame de Sévigné à
madame de Grignan, des 18 mars et 3 avril 1671.

[2] *Ibid.*, t. I, p. 263. Lettre de madame de Sévigné à

c'est que la mort affreuse de ce prince la jeta
dans la douleur la moins jouée, le désespoir
le plus profond[1]. Tout fut fini pour elle, et
cette femme, si peu saisissable, si mobile, si
variable, renonça à la vanité, au monde, aux
plaisirs, à tout commerce, si restreint qu'il
pût être. Le tout était de persévérer. « Si Dieu
fixe cette bonne tête-là, dit madame de La
Fayette, c'est un des grands miracles que
j'aie jamais vus[2]. » Mais les jours se passent,
même les mois, sans que la convertie se dé-
mente. La grâce a passé par là; cette dévotion
n'a ni exaltation, ni âpreté, elle a tous les
caractères des choses qui durent, la douceur, la quiétude, une sécurité sans bornes.
Le moyen de garder rancune à cette humble
pécheresse qui avoue ses torts et en est au
désespoir? Madame de Grignan, qui était

madame de Grignan; 25 février 1671. T. II, p. 455.
De la même à la même; à Livry, le 2 juin 1672.

[1] Tué au passage du Rhin, victime de sa témérité
et de son trop d'ardeur.

[2] Madame de Sévigné, *Lettres* (éd. Monmerqué),
t III, p. 67. Lettre de madame de La Fayette à
madame de Sévigné; Paris, ce 30 décembre 1672.
T. III, p. 88. De la même à la même; Paris, ce
14 juillet 1673.

l'offensée, se raccommoda la première ; madame de Sévigné lutta encore quelque temps, puis imita sa fille. Elle alla trouver la pauvre femme, et ne fut pas médiocrement édifiée du spectacle qui s'offrit à elle : « J'ai vu enfin la Marans dans sa cellule ; je disois autrefois dans sa loge : je la trouvai fort négligée ; pas un cheveu, une cornette du vieux point de Venise, un mouchoir noir, un manteau gris effacé, une vieille jupe ; elle fut aise de me voir, nous nous embrassâmes tendrement[1]. »

De ses amours avec M. le Prince, M. le Duc alors, madame de Marans avait eu, en 1668, une fille que l'on appela mademoiselle de Guenani, nom bizarre qui est l'anagramme d'Anguien[2]. La légitimation de cette enfant fut l'œuvre plutôt de madame la Princesse que de son mari, dont l'esprit flottant et indécis ne savait prendre un parti[3]. Elle fut

---

[1] Madame de Sévigné, *Lettres* (éd. Monmerqué), t. III, p. 211. Lettre de madame de Sévigné à madame de Grignan ; à Paris, 15 janvier 1674.

[2] L'orthographe d'Enghien a varié. On l'écrivait alors « Anguien. »

[3] Dangeau, *Journal,* t. XIII, p. 120; lundi, 10 mars 1710.

reconnue en 1692 et porta le nom de Julie de Condé, demoiselle de Châteaubriant[1]. Élevée d'abord à Maubuisson, elle se vit ensuite confinée à l'Abbaye-aux-Bois, d'où elle sortait par intervalles pour aller quelque temps à Chantilly et à Saint-Maur, mais rentrant à son couvent après ces absences plus ou moins longues. Elle était en âge d'être mariée et devait naturellement souhaiter de changer sa condition de princesse du côté gauche en un état plus régulier. Rien n'était moins malaisé que de trouver un mari. Mademoiselle de Châteaubriant était jolie, spirituelle, et très-capable d'être épousée pour elle-même, en supposant qu'on se fût refusé à la doter convenablement, ce qui n'était pas admissible. Mais M. le Prince ne semblait pas favorable à un établissement ; il eût préféré le voile, qui, par contre, était peu dans les goûts et l'humeur de Julie. Deux ans s'écoulèrent de la sorte, assez tristement pour cette jeune fille dont le caractère et l'esprit fantasque étaient d'ailleurs difficiles à contenter. Elle avait alors vingt-six ans, et le vide de sa situation se faisait sentir chaque

[1] Par lettres du mois de juin.

jour davantage, lorsqu'elle rencontra à la
cour de Condé le marquis de Lassay qui, bien
qu'âgé de quarante-deux ans, se prit à l'aimer avec la spontanéité et la violence de la
jeunesse. La romanesque Julie se laissa aimer. Si Lassay fut passionné, elle ne lui cacha
pas qu'elle se sentait flattée et touchée du sentiment qu'elle avait inspiré, et l'autorisa à
demander sa main. Nous n'avons que les
lettres de Lassay, les lettres de mademoiselle
de Châteaubriant nous manquent; mais, par
celles de l'amant, on devine les siennes. Voici
quelques lignes de celui-ci qui indiquent de
bonnes paroles de la part de sa maîtresse :
« J'ai beau vous aimer, je ne sçaurois jamais
mériter la lettre que je viens de recevoir,
j'en connois tout le prix, il n'y a rien de
perdu avec moi; je crois sçavoir mieux tout
ce que vous valez, que vous ne le sçavez
vous-même ; ce n'est point la fille de M. *le
Prince* que j'aime, c'est vous, avec qui je voudrois vivre à l'autre bout du monde ; et plût
à Dieu qu'il voulût nous dire promptement :
*Eh bien, qu'ils s'épousent; mais je ne leur veux
rien donner...* [1]. »

[1] Lassay, *Recueil de différentes choses,* 2ᵉ partie.

Il fallait décider M. le Prince, et l'on ne s'en
dissimulait pas les difficultés. Lassay s'adressa
alors à sa patronne ordinaire, madame de
Maintenon, et au duc du Maine qui, par ce
mariage, devenait une sorte de beau-frère;
et, grâce à cette double assistance, il se flat-
tait d'emporter le consentement du père de sa
maîtresse, quand le caprice de celui-ci rap-
pela l'amoureux marquis du ciel sur la terre.
« Notre mariage, écrit-il à mademoiselle de
Châteaubriant, est éloigné, et je ne doute
point qu'il ne soit rompu. Pourquoi m'a-t-on
fait espérer de passer ma vie avec vous? J'appelle la mort à tous momens, qu'elle vienne,
et on verra si je la craindrai en la voyant de
près; je sçais que vous haïssez à l'entendre
nommer, mais je ne sçaurois parler que de
ce que je souhaite sans cesse, je n'ai plus
d'espérance qu'en elle[1]. » Lassay écrivait en
même temps à madame la Princesse : « Je
sens bien vivement, madame, que la mort,
que tout le monde regarde comme le plus

p. 34.—Les lettres de Lassay à mademoiselle de
Châteaubriant sont au nombre de trente-huit.

[1] Lassay, *Recueil des différentes choses*, 2ᵉ partie,
p. 57.

grand des maux, est le plus grand des biens
en certaines occasions : il n'y a point de moment où je ne l'appelle à mon secours, et je
peux bien assurer qu'on ne meurt point de
douleur, puisque je ne suis pas mort[1]... »

Décidément, c'est une manie invétérée chez
Lassay que cette invocation perpétuelle à la
Mort, qui est celle du bûcheron ; il paraît,
par ce qu'il dit lui-même, que cette formule
oratoire était peu du goût de mademoiselle
de Châteaubriant, et l'on ne saurait trop l'en
blâmer : il faut laisser de pareils mots aux
femmes, un homme ne se meurt pas de désolation et de désespoir à tous moments ; et
si cela arrive, ce sera sans souffler mot,
et on ne le connaîtra que par l'événement.
Au fond, Lassay n'a pas perdu tout espoir. Il
a des raisons de croire qu'on a essayé de le
desservir auprès de M. le Prince, et il lui
écrit une lettre respectueuse, où non-seulement il cherche à effacer la mauvaise impression reçue, mais encore où il insinue
que son alliance n'est pas pour mademoiselle
Julie indigne de sa naissance, ses pères à

---

[1] Lassay, *Recueil de différentes choses*, 2e partie,
p. 60.

lui ayant été honorés par des alliances avec
la maison de Condé[1].

C'était par le conseil de madame de Maintenon qu'il s'était adressé au duc du Maine.
Celui-ci se montra d'abord favorable aux projets des deux amants; mais ces bonnes dispositions ne durèrent pas. « Je me suis donné
l'honneur de parler à M. le duc *du Maine*,
comme vous me l'aviez ordonné, madame,
écrit Lassay à sa protectrice ; je lui ai parlé
avec franchise, c'étoit mon cœur qui lui parloit ; il m'a répondu avec bonté ; il m'a répondu qu'il comptoit mon affaire faite ; il a
entré dans des détails de confiance qui regardoient madame *du Maine ;* et enfin il m'a dit
mille choses qui m'attachoient à lui pour
toujours ; cependant, il faut que ses gens ou
quelques autres l'ayent fait changer ; car il a
écrit à madame la *Princesse* d'une manière
toute différente : vous voyez, madame, de
quelle importance il est qu'il ne puisse pas
sçavoir que j'ai vu cette lettre ; mais je met-
trois bien volontiers le secret de ma vie entre
vos mains, et celui-ci l'est effectivement : si

[1] Lassay, *Recueil de différentes choses*, 2ᵉ partie,
p. 62 à 68.

M. *du Maine* veut que mademoiselle de *Châteaubriant* ne voye jamais madame *du Maine*,
je lui réponds qu'elle ne la verra jamais ; s'il
veut qu'elle demeure à Paris, et qu'elle ne
mette pas le pied à la cour, elle ne l'y mettra
point ; s'il veut qu'elle aille à la campagne,
elle y voudra bien demeurer, quand ce sera
avec moi ; et madame la duchesse *du Maine*
ne pourra pas seulement soupçonner que
M. *du Maine* y ait aucune part ; je me char-
gerai de tout, et je laisserai croire que cela
est dans mon humeur[1]... » Lassay, qui eût
acquiescé à tout pour arriver plus sûrement
et plus promptement au but, prenait là un
engagement qu'il eût été bien empêché de
tenir. La fantasque Julie n'était pas femme,
elle ne le prouva que trop, à aller s'enfouir
dans un désert et à filer le parfait amour au
fond de quelque campagne reculée. Elle avait
trop besoin des autres, du monde, de la cohue
pour se soumettre à d'aussi rudes conditions.
Et, dès ce moment, le marquis devait en savoir
assez sur le caractère de sa maîtresse pour ne
pas s'abuser à cet égard. Au plus fort de leur

---

[1] Lassay, *Recueil de différentes choses*, 2ᵉ partie,
p. 71, 72, 73.

amour, l'humeur inconstante, bizarre de celle-ci, s'était plus d'une fois révélée, et avait désespéré Lassay. « Vous avez un défaut effroyable, lui écrit-il, c'est que dès qu'on vous perd de vüe, vous oubliez comme une épingle, un pauvre homme qui tout le jour n'est occupé que de vous [1]... » Mais c'était là la conséquence fatale de son origine : le moyen que le rejeton de madame de Marans et de M. le Duc, une folle et un fou, fût pourvu d'un grand lot de sagesse, de sens et de stabilité?

Mademoiselle de Châteaubriant avait toute l'incertitude et toute la mobilité de son père. Deux années durant, elle n'avait eu d'autre pensée et d'autre but que son mariage avec Lassay ; quand les obstacles seront tous levés, quand M. le Prince aura accordé après de nouvelles hésitations son consentement, l'inconcevable créature n'envisagera plus que froidement une alliance si vivement désirée. Elle fuira même plutôt qu'elle ne recherchera dès lors les occasions de se rencontrer avec son amant. Naguère, elle l'eût suivi, ce sont ses expressions, jus-

---

[1] Lassay, *Recueil des différentes choses,* 2ᵉ partie, p. 23.

qu'aux Indes ; elle affectera désormais de se tenir renfermée à l'hôtel de Condé, où Lassay ne peut aller, lorsqu'à l'Abbaye-aux-Bois ils avaient toutes facilités de se voir. Le pauvre homme ne se fait pas illusion. Il ne lui cache pas toutes les inquiétudes, toutes les angoisses qu'elle lui cause : il n'est pas aimé, il le sent, et son malheur lui arrache des plaintes faites pour rappeler la fantasque Julie à de meilleurs sentiments. « Je suis accablé de douleur, s'écrie-t-il, je vois que je ne serois pas heureux, quand je serois aimé de vous, autant que je le peux souhaiter ; vous vous repentiriez, vous changeriez, et l'incertitude de votre esprit vous conduiroit dans des malheurs que vous ne songeriez à éviter que lorsqu'il ne seroit plus tems.; enfin, je ne sçaurois compter sur la seule personne que j'aime, et que je suis capable d'aimer : rien n'est comparable à ce malheur-là [1]. »

Qu'attendre de l'avenir, quand il reste si peu d'illusions sur la femme que l'on va associer à sa vie ? Et plus ils approchent du terme, plus les symptômes sont effrayants. Mademoiselle de Châteaubriant

[1] Lassay, *Recueil de différentes choses,* 2ᵉ partie, p. 93.

ne prend pas la peine de cacher sa froideur, et ne le gâte guère pour un amant : « Vous me regardez déjà comme un mari[1]. » Faute d'un mobile plus élevé, il s'efforce au moins à la rappeler à ce qu'elle se doit à elle-même ; n'est-elle pas intéressée à donner le change sur une vacillation de sentiments qui serait jugée sûrement avec sévérité par le monde ? « Vous ne sçauriez, à l'heure qu'il est, trop faire voir que vous m'aimez, pour votre honneur et pour le mien[2]... » N'était-il donc plus temps encore de se retirer ? Lassay eut peur sans doute du mauvais effet d'une semblable retraite, que la maison de Condé n'eût pu envisager d'un bon œil. Et puis, il aimait, et courait à l'abîme sans avoir l'excuse des aveugles qui ne font fausse route que parce qu'ils n'y voient point.

Le mariage se fit à l'hôtel de Condé, le lundi 5 mars 1696. Mademoiselle de Château- briant apportait à son époux la lieutenance du roi de Bresse que Louis XIV, quelque temps auparavant, avait donnée à M. le Prince pour aider à la marier. Le père de Julie y joi-

[1] Lassay, *Recueil des différentes choses*, 2ᵉ partie, p. 99.

[2] *Ibid.*, 2ᵉ partie, p. 103.

gnait une somme de cent mille francs, dont
il devait faire la rente, sans compter vingt
mille francs pour les habits. Madame la Princesse et ses filles accablèrent la mariée de
présents et de pierreries. Le roi avait témoigné que ce mariage était de son gré, et, pour
le monde, le gendre de M. de Condé devait être
au comble du bonheur[1]. En réalité, le pauvre
Lassay se trouvait dans une de ces situations
extrêmes où l'homme de cœur, le galant
homme se demande avec désespoir ce qu'il
lui reste à faire pour échapper, l'honneur
sauf, à ce complet naufrage. Le mariage,
pour madame de Lassay, fut non-seulement
le terme d'une position fausse, mais encore
l'affranchissement de toutes chaînes et de
tous devoirs. Elle ne se contraignit plus et ne
se soucia que trop peu de la dignité du mari
qu'elle eût dû respecter, au moins extérieu-
rement.

Nous avons laissé, quelques pages plus
haut, l'abbé de Chaulieu aux prises avec son
amour pour madame d'Aligre, et nous le retrouvons mêlé aux affaires de Lassay, brouil-

---

[1] Dangeau, *Journal*, t. V. p. 367, 374, 375; 18 février, 2 et 5 mars 1696.

lant le ménage du père pour se venger du fils, apparemment. Voici ce que nous lisons dans un article fort intéressant, à coup sûr, le premier, du reste, qui ait sorti de sa poussière le spirituel marquis et son très-curieux journal : « Le lendemain des épousailles, la naturelle princesse l'invite (c'est de Lassay qu'il s'agit) à passer chez elle, et là, sèchement, lui déclare son intention de garder son premier nom[1], de vivre dans une parfaite indépendance, de suivre les bals, les soupers, les fêtes, sans avoir à prendre conseil que d'elle-même... Quelques jours après, il eut le mot d'une conduite assez bizarre ; il sut qu'il avait un rival dans les formes, un rival plus heureux que lui, et l'héritier d'un bien qu'il n'avait pas eu le temps de transmettre[2]. » Et ce rival, quel était-il ? l'abbé de Chaulieu. « Depuis longtemps, continue le même historien, les madrigaux de l'abbé et ses déclarations contribuaient à ses amusements ; mais la veille du mariage, le lendemain peut-

[1] Elle ne porta pourtant jamais d'autre nom que celui de Lassay.

[2] *Bulletin du Bibliophile*, 1847-1848, huitième série, p. 725, 726. *Le marquis de Lassay et l'hôtel de Lassay*, par M. Paulin Paris.

être (il y a sur ce point de l'incertitude), **la
plus** parfaite intelligence s'établit entre eux,
tandis que l'époux, provoqué depuis deux ans
par l'expression de mille tendresses, ne fut
plus aux yeux de mademoiselle Julie qu'un
personnage ridicule. Elle imagina d'abord
un voyage dont nous trouvons la relation
dans les lettres imprimées de l'aimable Anacréon du Temple, comme on appelait déjà le
vieux Chaulieu; M. de Lassay n'y figure pas,
même pour mémoire [1]. »

La source de renseignements aussi formel-
lement circonstanciés nous est inconnue :
l'abbé de Chaulieu se substituant au mari le
lendemain des noces, peut-être même la
veille, cela nous semble un escamotage assez
étrange pour nous faire regretter que le chroniqueur ait négligé d'indiquer de qui il les
tenait. L'inculpée a bien le droit d'exiger
qu'on appuie l'accusation de pièces et de
preuves. Quant à nous, les faits, tels qu'on
nous les pose, nous laissent plus d'un doute,
et l'on nous permettra bien de hasarder quelques objections en faveur de la trop bizarre

---

[1] *Bulletin du Bibliophile*, 1847-1848, huitième série,
p. 728.

Julie. M. Paulin Paris nous dit qu'il a retrouvé
trois des maîtresses de Chaulieu ; c'est bien
peu pour un tel personnage. En tous cas, on
a lieu de s'étonner, puisqu'il cite mademoiselle Le Rochois, qui, quoi qu'il en dise, n'é-
tait rien moins que belle, qu'il ne fasse pas
mention de madame d'Aligre. Vraisemblablement, celle-là aura échappé au savant
écrivain, ce qui est d'autant plus fâcheux
que, s'il s'était reporté à cette époque de la
vie de notre abbé, il eût sans doute, comme
nous, donné au moins une autre date à ses
rapports avec madame de Lassay. Le mariage de cette dernière eut lieu au commencement de mars ; Chaulieu, en ce temps, était
trop violemment épris de madame de Boislandry, son commerce avec elle était trop
exclusif et trop public pour qu'on puisse admettre un cumul dont se fût offensée la fierté
de la nouvelle marquise. A la Sainte-Cathe-
rine de 1697, qui échoit en novembre, plus
de dix-sept mois après l'union de la belle
Julie, l'abbé, dans un bouquet qu'il envoyait
à sa « Cateau, » disait en langage marotique :

Entre ses mains seulement restera
Tout ce qu'Amour m'inspira de lui dire ;
Car, du moment qu'entrai sous son empire,

Oncques en moi ce dieu ne fut trompeur ;
Et ne sentis là de plus forte envie,
Depuis le jour que lui donnai mon cœur,
Que de l'aimer le reste de ma vie [1].

Nous savons bien que des madrigaux ne sont pas paroles d'Évangile et qu'il ne faut admettre qu'à bon escient les protestations d'un poëte amoureux; mais alors ne prenons pas trop à la lettre les vers que l'Anacréon du Temple adressera, et plus tard (cinq ou six ans après), à la belle Julie, et qui sont les seuls témoignages que nous connaissions de la passion qu'elle lui inspira. Il nous semble fort épris, nous en convenons, et il ne tint sans doute qu'à elle de se l'attacher étroitement. La question est de savoir si elle partagea l'entraînement de cet amant plus âgé de treize ans que son mari, ou si ce fut de sa part un simple passe-temps de coquette, de femme ennuyée et vaine. A vrai dire, Chaulieu a bien l'air d'être exploité par cette désœuvrée dont l'amour-propre trouve son compte à avoir un poëte à ses ordres. Madame la Duchesse avait laissé à Paris madame de Lassay, à laquelle elle avait donné le surnom

[1] Chaulieu, *Œuvres* (La Haye, 1777), t. II, p. 257; *Bouquet pour madame D****

de *Ruson*, pour lui mander les nouvelles à
Marly, et Ruson, aussitôt, de s'en remettre
du tout à Chaulieu qui prend la parole et
trousse pour elle un petit journal de modes
en vers qui nous initiera aux extravagances
de la toilette des femmes, l'hiver de 1701 :

Paris cède à la mode et change ses parures :
Ce peuple imitateur, ce singe de la cour,
  A commencé depuis un jour
D'humilier enfin l'orgueil de ses coëffures.
Mainte courte beauté s'en plaint, gronde, tempête,
Et pour se ralonger, consultant les devins,
Apprend d'eux qu'on retrouve, en haussant les patins,
La taille que l'on perd en abaissant sa tête.
  Voilà le changement extrême
Qui met en mouvement nos femmes de Paris :
  Pour la coëffure des maris
  Elle est toujours ici la même [1].

Une autre fois, ce sont des croquets de
Reims qu'on lui demande et qu'il envoie avec
un madrigal quelque peu gaillard [2]. Il ne
laisse échapper aucune occasion de rappeler
l'attachement passionné qu'on lui inspire : il
inscrira sur ses tablettes le chiffre et le nom
de sa bien-aimée, il les gravera même sur le
sable, un jour qu'il se promènera avec elle

---

[1] Chaulieu, *Œuvres* (La Haye, 1777), t. I, p. 119.
[2] *Ibid.*, t. I, p. 120, 121.

sur les bords de la mer. Si elle va à Marly,
il se plaint du roi qui lui prend son bien ;
mais tout à la fois il se plaint de l'action du
temps qui glace son sang et jusqu'à son
cœur[1], il se plaint d'une coquetterie qui le
tient dans un état d'incertitude dont il ne
saurait que souffrir :

> Je ne suis occupé que du soin de vous plaire,
>   Vous semblez approuver mes feux ;
> Mais vous ne faites rien de ce qu'il faudroit faire
>   Pour rendre mon amour heureux [2].

Ces vers sont concluants. Ceux-ci sont loin,
en sens inverse, de nous le paraître autant :
dans une lettre adressée à la marquise, qui
nous a déjà donné un renseignement curieux
sur La Fare, Chaulieu dit à son ami :

> Sachez qu'il est encore un ascendant vainqueur
> Qui, mieux que vos sermons, a corrigé mon cœur
>   Devenu constant et fidelle,
> Il brûle d'une ardeur désormais éternelle ;
> Et, livré tout entier à qui l'a su charmer,
> Il sert encore un dieu qu'il n'ose plus nommer [3].

Ces jolis vers, dans lesquels M. Sainte-

---

[1] Chaulieu, *Œuvres* (La Haye 1777), t. II, p. 103,
104, 105.

[2] *Ibid.*, t. I, p. 116. 1ᵉʳ mai 1705.

[3] *Ibid.*, t. II, p. 194.

Beuve trouve comme un écho affaibli de La
Fontaine[1], ceux qui pourraient le plus donner à penser, suffisent-ils pour établir une
complicité sans réserve de la marquise ? Nous
avons lu attentivement toutes les pièces du
procès, qui s'élèvent au chiffre de treize, et,
en bonne conscience, ce ne sont pas là des
preuves nettes, précises, comme il en faut
pour condamner un accusé. On s'arrangeait
à merveille de ce complaisant bel-esprit, dont
l'humeur était pleine d'agrément et d'en-
jouement, et, en cela, on ne procédait pas
différemment que madame de Bouillon, à
laquelle Chaulieu, parfois, écrit des lettres
autrement compromettantes. Mais Chaulieu
n'était jamais traité avec plus de faveur par
madame de Lassay que lorsqu'il avait la
goutte[2]. En réalité, la belle Julie, qui trouvait
son mari déjà vieux, se contentait d'écouter et
d'accueillir ces hommages poétiques ; mais
le danger sérieux devait être autre part pour
l'époux, et celui-ci ne l'indique que trop dans
une sorte de manifeste à sa femme : « En
voyant, sans en pouvoir douter, que vous en

[1] Sainte-Beuve, *Causeries du lundi*, t. IX, p. 151.
[2] Chaulieu, *Œuvres* (La Haye, 1777), t. I, p. 122, 125.

aimiez d'autres, et que vous vous jettiez à la
tête de tous les jeunes gens ; j'ai seulement
été confus et pour vous et pour moi d'un tel
abaissement ; quels amans ! quels confi-
dens[1] !... » D'après ces reproches très-nette-
ment énoncés, on voit que la marquise
s'adressait de préférence à la jeunesse, qu'elle
eût provoquée même : quant à Chaulieu, pas
le moindre mot qui fasse supposer que Lassay
eût ou crût avoir des griefs contre lui.

Quoi qu'il en soit, trompé au profit de l'un
ou de l'autre, le marquis, toujours amoureux
de sa femme, malgré ses fautes, placé dans
une situation étrangement délicate au milieu
des Condé qui ne l'eussent sans doute pas
appuyé dans une mesure de répression, il lui
fallut toute son habileté, tout son tact, sa
science du terrain pour louvoyer entre tant
d'écueils et ne manquer ni de goût ni de
fierté, deux choses singulièrement malaisées
à concilier. Il connaissait heureusement la
cour depuis longtemps ; son esprit prodigieu-
sement sagace pour les petites choses, l'avait
de vieille date déniaisé à l'égard de la vie :

---

[1] Lassay, *Recueil de différentes choses*, 2e partie,
p. 110. *Lettre à madame de Lassay, quelques années
après que je l'eus épousée.*

l'homme qui a dit qu'il faudrait avaler un
crapaud tous les matins pour ne trouver plus
rien de dégoûtant le reste de la journée quand
on devait la passer dans le monde , était préparé aux plus rudes assauts. En définitive,
Lassay se tira de ce pas ardu en courtisan
délié et en honnête homme. Il n'avait rien à
attendre des bons sentiments comme de la
raison de sa femme; il prit un parti qui
le déchargeait de toute responsabilité, celui
de n'avoir rien de commun désormais avec
elle, de la laisser agir en pleine liberté, puisqu'aussi bien toute opposition eût été im-
puissante.

Nous l'avons vu, à une autre époque, se
meubler un réduit, bien charmant pour
un désespéré, aux Incurables; il l'abandonna
à sa femme qui l'occupait lorsqu'elle se
tenait à Paris[1]. Pour lui, il continua à

---

[1] Du moins est-ce ce qu'il en faut conclure de ces
vers de Chaulieu adressés, de Fontenay, à madame
de Lassay, le 1er jour de mai 1705 :

Loin de la foule et du bruit,
Je suis dans mon château, comme vous dans le vôtre,
Car ne se peut prendre pour autre
Que pour château, votre réduit,
Et croiriez une baliverne,

vivre dans la meilleure posture à Chantilly
comme à Saint-Maur, rendant, s'il faut en
croire de mauvais bruits, à son beau-frère de
la main gauche, le duc de Bourbon, des
services équivoques[1], en tous cas, ne gênant
personne, souriant à tous, et se contentant,
quand il y avait lieu, d'amonceler le fiel dans
son cœur. Chose surprenante ! les torts de
sa femme ne l'empêchèrent pas de l'aimer
jusqu'à la fin ; à sa mort[2], il la pleura sincèrement, et nous le voyons l'associer, dans

Si, sur la foi d'une lanterne,
Qui, par l'ordre d'Argenson, luit,
Vous pensiez qu'être aux Incurables,
Entre gens un peu raisonnables,
Ce soit demeurer à Paris.

—Chaulieu, *Œuvres* (La Haye, 1777), t. I, p. 116.—
Nous en sommes aux hypothèses sur l'emplacement
de ce petit hôtel, qui pourrait bien être celui qui
faisait face aux Incurables mêmes, et qui devint plus
tard l'hôtel de Lorges. Il est encore figuré sur le
plan de Maire, 1808, in-8o, pl. 16, A. Il y paraît plus
profond que large et s'étend de la rue de Sèvres à
celle des Vieilles-Tuileries.

[1] *Recueil de chansons historiques* (Bibliothèque impériale. Manuscrits), t. VII, f. 255 ; t. XXV, f. 54.

[2] Elle mourut en 1710, le 10 mars, un an après son
père et quelques jours après son frère, le prince de
Bourbon.

une même prière, à cette Marianne à laquelle elle ressembla si peu, suppliant « l'Être des êtres » de lui faire la grâce de les retrouver toutes deux, lorsqu'il aurait accompli le nombre de jours qu'il avait encore à passer sur cette terre.

FIN DU DEUXIÈME VOLUME.

TABLE

FIN DE LA TABLE.

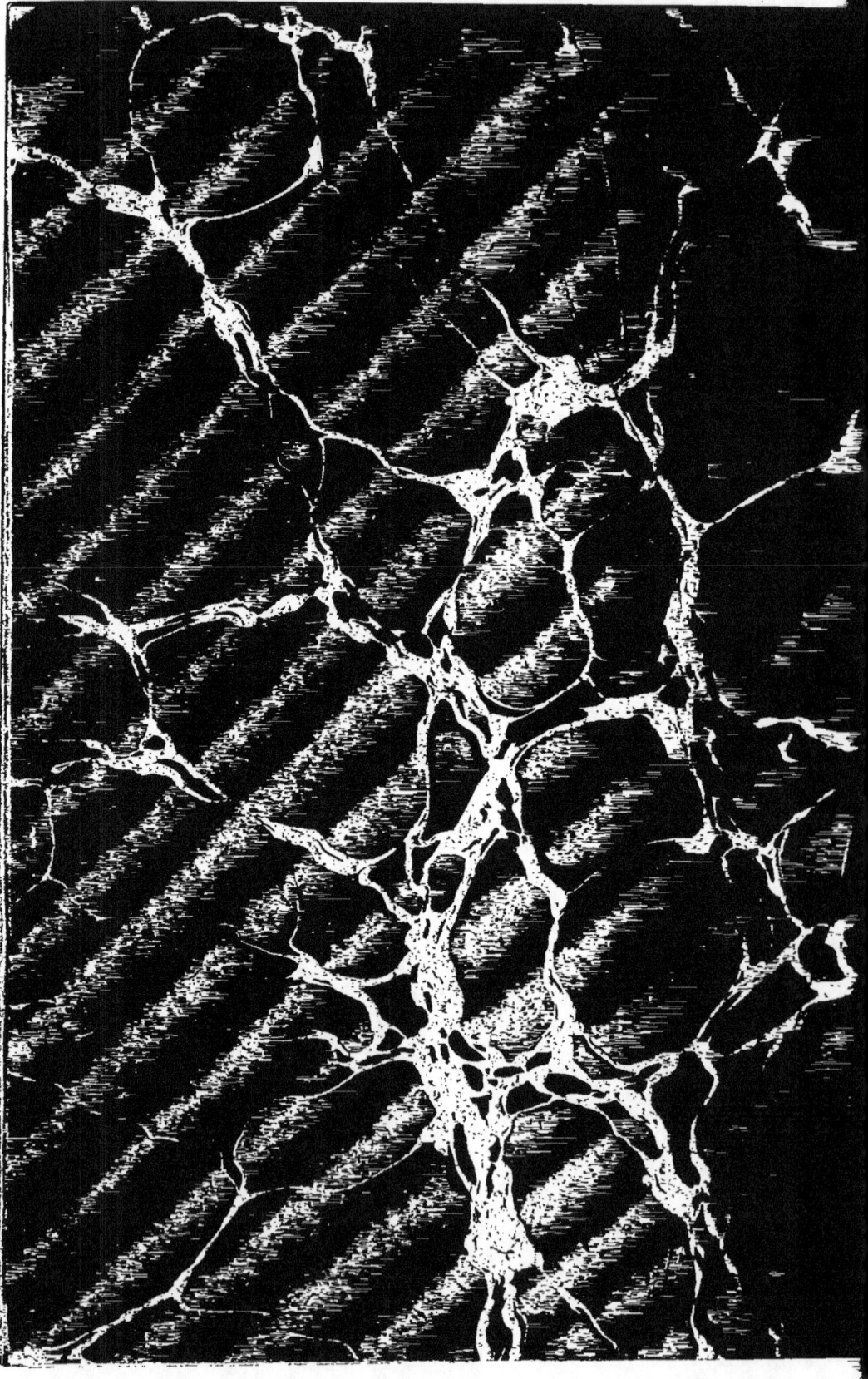

www.ingramcontent.com/pod-product-compliance
Lightning Source LLC
Chambersburg PA
CBHW070323030726
47505CB00004B/1069